Susanne Mischke
Das dunkle Haus am Meer

Susanne Mischke
Das dunkle Haus am Meer
Roman

Piper
München Zürich

Von Susanne Mischke liegen außerdem vor:

Die Eisheilige (SP 3053)
Freeway (SP 2756)
Stadtluft (SP 1858)
Der Mondscheinliebhaber (SP 2828)
Mordskind (SP 2975)
Schneeköniginnen (SP 3445)
Die Mörder, die ich rief (SP 3861)
Wer nicht hören will, muß fühlen (SP 3605)
Schwarz ist die Nacht (SP 3728)

ISBN 3-492-04242-2
© Piper Verlag GmbH, München 2003
Gesetzt aus der Bembo
Satz: Uwe Steffen, München
Druck und Bindung: GGP Media, Pößneck
Printed in Germany

www.piper.de

Erster Teil

»Wir sollten einfach hierbleiben.«

Helen zuckte zusammen.

Hierbleiben. Er konnte also in ihrem Herzen lesen. Sie stellte das Weinglas zurück auf den Tisch.

»Wie meinst du das?«

Sie wollte sichergehen. Womöglich war es nur wieder eines seiner Gedankenspiele.

»Wir sollten hierbleiben«, wiederholte Paul. »Wir beide.«

Helen legte den Kopf in ihre Hand und lauschte dem Klang seiner Stimme nach. Pauls Stimme, der Grundton ihres Lebens. Durch das Blätterdach des Weinstocks fielen Sonnenstrahlen auf das Steinmosaik der Tischplatte und erzeugten ein Flirren. Der Chablis im Glas vor ihr schwitzte.

»Wie lange?« fragte Helen atemlos, als wäre sie gerannt.

Paul ließ einen schnaubenden Laut hören, als würde er sich eben erst Gedanken darüber machen. »Solange wir wollen.«

»Ja«, antwortete Helen nur. Ihr Blick verlor sich in der Ferne, wo Himmel und Meer ineinanderflossen. Sie wollte den Zauber des Augenblicks nicht durch Fragen verderben. Wenn Paul beschlossen hatte hierzubleiben, würde sich alles andere von selbst ergeben. Es war ohnehin das Ungesagte, das Helens Herz flattern ließ wie einen eingesperrten Vogel.

»Dir tut das ruhige Leben hier gut. Du hast dich hier besser unter Kontrolle«, sagte Paul.

Kontrolle. Natürlich, auch darum ging es. Keine Versuchungen, gleich welcher Art.

Platsch. Der Chablis landete unter der Hortensie und versickerte in der trockenen Erde. Helen schluckte und schaute das leere Glas an, wie ein Hund, dem man den Knochen weggenommen hat. Sie haßte sich für ihre primitive Gier, und für einen flüchtigen Moment haßte sie Paul dafür, daß er sie durchschaute.

Nein! Was war sie für ein Ungeheuer? Wie konnte sie Paul hassen, auch nur für eine Sekunde?

Helen liebte Paul. Das war eine Tatsache, ein Naturgesetz, es war vom ersten Moment an so gewesen. Hätten sie sich als Teenager kennengelernt, hätte sie die Worte in einen Baumstamm geschnitzt, vielleicht in den silbrigglatten Stamm einer Buche. *Helen liebt Paul.* Aber Helen war vierundzwanzig und Paul drei Jahre älter, als er mit seinen beiden Freunden auf dieser Semesterabschlußfete auftauchte. Es waren die Jahre der Mähnen und Mittelscheitel, aber Paul trug sein dunkelblondes Haar extrem kurz geschnitten. Alle drei waren völlig schwarz gekleidet, sie durchlebten gerade ihre existentialistische Phase, aber Pauls Gesicht war dennoch gebräunt und trug jenen für ihn typischen Ausdruck, als setze er gerade zu einem spöttischen Lächeln an. Auf Helen wirkte er um Jahre reifer als die anderen. Ein Mann unter langhaarigen grünen Jungs.

Endlich erlaubte sich Helen ein unsicheres Lächeln.

›Wir beide‹, hatte er gesagt. War das eine Liebeserklärung? Es bedeutete doch, daß er mit ihr zusammen sein wollte, daß sie ihm nicht auf die Nerven ging oder ihn langweilte, daß er ihre Gegenwart noch immer schätzte, selbst nach fünf Monaten im Sommerhaus, das Paul neulich sein Exil genannt hatte.

Während der Hochsaison hatten sie tatsächlich sehr zurückgezogen gelebt. Viel vom Fremdenverkehr bekamen sie allerdings selbst dann nicht mit, wenn die knapp dreihundert

Gästebetten belegt waren, die Saint-Muriel zu bieten hatte. Die Felder und der Kiefernwald bildeten eine natürliche Barriere zum Dorf hin.

Dennoch hatten sie Strand und Dorf gemieden und waren lediglich einmal pro Woche nach Saint-Renan gefahren, zu Monsieur Bignon, dem Wein- und Kunsthändler, und zum Supermarkt.

Das Haus lag an einem Küstenstreifen mit groben, von der Natur wie hingeworfenen Felsbrocken, die seit ewigen Zeiten der Brandung ausgesetzt und dennoch abweisend scharfkantig geblieben waren. Kein Badebetrieb, nur Möwen. Der Badestrand lag in einer Bucht vier Kilometer weiter südlich, dort hatte man mit einer Schiffsladung weißem Sand, zwei Stegen, Kiosken und Crêpebuden ein artgerechtes Touristenbiotop geschaffen, das bereitwillig angenommen wurde.

Von ihrem Grundstück bis zum Meer und in Richtung Westen erstreckten sich windzerzauste Büsche und mageres Gestrüpp. Zur Zeit blühte es violett und pinkfarben. Es gab nur ein einzelnes Haus in Sichtweite. Von Kiefern umstellt, lag es dreihundert Meter entfernt in einem verwucherten Garten, ein schmaler, zweistöckiger Prototyp einer geplanten Feriensiedlung. Das windschiefe Holzhaus und ihr Haus bildeten zwei einsame Außenposten der Zivilisation. Einheimische wollten hier nicht wohnen, es lag ihnen zu nah am Meer. Alle hatten sie hier großen Respekt vor dem Meer.

Helens und Pauls Haus bestand aus massiven Granitsteinen, Steine, aus denen man Burgen und Kerker baute. Es lag da, als sei es schon immer dagewesen, war längst ein Teil der Landschaft, geduckt zur Landseite hin, als drohen ihm von dort Gefahren, stolz aufgerichtet in Richtung Meer. Eine Jahreszahl war in den Stein über der Haustür gemeißelt: 1399.

Richtung Norden verwandelte sich die trockene Heide nach einem Kilometer in ein Sumpfgebiet, in das sich bisweilen Ornithologen verirrten. Nach den Geschichten, die man sich im Dorf erzählte, sollen im Lauf der Jahre und Jahrhunderte schon manche Leichtsinnige diesen Sumpf niemals mehr verlassen haben.

Dahinter stieg das Gelände an und führte in einen lichten Kiefernwald. Trat man aus dem Wald heraus, wurde man von dem majestätischen Geräusch empfangen, mit dem der Atlantik gegen das Land andonnerte. An schönen Sommerabenden wurde das Rauschen der Brandung von Motorengeknatter untermalt, wenn die Romantiker auf ihren Geländemaschinen kamen, um sich den Sonnenuntergang vom Kap aus anzusehen.

Seit zwei Wochen aber nahm das Übel täglich ab. Die Campingplätze der Umgebung und die Hotels des Ortes waren nach und nach geschlossen worden, man traf nur noch die wenigen Bewohner der Feriensiedlung auf ihren Wanderungen; rüstige Deutsche und Holländer, mit Rucksäcken, Ferngläsern und schrillbunten Windjacken. Aber auch sie wurden weniger. Stille kehrte ein. Bald würden Helen und Paul hier ganz alleine sein.

Der Assistent bettete das Kostüm in einen glänzenden schwarzen Karton mit winzigem Silberaufdruck *Madonna!*. Sein Haar glänzte mit der Schachtel um die Wette, und seinen Bewegungen nach war er nicht bei der Arbeit, sondern auf einer Performance. Beatrix wandte den Blick ab und sah aus dem Fenster. Vor dem Café aalte sich die Schickeria bei Latte macchiato in der Herbstsonne.

»Die Karte funktioniert leider nicht.«

»Wie?«

»Die Kreditkarte. Sie wird vom System nicht akzeptiert.«

»Dann nimm die.« Beatrix schnippte die goldene American Express über den Tresen.

»Die führen wir leider nicht.«

»Ach.«

»Diners?«

»Die führe *ich* nicht.«

Margarethe von Kampen preßte ihre Lippen aufeinander, soweit es die Silikonfüllung zuließ. Gute Kundinnen durften sie Margarethe, sehr gute Kundinnen »Mara« nennen. Konsequenterweise hätte Beatrix sie mit »Ra« ansprechen müssen.

»Dann vielleicht eine EC-Karte?«

Beatrix kramte die Karte hervor. Während man in der Boutique *Madonna!* erneut auf das erlösende Schnurren der kleinen Maschine wartete, schaute Beatrix wieder hinaus, diesmal, um Maras Zitronengesicht nicht betrachten zu müssen. Die zwei Kerle saßen noch immer in dem silberfarbenen Dreier-BMW und stierten in ihre Richtung. Beatrix widerstand der Versuchung, ihnen eine Kußhand zuzuwerfen. Vermutlich hatte sie gerade ihre Monatsgehälter ausgegeben. Doch da irrte sie sich.

»Es tut mir leid, die Zahlung wurde verweigert«, schnitt Maras grelles Organ in die Stille.

»Dann schick mir eben eine Rechnung.«

»Auf Rechnung verkaufen wir nicht.«

Der Assistent ließ die Schachtel auf den Tresen fallen, als hätte er sich die Finger daran verbrannt, und verschränkte die Arme vor dem Netz, in das er seinen durchtrainierten Oberkörper gezwängt hatte. Eine leere schwarze Papiertüte stand zwischen ihnen wie ein gähnender Abgrund.

In Beatrix köchelte verhaltene Wut, aber noch gab sie sich nicht geschlagen. Das Kostüm war genau das richtige. Der Rock war, dem Anlaß angemessen, züchtig knielang, ohne brav zu wirken, denn der Schnitt der Jacke betonte ihre ausgeprägte Taillen-Hüft-Kurve, jene Linie, die den Männchen der Gattung Homo sapiens Fruchtbarkeit signalisierte, wenn man den Lifestyle-Magazinen glauben durfte. In diesem Punkt mochten sie recht haben. Außerdem *wollte* sie das Kostüm, unbedingt, jetzt erst recht.

»Und? Was machen wir jetzt?« fragte Beatrix. Es hätte verbindlich klingen sollen, aber es hörte sich an wie eine Aufforderung zum Duell.

»Versuchen Sie es am Geldautomaten«, riet Margarethe von Kampen.

Jetzt war die Schmerzgrenze überschritten. Was glaubte diese Schnepfe, wie sie mit ihr umspringen konnte, was hatte diese Schwuchtel so affektiert die Augen zu verdrehen? Und überhaupt: Hatten sie sich nicht vorhin noch geduzt? Während Beatrix dem Ort ihrer Schmach mit ebenso hochrotem wie hocherhobenem Haupt den Rücken kehrte, spielte sich vor ihrem inneren Auge ein kleiner Film ab, in dem maskierte Lederkerle mit Kettensägen eine zentrale Rolle spielten.

Der dunkelblaue Volvo passierte in vorgeschriebenem Tempo dreißig das Grundstück mit der schmiedeeisernen Sieben am Torpfosten, bog rechts ab und hielt. Der Fahrer stieg aus und ging zu Fuß zurück. Obwohl der Herbsttag mild war, trug er schwarze Lederhandschuhe. Sonst war an ihm nichts Auffälliges zu bemerken, seine Kleidung – anthrazitfarbener Anzug, hellblaues Hemd, dunkelgrauer Sommermantel, schwarze Aktentasche – paßte in das Wohnviertel. Vor dem Haus blieb er stehen und schaute durch das hohe Eisentor. Laub lag auf dem Rasen, der diese Bezeichnung nicht mehr verdiente; an den ausladenden Rosenbüschen, die vor dem Bungalow standen, hingen welke Blüten. Die Rolläden waren heruntergelassen. Für den Fall, daß er beobachtet wurde, drückte der Mann auf den goldenen Klingelknopf und legte die andere Hand an die Klinke. Man hörte kein Klingelgeräusch aus dem Inneren des Gebäudes. Er hob die Klappe des Briefkastens an. Leer. Jemand schien sich darum zu kümmern. Er wandte sich ab und ging an der Mauer entlang zum Tor mit der goldenen Neun. Ein ähnliches Haus, nur der Garten war besser gepflegt. Er registrierte das Nachschwingen einer Gardine. Auf sein Klingeln ertönte eine Stimme aus der Sprechanlage.

»Ja bitte?«

»Mein Name ist Rosen, ich wollte Frau Tauber sprechen.«

»Taubers wohnen nebenan«, unterbrach die Stimme etwas unwirsch.

»Da war ich schon, es öffnet niemand. Ich hätte etwas abzugeben, ich komme von der Galerie Rosen in Marburg, es geht um eine Ausstellung.«

»Einen Moment.«

Die Eingangstür wurde geöffnet, es erschien eine Dame mit lackschwarz gefärbtem Haar. Während sie den Gartenweg entlangging, zog der Mann, der sich Rosen nannte, seine Lederhandschuhe aus und ließ sie in die Tasche seines Mantels gleiten.

»Frau ... Andromeit?« Er deutete auf das Türschild aus dezentem Messing.

Die Frau öffnete das Gartentor.

»Sie sind Galerist?«

Bis jetzt lief alles nach Plan.

»Ja, zusammen mit meinem Bruder. Er ist der Schöngeist, ich bin mehr fürs Finanzielle zuständig. Aber da ich in Frankfurt wohne, bat er mich, bei Frau Tauber die noch fehlenden Angaben zu einzelnen Objekten einzuholen. Die Herrschaften scheinen verreist zu sein?«

»Tut mir leid, darüber darf ich keine Auskünfte erteilen.«

Frau Andromeit hatte sich wieder im Griff und besann sich auf die Instruktionen, die sie erhalten hatte, ehe die Taubers im April abgereist waren.

»Das verstehe ich durchaus. Heutzutage ist man leider zu allerlei Vorsichtsmaßnahmen gezwungen«, pflichtete ihr der Mann bei. »Wäre es denn möglich, die momentane Adresse Ihrer Nachbarn zu erfahren?«

Frau Andromeit schüttelte bedauernd den Kopf.

»Ich verstehe.« Der Fremde öffnete seine Aktentasche und entnahm ihr einen braunen DIN-A4-Umschlag. »Wären Sie möglicherweise so nett, Frau Tauber diesen Umschlag nachzusenden?«

»Natürlich«, versicherte Frau Andromeit, während sie den Umschlag entgegennahm und den angebotenen Geldschein mit einer großzügigen Geste ablehnte. »Lassen Sie nur, das geht schon in Ordnung.«

»Das ist ausgesprochen freundlich von Ihnen. Sie helfen mir damit sehr.«

»Ich male übrigens auch.«

»Tatsächlich? Was für ein Zufall. Welchen Stil bevorzugen Sie denn?«

»Schwer zu sagen«, zierte sich die Künstlerin. »Jedenfalls male ich anders als Helen ... Frau Tauber. Ich finde ihre Werke manchmal ein wenig extrem, um es vorsichtig auszudrücken. Wenn Sie einen Moment Zeit haben, können Sie gerne mein Atelier besichtigen ...«

Kurz darauf stand der Herr im Dachstudio von Frau Andromeit und sah sich mit interessiertem Lächeln impressionistisch angehauchte Sonnenuntergänge an. Oder waren es Aufgänge? Die angebotene Tasse Kaffee akzeptierte er gerne, und dabei gab ihm das kurze Verschwinden der Hausherrin die Gelegenheit zum Studium der Pinnwand, die über dem mit Farbklecksen bedeckten Arbeitstisch hing. Als er ging, hatte er erfahren, was er wissen wollte.

»Ist es nicht ein schöner Anblick?« seufzte Helen. Sie schaute durch die schlecht geputzte Scheibe des Cafés den vollbepackten Wagen nach, die langsam aus dem Dorf hinausrollten. Das *Morgane*, mit vierzig Betten das größte Hotel, schloß immer als letztes, danach war die Saison unwiderruflich zu Ende, man bereitete sich auf den Winterschlaf vor. Es war ein ungeschriebenes Gesetz und wurde deshalb konsequenter befolgt als andere.

Das *Atlantic* war ein von Neonleuchten erhellter Raum mit nacktem Steinboden und Resopaltischen, der von den Touristen gemieden wurde, sogar in der Hochsaison, denn er entsprach nicht ihrem Bild von dörflich-rustikaler Folklore. Aber Helen fand, daß sie nicht zu den gewöhnlichen Touristen zählten. Immerhin waren sie hier Hausbesitzer. Ein richtiges Haus mit Vergangenheit, keine Baracke in einer Feriensiedlung.

Bis auf einen alten Mann mit Schiebermütze war das Café leer. Er brabbelte etwas in ihre Richtung, das Helen nicht verstand. Ihre Sprachkenntnisse reichten gerade aus, um einzukaufen und eine sehr simple Unterhaltung zu führen.

Von der Wirtin war nichts zu sehen. Aber sie hatten ja Zeit. Sie würden sich ab sofort auf den Lebensrhythmus der Einheimischen einstellen, und da machte es überhaupt nichts, zehn Minuten lang unbedient an einem Küchentisch aus den Fünfzigern zu sitzen und auf die bröselnden Fassaden der Häuser rund um den Marktplatz zu starren, die stellenweise nur noch von Weinranken zusammengehalten zu werden schienen. Um den Tisch und an den Stühlen lehnten Körbe und Tüten voller Lebensmittel. Vor lauter Begeisterung über ihren Entschluß hierzubleiben, vielleicht sogar hier zu überwintern, hatte Helen viel zuviel eingekauft.

Der Alte an der Theke beäugte sie mißtrauisch. Helen senkte den Blick und zog ihre Jacke am Ausschnitt zusammen. Der Deckenventilator schrappte, es war kühl, Helen fror ein wenig. Endlich betrat die Wirtin ihr Lokal, mit zwei Broten unter dem rechten Arm und verfolgt von zwei Straßenhunden, die sofort mit eingezogenen Schwänzen kehrtmachten, als Maria sich in der Tür zu ihnen umdrehte und mit dem Fuß aufstampfte.

Sie haben nicht nur Angst vor dem Meer, dachte Helen, sie fürchten sich auch vor Hunden, sonst würden sie sie besser behandeln. »Angstbeißer« hatte Paul die Dorfbewohner in diesem Zusammenhang in seiner typischen, zuweilen überheblichen Art genannt. Wenn sie zusammen im Dorf einkaufen gingen, sagte er fast jedesmal zu Helen: »Schau dir die Gesichter an. Alles Inzucht. Es gibt drei Grundtypen: die Wiesel, die Ferkel und die Geier.«

Bei genauem Hinsehen mußte Helen ihm recht geben. Auf dem alten Friedhof hinter der Kirche waren drei Familiennamen dominierend. *Kerellec*, das waren die Geier, *Guirec* hießen die Ferkel und *Caradec* die Wiesel. Maria gehörte zum Clan der Kerellecs, sie hatte sogar einen Kerellec geheiratet, er war Algenfischer und tagsüber selten im Café anzutreffen.

Maria murmelte einen Gruß in Richtung ihrer neuen Gäste, legte die Brote ab und bekreuzigte sich, ehe sie ihre Schürze anzog und an Helens Tisch kam. Helen bestellte zwei Milchkaffee.

»*Deux crèmes s'il vous plaît?*« vergewisserte sich Maria.

»*Oui, deux crèmes.*«

Nachdem Maria sich noch einmal bekreuzigt hatte, machte sie sich an die Zubereitung der Milchkaffees. Helen überwachte den Auszug der Touristen mit der zufriedenen Miene eines Feldherrn, der die geschlagenen feindlichen Truppen abziehen sieht. Auf der anderen Seite des Platzes hielt ein weißer Mercedes. Eine Frau stieg aus und ging in den Souvenirladen.

Das Paar aus Bayern hatte sich ihnen im letzten Frühling aufgedrängt. Zuerst am Tisch der Pizzeria. Danach kamen die beiden bei jedem ihrer Küstenspaziergänge auf einen Cidre vorbei, gerade so, als wäre ihr Haus ein Ausflugslokal. Paul hatte sich über die Maßen darüber aufgeregt und Helen die Schuld daran gegeben: »Du mußtest ja unbedingt mit denen quatschen.«

Wie lange sie wohl schon hier waren? Sicher waren sie nur auf der Durchreise, sonst hätten sie sie bestimmt wieder heimgesucht. Obwohl – so wie Paul sich benommen hatte ...

»Ich bin nicht zu Hause«, hatte er zu Helen gesagt, wenn die beiden am Zaun standen und die kleine Messingglocke neben dem Gartentor aufdringlich bimmeln ließen. Dann hielt er sich so lange in seinem Zimmer versteckt, bis die lästigen Besucher gegangen waren.

Nach dem dritten Besuch, als Helen allmählich die Erklärungen über Pauls angeblichen Verbleib ausgingen, hatte Paul die Glocke abmontiert und einen großen Riegel am Tor angebracht.

Helen verbarg ihr Gesicht hinter der großen blauen Milchkaffeeschale.

»Keine Sorge, die kennen uns nicht mehr«, sagte Paul. »So hat eben alles seine guten Seiten.«

»Ich glaube, du überschätzt deine Prominenz«, widersprach Helen, was selten vorkam. »Die sind aus München. Was kümmert die der Darmstädter Klatsch?« Aber so recht glaubte sie selbst nicht an das Gesagte.

Maria kam schwerfällig an ihren Tisch herüber und stellte einen Teller selbstgebackener Bisquits vor Helens Kaffee ab.

»Wunderbar, vielen Dank.« Es klang eine Spur zu überschwenglich, und Helen erntete dafür ein melancholisches Lächeln.

»Kleines Geschenk zum Abschied«, erklärte Maria. Sie war eine stämmige Frau Mitte Dreißig. Ihr schwarzes Haar zeigte erste graue Strähnen und war zu einem dicken Zopf geflochten, der ihr bis zur Taille reichte. Nach Pauls Katalogisierung der Dorfbewohner gehörte sie zur Sippe der Geier, aber, wie sie beide fanden, auf eine attraktive Art. Ihr Gesicht mit der gebogenen Nase und den dunklen Augen hatte etwas Archaisches, fand Helen, besonders jetzt, da die Geburt ihres dritten Kindes näher rückte.

Sie war die erste Einheimische, zu der sie Kontakt bekommen hatten, und im großen und ganzen war es dabei geblieben.

»Sie hat ein Gesicht wie eine Madonna von Riemenschneider«, bemerkte Paul damals, vor sechs Jahren, als sie erschöpft von den ersten Eindrücken der Hausbesichtigung einen Chablis im *Atlantic* zu sich nahmen. Es war das einzige offene Café gewesen, und den Schluck hatten sie dringend nötig gehabt.

Das Haus hatte lange leer gestanden. Eine Cousine von Pauls Mutter hatte es in den fünfziger Jahren erworben, um darin ungestört Romane schreiben zu können. Sie hieß Ines Roth.

Paul erinnerte sich, daß in seiner Familie zwar seit Jahren kein Umgang mit Ines gepflegt wurde, was die Männer bei geselligen Familienzusammenkünften jedoch nicht hinderte, zotige Witze über *die Lesbe* zu reißen. »Ich bin mit der Vorstellung aufgewachsen, meine Tante Ines sei so eine Art Insekt«, erzählte er Helen. »Sie war das berühmte schwarze Schaf der Familie.«

»Weil sie lesbisch war?«

»Nein, es lag an ihren Büchern. Ihre Werke handelten überwiegend von eigenwilligen Frauenzimmern, denen ein erfülltes Sexleben wichtiger zu sein schien als Familie und Wirtschaftswunder. Sie erzielten in Deutschland nur minimale Auflagen.«

Die französischen Übersetzungen indessen verkauften sich gut, und so blieb Ines Roth für den Rest ihres langen Lebens dem Land treu, das ihre saftigen Liebesszenen goutierte und ordentlich honorierte. Letzteres hatten Helen und Paul durch den französischen Nachlaßverwalter erfahren, dessen Brief Paul überrascht hatte und Helen noch mehr, denn Paul hatte ihr bis dahin nie von seiner lesbischen Tante Ines erzählt.

»Als aufgeklärtere Zeiten anbrachen, hatte man ihre Existenz weitgehend verdrängt, wie es so schön heißt«, erklärte Paul während ihrer ersten Fahrt hierher. »Bis dieser Brief kam, habe ich mir eingebildet, irgendwann gehört zu haben, sie sei gestorben. Von einem Haus in der Bretagne hat jedenfalls kein Mensch etwas gewußt.«

Tante Ines war, dem Schreiben des französischen Notars und dem Totenschein nach, mit einundachtzig Jahren friedlich verstorben. Anscheinend gab es weit und breit keinen Erbberechtigten – bis auf Paul. Also reisten sie hierher, um das Erbe in Augenschein zu nehmen.

Der Anblick ernüchterte beide. Das Dach war an einer Stelle eingestürzt, und was von der Innenausstattung nicht gestohlen worden war, war vergammelt und voller Mäuse- und Rattenkot. Durch die Wände des dazugehörigen Schuppens wucherten Schlingpflanzen. Der Substanz des alten Hauses hatten jedoch weder Winterstürme noch Efeu etwas anhaben können. Dachbalken, Bodendielen und Türen aus uraltem Eichenholz hatten Nagetierzähnen und Holzwürmern erfolgreich widerstanden.

Paul erstellte Pläne und beauftragte eine Baufirma aus Brest mit den Umbau- und Renovierungsarbeiten. Im darauffolgenden Jahr fuhr er alle drei, vier Wochen hin, um den Fortgang der Bautätigkeiten zu überwachen. Aber er wollte nicht, daß Helen ihn begleitete: »Laß dich überwältigen, wenn es fertig ist«, sagte er, und Helen wollte ihm seine kindliche Freude nicht verderben.

Paul wies seine Frau an, niemandem von dem Haus zu erzählen. Es habe was mit Steuern zu tun, führte er als Erklärung an und jonglierte noch ein wenig mit Begriffen wie *Erbschaftssteuer* und *geldwerter Vorteil*. Damit gab sich Helen zufrieden, zumal es niemanden gab, dem sie es unbedingt hätte erzählen wollen. Nur ihrer Nachbarin Frau Andromeit gegenüber rutschte Helen einmal der Begriff »unser Sommerhaus« heraus. Auf deren hellhörige Nachfrage hin erzählte sie ihr unter dem Siegel der Verschwiegenheit von Pauls Erbschaft, und Frau Andromeit versprach, ihr Wissen für sich zu behalten.

Die Wirtin des *Atlantic* hatte ihnen seinerzeit dringend zum Verkauf der Immobilie geraten.

»Dieses Dorf ist tot«, behauptete sie mit trübem Blick, und es brauchte einige Zeit, ehe sie verstanden, was sie damit gemeint hatte. Entlang der Küste hatte eine Ferienhaussiedlung entstehen sollen. Aus Bauern und Fischern waren Geschäftsinhaber und Hoteliers geworden. Die meisten Fassadenrenovierungen im Ortskern stammten aus dieser Zeit, als man sich für das große Geschäft herauszuputzen begann. Doch die Luxushotel-Golfplatz-Yachthafen-Projekte erwiesen sich als Luftschlösser, der Küstenstreifen wurde gegen den Protest der Dorfbewohner von der Regierung zum Naturschutzgebiet erklärt, und die touristische Erschließung fand ihren vorläufigen Höhepunkt im Bau eines Minigolfplatzes und der zweifelhaften Verschönerung der kleinen Badebucht. Helen und Paul bedauerten das nicht, im Gegenteil, sie waren insgeheim froh über diese Entwicklung.

»Zu nah am Meer«, war ein anderes Argument, das Maria gegen das alte Haus vorbrachte.

»Oh, nein, wir lieben das Meer«, widersprach Helen enthusiastisch.

»Ja, besonders meine Frau liebt das Meer und alles, was darin herumkreucht«, bestätigte Paul. »Algen und Gewürm und ...«

»Algen existieren schon seit zweieinhalb Milliarden Jahren, und was du Gewürm nennst ...«, hob Helen zu einem Vortrag an.

Aber da rückte Maria mit ihrem letzten Trumpf heraus: »Es liegt ein Fluch auf dem Haus.«

»Was für ein Fluch?«

»Niemand wird da draußen glücklich«, prophezeite sie.

»Wir sind nicht abergläubisch«, beteuerte Helen damals.

Und Paul sagte zu Helen: »Zeig mir ein Haus, ach was, einen Stein, dem die hier kein Schauermärchen andichten.«

Nein, von Flüchen, bösen Geistern oder ähnlichem Ungemach hatten sie bis jetzt nichts bemerkt, wenn man von einer störanfälligen Telefonleitung und gelegentlichen Stromausfällen einmal absah.

Die Wirtin des *Atlantic* aber behandelte die Bewohner des alten Hauses seither mit jener respektvoll distanzierten Fürsorge, die man Todgeweihten angedeihen läßt. An den Tagen des Mondwechsels zündete sie künftig eine Räucherkerze an, sobald die zwei ihr Café verlassen hatten.

Helen nahm ein Bisquit. Da Paul nie Süßes aß, fühlte Helen sich genötigt, das Gebäck aufzuessen, obwohl sie ihren Appetit lieber für das Mittagessen aufgespart hätte. Sie hatten bei einem der beiden ortsansässigen Fischer Jakobsmuscheln erstanden. Als Maria gerade besonders hingebungsvoll an ihren Gläsern herumwienerte, kippte Helen die Bisquits in ihren Einkaufskorb und bedeckte sie mit einem Kopf Lollo rosso.

»Für die Hunde«, wisperte sie Paul zu.

Wieder starrte der Alte sie an, völlig unverhohlen, wie es sonst nicht die Art der Menschen hier war. Er spuckte auf den Terrazzoboden, und Maria begann etwas zu kreischen, das sich wie *Schwein* anhörte. Helen blickte diskret nach draußen. Der Münchener Mercedes fuhr soeben wieder los. Ihr war, als hätte die Frau beim Einsteigen flüchtig zu ihr hingesehen, aber wahrscheinlich hatte sie lediglich ihr eigenes Spiegelbild betrachtet, in der Fensterscheibe des Cafés.

»Würden Sie Ihren Schwager fragen, ob er uns Brennholz liefern kann? Eine größere Menge. Damit es für den Winter reicht«, wandte sich Helen an die Wirtin.

»Den Winter?!«

Helen konnte nicht widerstehen. Mit leuchtenden Augen verkündete sie: »Wir fahren noch nicht nach Hause. Paul und ich haben beschlossen, noch einige Zeit zu bleiben.«

Über Marias Gesicht ging ein Zucken, als werde sie von einer plötzlichen Wehe heimgesucht.

»Mal sehen«, antwortete sie vage. Helen wunderte sich. Normalerweise wickelte Maria die Geschäfte ihrer Verwandtschaft und, wenn nötig, des ganzen Dorfes sofort und verbindlich ab. Aber sie wandte sich nur wortlos ab, schlurfte in ihren Pantoffeln hinter die Theke und säuberte mit Akribie die Espressomaschine.

»Wann ist es denn soweit?« erkundigte sich Helen beim Verlassen des Lokals.

»Drei Wochen«, antwortete Maria einsilbig und faltete

die Hände über ihrem Kugelbauch, als wollte sie ihn vor Helens Blicken schützen. Aber Helen interessierte Marias Schwangerschaft nicht wirklich. Sie konnte ohnehin nicht mitreden. Paul wollte nie Kinder haben, das hatte er von Anfang an klargestellt. Von Pauls kleiner Operation hatte sie nach fünfzehn Ehejahren eher zufällig erfahren, als sie beim Staubwischen auf seinem Schreibtisch eine Vaterschaftsklage liegen sah. Um »immer auf Nummer sicher« zu gehen, hatte Paul ihr erklärt. Daß mit »immer« auf keinen Fall sie gemeint sein konnte, war Helen zu diesem Zeitpunkt längst klar gewesen. Aber das war ein überwundener alter Schmerz. Vorbei die Zeiten, in denen sie sich wie ein langsam verdorrender Ast gefühlt hatte, im Moment verbreiteten Marias plumpe Figur, die Schweißperlen auf ihrer Oberlippe und ihre kurzen, angestrengten Atemstöße in Helens Augen lediglich eine obszöne Körperlichkeit.

»Helen, komm doch!« hörte Helen Paul von der Straße her. Sie hob ihre Körbe und Tüten auf, verabschiedete sich von Maria und folgte ihrem Mann nach draußen, in die Mittagssonne. Als sie sich vor dem Denkmal der heiligen Katharina noch einmal umdrehte, begegnete sie Marias Blick. Die Wirtin schlug hastig ein Kreuz über ihrer Brust. Sie zeigte jedoch nicht den üblichen Madonnenausdruck, sondern ihre Miene war finster, fast bedrohlich.

»Es war naiv zu glauben, wir könnten uns hier vor der Welt verstecken«, resümierte Paul.

Schwester Daniela stoppte den Wagen mit den Mittagessen vor dem vorletzten Zimmer des Flurs. Königsberger Klopse. Wie es schon roch. Nur noch zwei Essen, dann hatte sie Feierabend, die Frühschicht war zu Ende und damit ihre erste Woche am neuen Arbeitsplatz. Sie stellte den Servierwagen vor der Tür ab, klopfte kurz an und betrat das Zimmer, das Tablett auf dem Arm.

»So, Frau Leineweber, da kommt Ihr Mittag…« Der Rest

der Litanei erübrigte sich. Die alte Frau saß in ihrem abgewetzten Sessel und starrte ihr aus glasigen Augen entgegen. Das Zimmer roch nach Kot.

Die Schwester stellte das Tablett ab und spielte kurz mit dem Gedanken, das Essen verschwinden zu lassen und so zu tun, als wäre alles in Ordnung, damit sich die Nachmittagsschicht mit dem Problem herumplagen konnte. Zu Hause warteten unausgepackte Kartons und Lampen, die endlich aufgehängt werden sollten. Aber sie war nicht sicher, wie genau sich der Todeszeitpunkt feststellen ließ. Kein Risiko in der Probezeit. Sie öffnete das Fenster, um die Gerüche der Mahlzeiten, der verdauten und der verschmähten, entweichen zu lassen. Dann eilte sie ans Telefon im Schwesternzimmer.

»Elisabethenstift. Wir brauchten hier mal einen Arzt für eine Leichenschau.«

Warum müssen sie immer kurz vor Schichtwechsel sterben?

Beatrix durchpflügte die Frauenzeitschrift, ohne die Bilder richtig wahrzunehmen. Früher hatte sie jedes der Models mit Blicken seziert und sich gefragt: Warum ist diese Zicke in der Vogue, und ich habe es gerade mal in den Otto-Katalog geschafft? Inzwischen konnte sie die Damen emotionslos betrachten. Nichts hatte sie mehr gemeinsam mit diesen Geschöpfen und ihren geschürzten Lippen, den Gummibrüsten, die sich auf lächerliche Weise der Schwerkraft widersetzten. *Wie Hunde, die Männchen machen*, hatte sich Carolus darüber amüsiert. Nein, ihr Ärger galt der Tatsache, daß sie überhaupt hier saß. Daß Hornung sie warten ließ, auf diese demonstrative Art. Nicht einmal einen Kaffee hatte man ihr angeboten. Sie warf die Zeitschrift auf den Tisch und schnürte mit weit ausgreifenden Schritten über das Parkett. Sie hielt sich an ihrer Wut fest, steigerte sich hinein in das erste wirkliche Gefühl, das sie seit mehr als einer

Woche empfand. Sie blieb stehen und sah an sich hinunter. Designerjeans, T-Shirt, Edelsneakers. Wann hatte sie die Sachen angezogen, warum gerade diese? Was hatte sie die letzten Tage über eigentlich gegessen? Egal. Sie war einfach losgegangen, heute morgen, endlich ein Ziel vor Augen, eine ganz normale, nicht allzu schwierige Besorgung: ein Kostüm für die Beerdigung ihres Mannes. Gewappnet mit viel Make-up und einem Panzer aus Arroganz und Selbstsicherheit, war sie aus dem Haus gegangen. Und dann das Desaster.

Sie seufzte laut vor Ungeduld, ging zum Fenster und schob die Jalousie beiseite. Der BMW stand auf der gegenüberliegenden Straßenseite. Ob das Haus einen Hinterausgang hatte? Ob sie daran dachten, den zu überwachen? Was Ressler wohl für ein Gesicht machen würde?

»Dr. Hornung erwartet Sie«, unterbrach die Stimme der Vorzimmerdame ihren Gedankengang.

»Zu gütig von ihm«, antwortete Beatrix und rauschte an ihr vorbei.

Der Souvenirladen war klein und wurde von der kompakten rheinischen Familie hoffnungslos verstopft. Vater und Sohn beklopften das Buddelschiff, Mutter und Tochter wühlten in Halstüchern. Helen schaute sich Postkarten an: ein Fischerboot, das sie noch nie am Hafen gesehen hatte, Austern und Muscheln, auf einem Netz drapiert, die überdimensional große Dorfkirche mit ihrem Friedhof, umgeben von einer gewaltigen Mauer, eine zahnlos lachende, total verrunzelte Alte (sie war nicht von hier, man hätte sie schon gesehen), der kopfsteingepflasterte Dorfplatz, von dem enge Gassen sternförmig abgingen. Der Platz konnte leider nur eine geringe Anzahl pittoresk renovierter Häuser vorweisen, der Rest wirkte ein wenig verkommen, vor allem in den Monaten, in denen das Weinlaub fehlte. Die Karte zeigte die Fassaden mit Laub. Die heilige Katharina, umgeben von bunten Marktständen, Menhire in allen Formen und Größen und das Kap, natürlich, immer wieder, das Kap bei ruhiger See, das Kap bei Sonnenuntergang, das Kap bei Sturm. Helen überlegte, wem sie eine Postkarte schreiben könnte. Vielleicht Frau Andromeit. Aber Paul würde das nicht schätzen, und sonst fiel ihr niemand ein. Den Kollegen im Institut? So etwas war zum einen nicht üblich, zum anderen hatte sich das Verhältnis nach den ersten Zeitungsartikeln über Pauls Verhaftung etwas verkrampft.

Die Rheinländerin stand bei Ingrid und bezahlte ein Halstuch, wobei sie ihr Schulfranzösisch hervorkramte und lächelnd eine Unterhaltung mit Ingrid begann. Aber bei Ingrid war das Lächeln heute nicht im Preis inbegriffen, und die Frau steckte ihr Halstuch weg, sammelte ihre Familie ein und zog enttäuscht ab. Wie arrogant sie doch waren, diese Franzosen, konnten sie denn nie vergessen?

»Großkampftag«, bemerkte Ingrid zufrieden, als sie und Helen allein waren. »Immer dasselbe die letzten Tage.«

Obwohl es im Laden nicht gerade hell war, trug die Inhaberin, eine hübsche blonde Frau von Mitte Dreißig, eine Sonnenbrille mit großen Gläsern.

»Brauchst du auch ein Mitbringsel?«

»Nein, ich wollte nur mal vorbeischauen.«

»Ein Abschiedsbesuch?«

»Eben nicht.« Helen erzählte Ingrid von ihren Absichten.

Wider Erwarten begegnete auch Ingrid der Neuigkeit mit Skepsis. »Hast du dir das gut überlegt? Du weißt nicht, wie die hier sind, wenn die Touristen weg sind.«

»Noch schlimmer kann es ja kaum werden«, bemerkte Helen, denn Ingrid hatte gedankenverloren die Sonnenbrille abgesetzt.

Als sie Helens Blick sah, setzte sie die Brille rasch wieder auf und hob die Hand. »Sag nichts, bitte.«

»Ich wollte gar nichts sagen. Nur … da wir jetzt hierbleiben … also, wenn du mal Hilfe brauchst, Paul und ich …«

Ingrid legte den Zeigefinger an den Mund und deutete mit

einer Kopfbewegung hinter sich, wo der Lagerraum durch einen Vorhang aus Plastikbändern vom Verkaufsraum getrennt war. Helen begriff und verstummte, aber sie begriff nicht, warum sich Ingrid so behandeln ließ. Warum verließ sie ihn nicht und ging zurück nach Deutschland? Helen hatte nie gewagt, sie danach zu fragen, aber sie hatte Maria eines Tages darauf angesprochen. Die hatte nur abwehrend mit den Schultern gezuckt, und als Helen sich darüber bei Paul empörte, meinte der ebenfalls achselzuckend: »Was geht uns das an? Hier herrschen eben noch Zucht und Ordnung.«

»Wo ist denn dein Paul?« zwitscherte Ingrid drauflos, »den habe ich schon eine Ewigkeit nicht mehr gesehen.« In Wirklichkeit war es Ingrid egal, wo Paul sich befand. Sie konnte Paul ebensowenig leiden wie Helen Claude. Paul war den wenigsten Frauen gleichgültig. Die einen verabscheuten in ihm den arroganten Zyniker, die anderen verfielen ihm. Helen war die erste Gruppe bedeutend lieber, und daß sie und Ingrid gegenseitig ihre Männer nicht schätzten, war kein Grund, der gegen eine gelegentliche Unterhaltung sprach. Wenn Paul es vorgezogen hatte, zu Hause zu bleiben, und im Laden nicht viel los war, gingen die beiden Frauen in die Eisdiele oder auf einen Kaffee ins *Atlantic*, wo Ingrid vor Helen den Dorfklatsch ausbreitete, gekrönt von Marias Kommentaren. Sie war die Cousine von Ingrids Mann. Helens Versuche, am Dorfleben teilzuhaben, wurden von Paul mißbilligt und boykottiert. Aber heute war an eine Pause sowieso nicht zu denken, abgesehen davon, würde sich Ingrid bestimmt nicht gerne öffentlich zeigen wollen.

Was sie nun boten, war ein harmloses kleines Hörspiel für Claude hinter dem Vorhang. Der schöne Claude, wie ihn Helen und Paul nannten, der, wenn er nicht gerade für das Elektrizitätswerk in der Stadt arbeitete, Touristinnen nachstieg oder zu Hause für Ordnung sorgte. Am liebsten aber streunte er mit seinem Jeep und der Flinte durch die Gegend und schoß auf alles, was sich bewegte.

»Paul wollte noch schnell ein paar Kräuter besorgen«, erklärte Helen mit gespielter Munterkeit.

»Kräuter? Habt ihr nicht den ganzen Garten voll davon?«

»Nicht mehr. Die Schnecken haben das meiste niedergemacht«, antwortete Helen.

»Ja, das war ein Schneckensommer«, bemerkte Ingrid.

Dann schwiegen sie.

Helen hätte gerne gefragt, was Ingrid eigentlich den ganzen Winter über tat, wenn ihr Laden geschlossen war. Vielleicht sollte sie die Zeit nutzen und einen Karatekurs absolvieren. Aber Helen zog es vor, für diesen Ratschlag einen günstigeren Zeitpunkt zu wählen. Sie verabschiedete sich, wobei sie es sich nicht verkneifen konnte, nach hinten zu rufen: »Schönen Tag noch, *Monsieur* Kerellec!« Obwohl sich Helen mit Ingrid duzte, nannte sie deren Mann konsequent »Monsieur« und »Sie«, mit einem durchaus gewollten Hauch von Sarkasmus. Vor allem Paul beherrschte diese Anrede meisterlich. Bei ihm hörte sich »Monsieur« immer wie »Mistkerl« an.

»Das können die nicht machen, oder?« flüsterte Beatrix.

Dr. Stefan Hornung nickte mit dem früh ergrauten Kopf. »Doch, das können die, und das dürfen die. Es gibt im Augenblick wenig, was man dagegen unternehmen könnte.«

»Hast du schon mal erlebt, was für ein Scheißgefühl es ist, wenn man vor dem Geldautomaten steht und …« Beatrix unterbrach sich. Sie wollte das Erlebnis lieber rasch vergessen, es nicht auch noch in Worte fassen. Worte schafften Tatsachen.

»Die Staatsanwaltschaft und die Steuerbehörde versuchen lediglich zu retten, was noch zu retten ist, indem sie die Konten sperren und das Vermögen beschlagnahmen. Das ist bei Delikten dieser Art so Usus.«

»Als ob es nichts Schlimmeres gäbe. Er hat schließlich keinen umgebracht. Steuerhinterziehung. Das ist doch heute ein ... eine Trendsportart!« ereiferte sich Beatrix.

»Mag sein. Wenn es allerdings in organisierter Form geschieht und um solche Summen geht ...«

»*Think big* war nun mal sein Lebensmotto.«

» ... ist man mit Mord und Totschlag fast besser dran«, brachte Dr. Hornung seine Erklärung zum Abschluß.

Beatrix versuchte sich zu beruhigen. Es würde sich eine Lösung finden, ganz gewiß. Wozu gab es schließlich Anwälte?

»Gut«, seufzte sie. »Dann werde ich eben als erstes das Haus verkaufen, und dann ...«

»*Du* wirst gar nichts verkaufen«, schnitt ihr Hornung rüde das Wort ab. »Das Haus gehört – gehörte – Carolus und damit dem Staat. Jedenfalls so lange, bis die Gelder wieder auftauchen.«

Hornung versuchte erst gar nicht, die Häme in seinem Tonfall zu verbergen. Sie konnte sich denken, wie er über sie dachte. So wie alle dachten.

»Die Bilder«, schlug Beatrix vor. »Die allein dürften doch schon beinahe reichen, um den Staat zufriedenzustellen.«

»Ihr Wert muß erst von Sachverständigen geschätzt werden. Das kann dauern.«

»Was ist mit Geschenken? Dürfen sie die auch beschlagnahmen?«

»Zum Beispiel?«

»Der SLK.«

»Geleast.«

»Der Schmuck?«

»Wenn er nachweislich dir gehört.«

»Carolus trug keine Perlen.«

»Er könnte sie geerbt haben. Oder als Kapitalanlage ...«

Demnach sollte man Geschenke, insbesondere Schmuck, nur vor Zeugen annehmen. Sie sah sich schon im Leihhaus stehen, wo ein schmieriger Typ mit gelben Zähnen in ihren Trauring biß.

»Was … was gehört mir eigentlich noch?«

»Deine persönlichen Gegenstände und alles, was du mit in die Ehe gebracht hast.«

»Leider hat mich Carolus nicht wegen meines Vermögens geheiratet.«

Hornung unterdrückte ein boshaftes Lächeln.

Beatrix spürte seine Ablehnung. Um einen sachlichen Ton bemüht, fragte sie: »Hat er denn nichts für mich hinterlegt? Eine Nachricht hinterlassen?«

»Nein, nicht bei mir. Außerdem ist diese Kanzlei von oben bis unten durchsucht worden.« Er sah Beatrix an, als sei sie die Urheberin dieser Unannehmlichkeiten.

»Er kann mich doch nicht so in der Scheiße sitzenlassen!« Ihre Stimme war ein wenig schrill geworden. Bis vor wenigen Minuten hatte Beatrix noch an einen Irrtum geglaubt, der sich mit ein paar Anrufen oder Briefen beheben lassen würde. Aber allmählich stellte sich ein Gefühl ein, als ob ihr der Boden unter den Füßen weggezogen würde. Und es war niemand da, der sie auffing.

»Ich nehme an, sein Selbstmord war eine spontane Verzweiflungstat. In solchen Situationen denkt man oft nicht an die, die zurückbleiben.«

Er wäre besser Priester geworden.

»Verzweiflungstaten sind nicht sein Stil«, widersprach sie.

Nein, Carolus war keiner, der freiwillig aufgab. Er suchte die Herausforderung, das Spiel um Sieg und Niederlage. Die Börse war sein Kriegsschauplatz gewesen. Wenn er von »feindlicher Übernahme« redete, bekam er leuchtende Augen. Genau betrachtet, war auch ihre Heirat ein Akt feindlicher Übernahme gewesen. Hornung mußte seinen Mandanten entweder verwechseln oder eine miserable Menschenkenntnis besitzen.

»Das Gefängnis ist nicht der Ort für Stil«, sagte Hornung, und Beatrix ertappte sich, wie sie an ihren rosa lackierten Acrylnägeln kaute. Rasch ließ sie ihre Hand sinken.

»Weißt du, wie die Buschmänner Wasserstellen finden?« fragte der Anwalt.

»Bitte?«

»Sie fangen einen Affen. Den binden sie so lange an einen Baum, bis er einen höllischen Durst bekommt. Dann lassen sie ihn los und folgen ihm.«

»Und was ist, wenn der Affe die Wasserstelle nicht kennt, weil sie nur der Affenhäuptling alleine kennt und sie niemandem verraten hat?«

Hornung zuckte die Achseln unter seinem Brioni-Jackett.

»Pech für ihn.«

Ein Ausbund an Charme, dieser Mann.

»Warum beschatten sie mich so offensichtlich? Warum nicht heimlicher?«

»Taktik, nehme ich an. Sie hoffen, daß du dadurch schnell mürbe wirst. Wenn das nichts bringt, werden sie dich scheinbar in Ruhe lassen ... Aber du kannst sicher sein, Bea: Solange dieses Geld nicht aufgetaucht ist, machst du nie wieder in deinem Leben einen Schritt unbeobachtet.«

»Schön zu wissen, daß immer jemand auf einen aufpaßt.«

Ihr Sarkasmus verbarg, wie ihr zumute war. Jeglicher Halt schien verloren. Mit eisernem Willen stemmte sie sich aus dem ledernen Besucherstuhl. Ihr war übel.

»Äh ... Bea.«

»Ja?«

»Es wäre besser, wenn du nicht mehr hierherkämst. Ich meine, ich hatte schon genug Scherereien, und es schadet dem Ruf der Kanzlei ...«

»Ich danke Ihnen von ganzem Herzen für Ihre Hilfe, Herr Anwalt.« Sie schloß die Tür mit Nachdruck. Noch war sie Dame. Eine Dame, die Mühe hatte, nicht vor der Kanzlei ihres Anwalts auf den schwarzen Granitfußboden zu erbrechen.

Auf der Straße, vor dem schweren Portal der Kanzlei Hornung & Partner, setzte sie die Sonnenbrille auf. Es war nicht mehr zu leugnen: Der Wind hatte gedreht und blies ihr scharf ins Gesicht. Dennoch winkte sie den Männern im BMW trotzig zu.

Der Alte mit der Baskenmütze saß noch immer da, als gehöre er zum Inventar, als ein neuer Gast das *Atlantic* betrat.

»Bonjour, Monsieur«, begrüßte ihn Maria, die ihr Madonnenlächeln wiedergefunden hatte.

»Guten Tag«, antwortete der Herr, setzte sich an den Platz, an dem bis vor wenigen Minuten noch Helen gesessen hatte, und bestellte einen Pastis mit Wasser.

»Es leert sich«, bemerkte er, als ihm das Getränk serviert wurde.

»*Oui*. Und wie lange bleiben Sie?«

»Bis ich ausgetrunken habe.«

Der Fremde redete mit Maria in seiner Muttersprache, denn er vermutete richtig, daß die Wirtin besser Deutsch verstand, als sie vorgab.

»Wie viele Tage?« Mit der Bewirtung verknüpfte Maria das Recht, sich über ihre Gäste zu informieren.

»Das weiß ich noch nicht. Vielleicht über den Winter.«

Maria schüttelte den Kopf. »Sie auch?«

»Wer noch?« fragte der Gast.

Maria deutete vage mit dem Kinn in Richtung Tür, obwohl einige Minuten vergangen waren, seit Helen gegangen war.

»Verrückt«, hörte er den Alten mit der Baskenmütze murmeln. »Verrückt!«

Da der Alte Deutsch gesprochen hatte, konnte er ja wohl nur ihn gemeint haben.

»Wer ist verrückt?« Er war schon von Berufs wegen gewohnt, unklare Aussagen zu hinterfragen.

»Niemand«, sagte Maria und warf dem Alten einen strengen Blick zu. »Sie brauchen Holz für den Kamin? Mein Bruder kann Ihnen etwas bringen«, fügte sie hinzu und verriet damit, daß sie längst wußte, in welchem Stall dieses verirrte Schaf untergekommen war.

Das Haus, das er auf unbestimmte Zeit gemietet hatte, gehörte dem Besitzer des *Morgane*. Es war ein freundliches, etwas heruntergekommenes Holzhaus, es stand drei Kilometer außerhalb des Dorfes am Meer.

Er registrierte den Blick der Wirtin, die auf eine Antwort wartete. »Holz«, wiederholte er zerstreut, »ja, das wäre sehr freundlich.«

»Bald geht die Jagd wieder los. Möchten Sie Reh? Fasane? Mein Cousin kann besorgen, was Sie möchten, *Monsieur*...«

Sie hatte das letzte Wort in die Länge gezogen, es hing nun im Raum wie ein unvollendetes Lied, das nach dem letzten Ton verlangte.

»Wolf. Wolf ist mein Name. Ich werde bei Bedarf auf die Dienste Ihrer Familie zurückkommen.«

»*Pardon?*«

»Ich weiß es noch nicht«, erklärte der Gast. »Ich sage Bescheid.«

»Was werden Sie tun im Winter, *Monsieur Loup*?«

Der Angesprochene lächelte. *Monsieur Loup*. Wie hübsch das klang, viel charmanter als »Herr Wolf« oder »der Richter«, wie er zu Hause genannt wurde.

Draußen rollte ein belgischer Reisebus über die Dorfstraße, die Passagiere sahen aus den Fenstern. Abschiedsgewinke.

Abschied. Ob Anna ihn vermissen würde? Zu seinem Bedauern vernachlässigte seine Tochter ihr Jurastudium. Sie wollte im Frühjahr heiraten. Clemens, Annas Zukünftiger, arbeitete als Spiel- und Theaterpädagoge bei irgendeiner sozialen Einrichtung, deren Namen der Richter, der sonst über ein präzises Gedächtnis verfügte, leider immer wieder vergaß. Dort versuchten sie, verhaltensgestörte Kinder und Alkoholkranke durch Theaterspielen wieder auf den richtigen Weg zu bringen. Clemens ließ sofort einen Vortrag über Alkoholismus als *Krankheit* vom Stapel, wenn jemand den falschen Terminus benutzte.

Selbstverständlich war der Richter der Meinung, seine Tochter habe etwas Besseres verdient, einen Mann mit Format und Geld anstatt eines schmalbrüstigen Typen mit Pferdeschwanz. Theaterspielen mit Säufern, Herr im Himmel, war das etwa eine Beschäftigung für einen Mann? Außerdem war Anna mit dreiundzwanzig noch viel zu jung, um sich zu binden. Daß Gerda bei ihrer Heirat ebenso jung gewesen war, spielte keine Rolle. Gerda war anders, und ebenso waren die Zeiten andere gewesen.

»*Voilà.*« Maria stellte unaufgefordert einen zweiten Pastis und einen frischen Krug mit Wasser auf den Tisch. Sie blieb stehen, die Hände auf ihrem gewölbten Bauch abgelegt. Ihre Schürze. Das blaue Karomuster. Ohne Vorwarnung beschwor dieses Muster ein Bild herauf, ein Bild, das er nicht sehen wollte, ein lange vergessenes Bild. Dieses blauweiße Karo hinter der kleinen Fensterscheibe. Er blinzelte, verspürte einen leichten Schwindel. Er hätte nicht herkommen sollen, Brief hin oder her. Kein Wunder, daß einen hier die Gespenster einholten.

»*Monsieur?*«

Maria stand noch immer da und wartete beharrlich auf die Beantwortung ihrer Frage, was er über den Winter in diesem einsamen Haus da draußen zu tun gedachte. Der Richter aber fand, daß dies niemanden etwas anging, also wich er der Frage mit einer Gegenfrage aus, eine plumpe Taktik, mit der ihn Anwälte im Gerichtssaal ganz schnell auf die Palme treiben konnten.

»Meine Nachbarn bleiben also auch hier?«

»*Madame* sagte es.«

Seine Nachbarn. Am Abend konnte er jetzt manchmal die Lichter der Zimmer im ersten Stock durch das Geäst der Bäume und Sträucher schimmern sehen. Das Licht in einem der oberen Zimmer brannte häufig bis tief in die Nacht.

»Da draußen ist es sehr einsam und still«, bemerkte die Wirtin. Sie hatte sich unaufgefordert auf den freien Stuhl ihm gegenüber niedergelassen.

»Ja, das ist es. Wenn nicht gerade gejagt wird«, fügte er mit leisem Tadel hinzu.

Darauf ging Maria nicht ein. Über gewisse Dinge lohnte sich die Auseinandersetzung mit Touristen, insbesondere mit den Deutschen, nicht.

»Sie haben sie gesehen?« fragte sie ihren Gast.

Der Richter schaute aus dem Fenster, auf die Straße und den Dorfplatz mit der bronzenen Dorfheiligen auf dem Granitsockel, die von einer Handvoll Halbstarker auf lärmenden Mopeds umschwirrt wurde.

»Wen soll ich gesehen haben?«

»*Madame* Tauber. Sie ist gerade gegangen.«

Maria betonte und dehnte die zweite Silbe des Namens, den sie vom Inhaber der Epicerie wußte, wohin sich die Taubers ihre Post schicken ließen. Mit Namen vorgestellt hatten sich die Leute eigentlich nie, fiel Maria auf.

»*Madame* Tauber?«

»Sie kennen Ihre Nachbarn noch nicht?« insistierte Maria.

»Doch, doch, die kenne ich.« Am besten, man erzählte den Menschen das, was sie hören wollten, dachte der Richter. Überdies war es ja nicht gelogen.

Der Alte hustete, es hörte sich an wie splitterndes Holz.

Maria beugte sich zu ihm hinüber, soweit es ihr Bauch eben zuließ. »Sagen Sie, *Monsieur Loup*, haben Sie *Monsieur* Tauber gesehen?«

»Warum?« Schon wieder eine Gegenfrage, er mußte diese schlechte Angewohnheit schleunigst wieder ablegen.

»Ah, nur so«, sagte sie leichthin, aber ihr Blick und ihre Sitzhaltung drückten alles andere als Gleichgültigkeit aus.

Der Richter brauchte nicht zu überlegen. Er hatte bis jetzt nur »Madame« gesehen, und auch das nur von weitem. Sie hatte auf der Terrasse gesessen, in jener Ecke, die von seinem

Schlafzimmerfenster aus mit dem Fernglas einsehbar war, und mit jemandem geredet, den er nicht sehen konnte. Um nicht in den Verdacht zu geraten, die Pflege nachbarlicher Kontakte zu vernachlässigen, sagte er: »Ja, ein- oder zweimal.«

Maria erhob sich mühsam und bewegte sich schwerfällig wieder hinter die Theke. Er hatte den Eindruck, daß die Frau von seiner Antwort enttäuscht war.

Der Richter trank seinen Pastis zu Ende und beobachtete dabei den Verkehr auf der Straße und dem Dorfplatz. Er schwieg. Im Grunde hatte er nichts übrig für Klatsch.

»Warum mischst du dich da ein?«

»Ich mische mich nicht ein. Ich habe ihr nur angedeutet, daß sie sich an uns wenden kann, wenn sie Hilfe braucht!«

»Warum wir? Sind wir das Frauenhaus?«

»Paul!«

»Sie ist eine erwachsene Frau. Sie kann ihn verlassen und zurück nach Deutschland gehen. Sie wird ihre Gründe haben, wenn sie es nicht tut. Was geht dich das an?«

»Vielleicht hätte sie ihn längst verlassen, wenn sie wüßte, wohin.«

»Zu uns, ja?« brauste Paul auf. »Hast du dir mal überlegt, was wir tun werden, wenn dieser durchgedrehte Kerl mit seiner Schrotflinte vor der Tür steht? Die Polizei rufen, die eine dreiviertel Stunde braucht, bis sie hier ist? Abgesehen davon, daß wir uns im Ort ausgesprochen beliebt machen mit solchen Aktionen.«

Helen startete den Wagen, den sie in einer Seitengasse, vor der Boucherie, geparkt hatte.

»Seit wann interessiert dich denn die Meinung der Leute hier?«

Sie legte den Gurt an und fuhr los, der Wagen bewegte sich mit einem heftigen Ruck aus dem Schatten der Platane heraus ins grelle Licht der Mittagssonne. Eine Gestalt tauchte plötzlich vor der Windschutzscheibe auf: runzliges Gesicht, wirres Haar, ein Stock. Helen trat auf die Bremse und würgte den Motor ab.

Die alte Frau riß für einen Moment erstaunt den Mund auf, braune Ruinen wurden sichtbar. Dann ging sie murmelnd weiter. Sie trug eine grellgrün gemusterte Kleiderschürze, die ebenso schmutzig war wie ihre Füße. Der rechte steckte in einer gelben Plastikbadelatsche, am linken trug sie einen Lederschlappen. Bei jedem Schritt klackte ihr Stock, im Takt dazu bimmelte und rasselte es, als schüttelte ein Narr seinen Schellenbaum.

»Sie kam wie aus dem Nichts«, jammerte Helen. »Ich konnte nichts sehen, die Scheibe ist so staubig, und die Sonne ...«

»Beim nächsten Mal klappt's«, meinte Paul.

Sie atmete tief durch, während sie der alten Frau nachsah. »Das ist die alte Kerellec, die Großmutter von Maria und Claude und wahrscheinlich vom halben Dorf. Schrecklich, wie man sie herumlaufen läßt.«

»Ja, sie sollten sie lieber wegsperren, in eine Anstalt, damit sie die Touristen nicht erschreckt. *Unser Dorf soll schöner werden.*«

»Ich rede davon, wie ungepflegt sie ist.« Es ärgerte Helen, daß Paul ihr derartige Gedanken unterstellte. »Diese unsägliche Klingel. Wie eine Kuh!«

Um den rechten Oberarm der alten Frau war ein Lederband mit kleinen Glöckchen befestigt. Ingrid hatte dazu erklärt: »Sie ist nicht mehr ganz richtig im Kopf, sie verirrt sich dauernd. So finden wir sie leichter.«

Helen startete den Motor wieder und fuhr vorsichtig los, während Paul für den Rest der Fahrt schwieg wie ein Trappist.

In der Verwaltung herrschte schon Freitagnachmittagsstimmung, was sich darin äußerte, daß die einzige anwesende

Schreibkraft eine Frauenzeitschrift studierte und Daniela bat, die Akte selbst herauszusuchen. Daniela fluchte innerlich, aber sie wollte guten Willen zeigen. »Sehen Sie zu, daß das Zimmer noch heute geräumt und gereinigt wird«, hatte Schwester Veronika angeordnet. »Ein leeres Zimmer kostet nur.«

Hedwig Leineweber hatte acht Jahre im Elisabethenstift zugebracht. Als im Notfall zu benachrichtigende Angehörige war eine gewisse Anke Maas eingetragen, wohnhaft in der Wilhelmstraße. Wäre Daniela nicht erst vor einer Woche von Kassel nach Darmstadt gezogen, wäre sie möglicherweise über den Namen gestolpert. So aber notierte sie die Telefonnummer und ging damit ins Schwesternzimmer. Eine junge Frauenstimme meldete sich. Daniela erklärte, was geschehen war. »Herzversagen, sie hat nicht gelitten«, setzte sie abschließend hinzu.

»Woher wissen Sie das?«

Die Frage irritierte die Schwester. »Nun ja, ich denke ... also, jedenfalls mein Beileid. Sind Sie die Enkelin?«

»Eigentlich bin ich nur die Mitbewohnerin«, erklärte die Frau am Telefon, »und Frau Leineweber war nicht die Oma, sondern die Großtante ...«

»Es geht um folgendes«, unterbrach Daniela, »das Zimmer muß geräumt werden. Können wir die Sachen zu Ihnen schicken? Sonst müßte Frau Maas für die Entsorgung aufkommen.«

»Worum handelt es sich denn?«

»Eine Kommode, ein paar Kleidungsstücke, einen Teppich, Fernseher, Bilder und so der übliche Krimskrams. Nicht viel, so groß sind die Zimmer ja auch wieder nicht.«

Lisa Thomas sah sich in ihrer Wohnung um. Eine schöne alte Kommode wäre nicht schlecht. Und einen größeren Fernseher könnte sie auch gebrauchen, jetzt, wo Fernsehen so wichtig für sie geworden war. Sie wandte sich um. »Was meinst du, Benno? Bevor die das Zeug wegschmeißen.«

Benno grunzte.

»Schicken Sie es her«, sagte Lisa zu der Frau am Telefon.

Um die Mittagszeit schloß Helen sämtliche Fensterläden im Erdgeschoß. Es waren solide, dunkelgrün gestrichene Holzläden, die zu den dicken Wänden paßten. Die Wände einer Festung. Die Fenster waren klein, bis auf die nachträglich vergrößerte Front zur Terrasse hin. Paul hatte die meisten Innenwände durchbrechen lassen, so daß ein großzügiger Raum rund um den Kamin entstanden war. Die Küche war von Anfang an geräumig gewesen, sie besaß, neben den üblichen Haushaltsgeräten, eine offene Feuerstelle und eine Speisekammer. Von dort aus gelangte man durch eine Klappe im Boden über eine steile Steintreppe in den Keller, dessen tiefste Kammern vier Meter unter der Erde lagen. Er war von den Erbauern des Hauses so tief angelegt worden, damit sie bei einer Pestepidemie mehrere Monate von den eingekellerten Vorräten leben konnten. Die Treppe führte zunächst zum vorderen, höher gelegenen Raum, einem schlichten Gewölbe mit weißgekalktem Putz und einem Boden aus gebrannten Ziegelsteinen. Von dort aus führten schmale, grob in den Stein gehauene Stufen in einer Hundertachtzig-Grad-Windung hinunter in mehrere kleinere Vorratskammern. Die Wände bestanden aus unverputztem Granit, die Böden aus Stein oder gestampftem Lehm. Hier unten herrschte ewige Kälte, sogar im Hochsommer. Vielleicht war es dieser Keller, der die Phantasie der Dorfbewohner so beflügelte. Aber dazu brauchte es auch nicht viel. Immerhin befand man sich im Reich von Merlin, Morgane und Viviane. Letztere soll von ihrem Liebhaber Merlin die Kunst erlernt haben, einen Mann in einem Gefängnis mit undurchdringlichen Mauern aus Luft gefangenzuhalten. Während Merlin schlief, wiederholte sie das magische Ritual und machte ihn zu ihrem Gefangenen für die Ewigkeit. Helen mochte diese Geschichte. Sie hatte sich schon öfter ein solches Liebesgefängnis für Paul gewünscht.

Helen hatte mit der Zeit einiges über die Vergangenheit des Hauses in Erfahrung gebracht. Angeblich war der Platz, auf dem es unter der Herrschaft des Hauses Montfort errichtet wurde, in vorchristlicher Zeit eine Kultstätte von Druiden gewesen. Sogar Menschenopfer soll es gegeben haben. Die keltischen Druiden glaubten an Wiedergeburt. Im Mittelalter war das Haus eine Anlaufstelle für Schmuggler, die ihre Waren in seinem Keller lagerten, und im Jahr 1588 hauste laut Dorfchronik sogar der berüchtigte Räuberhauptmann La Fontenelle mit seiner Bande eine Weile hier. Seine abgelegte schottische Mätresse blieb in dem Haus wohnen und trieb angeblich Unzucht mit Schmugglern und allen, die sonst noch vorbeikamen. Da sie schön war und obendrein mit Kräutern umzugehen wußte, verfiel ihr und ihren Liebestränken jeder Mann hoffnungslos. Hatte die Dame ihren Geliebten satt, vergiftete sie ihn mit einem süßen Trank und warf den Leichnam in einen der untersten Keller. Nach ihrem Tod im Jahr 1624 will man die Körper von zwölf Männern gefunden haben, darunter vier vermißte junge Burschen aus dem Dorf und einen jungen Priester aus der Stadt. Eine andere Quelle sprach lediglich von drei Leichen, aber in jedem Fall sollen die Toten so unversehrt und frisch ausgesehen haben, als hätten sie eben erst die Augen geschlossen.

Daran zweifelte Helen nicht. Im Frühjahr letzten Jahres hatte sich Paul von Ingrids Mann ein ganzes Reh aufschwatzen lassen, das sie dort unten aufhängten. Nach dreimal Rehbraten hatten sie genug davon. Erst als sie wieder zu Hause waren, fiel Helen das Reh ein, dessen Reste noch im Keller hingen. Mit einem sehr unguten Gefühl waren sie im Herbst desselben Jahres hinabgestiegen, um nach dem toten Tier zu sehen. Helen war auf alles gefaßt und hielt sich schon auf der Treppe die Nase zu, während Paul durch die verwinkelten Gänge voranging. Eine grelle Lampe tauchte die Vorratskammer in ein bläuliches Licht. Das Reh hing am Haken, so wie sie es verlassen hatten: enthäutet, kopflos, mit sauber ausgelösten Keulen und ohne die untere Hälfte des Rückens, die hatte Helen am Ostersonntag zubereitet. Das Fleisch schien in Ordnung zu sein, sogar Helens empfindliche Nase nahm nicht die Spur eines Verwesungsgeruchs wahr. Man hätte es vermutlich unbesorgt essen können.

Ja, dachte Helen, früher konnte man hier draußen sicherlich eine ganze Weile autark leben, sofern man Gemüse anbaute und zur Jagd ging. Auch Trinkwasser war vorhanden. Zwischen dem Haus und der Scheune, die erst einige Jahrzehnte existierte, gab es einen vergitterten Brunnen. Der Schacht war aus den gleichen Granitsteinen gemauert wie das Haus, aber die rostige Pumpe beförderte nur ein ganz dünnes Rinnsal nach oben, und auch das nur nach ausgiebigen Regenfällen. Warf man einen Stein hinunter, vergingen exakt vier Sekunden, ehe man ihn aufklatschen hörte.

Als alles verdunkelt war, öffnete Helen den Laden der Terrassentür einen winzigen Spalt, so daß ein Streifen grelles Sonnenlicht zu sehen war. Sie wedelte mit dem Küchenhandtuch und bewegte sich damit durch die Küche, den Flur und den Wohnraum. Den Trick hatte sie von Ingrid gelernt. Zur Zeit mußte Helen diese Vertreibungsaktion fast jeden Tag durchführen; je näher der Herbst rückte, desto mehr Fliegen drangen in ihrer Todesahnung ins Haus.

Sie öffnete die Läden, als sie glaubte, daß es genug war. Sie war ein wenig außer Atem. Nach dem ersten Frost, so hoffte sie, würde es mit dieser Plage endlich vorbei sein. Tatsächlich waren nur wenige hartnäckige Exemplare im Haus geblieben. Und die Obstfliegen, natürlich, die wurde man nicht los.

Jetzt ein Glas Chablis auf der Terrasse, im Schatten, warum nicht?

Ein mittelgroßer hellbrauner Hund mit einem weißen Fleck über dem linken Auge kam durch den Garten auf

Helen zugeschwänzelt. Sie kannten sich seit vier Monaten. Noch immer näherte er sich zögernd. Seine Scheu vor Menschen würde er wohl nie ganz ablegen, auch wenn er Helen zu vertrauen schien. Sie schätzte seine Zurückhaltung.

»Babbo!« rief Helen erfreut. »Warte, ich habe dir was mitgebracht.« Sie ging in die Küche. Der Hund wartete sabbernd vor der Tür. Nie betrat er unaufgefordert das Haus. Als Helen zurückkam, fraß er Marias Gebäck mit verhaltener Gier aus Helens Hand. Dann legte er sich zufrieden unter ihren Stuhl auf die glatten Steine der Terrasse, denn obwohl er noch ein junger Hund war, wußte er, daß ein knisternder Grill prinzipiell Gutes verhieß. Helen trank ihren Wein, Schluck für Schluck, überaus langsam. Sie merkte, wie ihr der Alkohol durch den Körper schoß, alle Nervenenden kitzelte, sie von innen heraus mit Wärme erfüllte. Bis vor kurzem hatte sie das Zeug nur so in sich hineingegossen, ohne etwas zu spüren, allenfalls eine Art dumpfer Betäubung. Das war vorbei, da war sie ganz sicher. Hier, in ihrem Refugium, bestand kein Anlaß, sich zu betäuben. Hier war das Leben schöner, in jeder Hinsicht. Zumindest die Tage.

Ruhe, Frieden, keine Anrufe. Es gab ein Telefon im Haus, aber außer Frau Andromeit, der Nachbarin, hatte niemand die Nummer. Pauls Handy lag seit Wochen mit leerem Akku auf seinem Schreibtisch, oben, in seinem Arbeitszimmer. Sie betrachtete den Garten, auf den sie in diesem Sommer viel Sorgfalt verwendet hatte, denn Paul schwärmte für üppige Gärten. Noch jetzt, im Oktober, bot er ein wunderschönes Bild. Herbstblumen spreizten sich in Orange und Gelb, die englischen Rosen blühten schon zum drittenmal. Paul mochte Rosen. Für ihn hatte Helen viele gepflanzt, weiße und rote. Der Wein umschlang die Balken der Terrasse. Lavendel und Rosmarin verströmten ihren herben Duft in der Mittagssonne. Sie kraulte dem Hund den Nacken, obwohl Paul sie immer wieder vor Flöhen warnte, und schaute über den Zaun auf diese klare, großzügige Landschaft, das endlose

Meer. Heute schillerte es in einem metallischen Blaugrau und wurde von kleinen Schaumkronen gekitzelt. Ein Algenfischer zog seine Bahn, weit draußen eine Fähre.

Helen fühlte sich dem Meer verbunden, als wäre sie darin geboren. Hier, wo sie es mit jedem Atemzug fühlen und schmecken konnte, würde sie nie wieder weggehen. Sie brauchte sonst nichts, nur das Meer und Paul.

Dann fiel ihr Blick auf das Nachbarhaus. Sie nannte es so, obwohl man nach deutschen Maßstäben bei dieser Entfernung nicht unbedingt von Nachbarschaft sprechen konnte. Es war den Sommer über vermietet worden, man sah wechselnde Autos davor parken, am Abend wurden Grillfeuer entfacht, und man sah Licht in den Fenstern. Seit zwei oder drei Wochen – irgendwie war Helen das exakte Zeitgefühl abhanden gekommen – schien das Haus leer zu stehen. Doch als Helen gestern nacht aus ihrem Schlafzimmerfenster gesehen hatte, hatte sie Licht in den oberen Fenstern bemerkt. Seltsamerweise hatte sie sich über das Licht gefreut. Nicht über die Anwesenheit fremder Leute, nur über das erleuchtete Viereck, denn es war eine dieser Nächte gewesen, die nicht enden wollten, in denen ihr die Angst und die Einsamkeit eiskalt die Beine hinaufkrochen, bis sie sie endlich mit einem Glas Wein betäubte, oder mit zweien.

Wahrscheinlich, überlegte Helen, sind das neue Feriengäste ohne Auto. Aber bald, spätestens im Winter, da war sie sicher, würden die letzten Gäste verschwinden, und sie und Paul würden hier draußen ganz allein sein.

Ich hätte die beiden doch sehen müssen, grübelte der Richter, während er an der Küste entlangwanderte. Er liebte es, so weit wie möglich am Rand der Felsen zu gehen, wo steil unter ihm das Meer in seinem ruhigen, kraftvollen Takt anbrandete. Aber wahrscheinlich hielt sich Paul Tauber genauso verkrochen wie er selbst, wenn auch aus anderen Gründen.

Vielleicht habe ich Paul schon im Dorf gesehen und nicht erkannt? Während so vieler Jahre können sich Menschen ganz schön verändern. Unsinn! In der Zeitung hatte er ihn doch auch sofort erkannt. Volles Haar, ausdrucksstarkes Gesicht, der Typ Mann, dem man auch noch mit fünfzig den Lausbuben abnahm, wenn er seinen Charme spielen ließ. Was er offenbar auch ab und zu tat.

Warum zögerte er die Begegnung seit Tagen hinaus? Genaugenommen hatte er gar nicht damit rechnen können, daß die beiden noch hier waren, so spät in der Saison. Es war nur so ein Gefühl gewesen, eine Laune, wenn man so wollte, vielleicht auch eine winzige Prise Schicksal. Ob es richtig war hierherzukommen? Aber er war ja nicht gekommen, er war geschickt worden, sozusagen.

Aber schließlich, so sagte er sich, war er nicht nur wegen Paul hier. Er würde die Zeit, die ihm blieb, auch noch zu anderen Dingen nutzen.

»Ja, wie schön. Fahr weg, bleib, wo es dir gefällt, endlich kannst du mal tun und lassen, was du willst«, hatte Anna zu ihm gesagt. Das war, bevor sie sich zerstritten hatten, weil er Clemens ein Weichei genannt hatte. Der Richter benutzte sonst ungern Modewörter, aber dieses paßte so exakt, daß er nicht hatte widerstehen können. »Windiges Weichei« hatte er sogar gesagt. Seither herrschte Funkstille. Was meinte Anna wohl mit tun und lassen, was er wollte?

Anna, die seine Beurlaubung vom Dienst, ohne groß nachzufragen, hinnahm, die glaubte, er habe genug vom Richteramt und ziehe sich mit dem Ersparten und Ererbten ins *Dolce far niente* zurück. Gutgläubige Anna.

Was also würde *Monsieur Loup* hier, am Ende der Welt, tun? Was hatte er bisher getan, was er nun lassen konnte? Essen, wann er wollte, schlafen, wann er wollte, aufstehen, wann er wollte. Oder auch gar nicht aufstehen? Zwecklos. Wenn er mehr als sieben Stunden im Bett verbrachte, bekam er Kreuzschmerzen. Er überlegte, während er in Schlangenlinien ging, um nicht über die verdorrten Krautbüschel zu stolpern, welche Mißachtung welcher Regel ihm Freude machen würde, aber es gelüstete ihn nach nichts, was der Gesellschaft mißfallen würde. Er könnte nackt in Haus und Garten herumlaufen, aber abgesehen davon, daß es morgens und abends schon recht kühl wurde und sich in seinem Domizil Kleidung schon deshalb empfahl, weil es durch die schlecht isolierten Fenster ordentlich zog, war der Richter nicht gerne nackt, nicht mal, wenn er allein war. Er mochte seinen nackten Körper nicht, obwohl es dafür keinen besonderen Grund gab, außer vielleicht den, daß er fünfzig Jahre alt war. Aber er hatte sich schon früher nackt nicht leiden mögen. Ein Psychiater hätte möglicherweise eine Erklärung parat gehabt, aber die Sache war ihm nie wichtig genug erschienen, um darüber länger als drei Sekunden vor dem Badezimmerspiegel nachzudenken. Mit Frauen war das etwas anderes. Gerdas nackten Körper hatte er auch noch geliebt, als er zweiundvierzig Kilo wog und er ihn wie den eines Kindes in die Badewanne heben konnte.

Er war an der höchsten Stelle des Kaps angekommen. Der Anblick des tobenden Wassers unter ihm ließ eine Erinnerung deutlich werden, ein Bild, das sich in seine Netzhaut gebrannt hatte, obwohl er es gründlich unter Aktenbergen begraben und mit dem Firnis eines bürgerlichen Lebens übertüncht hatte: der blaue Campingbus mit den blaukarierten Vorhängen ... Hier, genau hier war es passiert. Was heißt passiert, höhnte der Richter. Hier hatten sie es *getan*. Mein Gott, durchfuhr ihn ein Schauder, wie konnte Paul ausgerechnet diesen Ort als Sommerfrische wählen? Wie weit konnte Zynismus gehen? Ein Windstoß fuhr die Klippen hoch und brachte ihn fast aus dem Gleichgewicht. Der Atem der Hölle, dachte der Richter, und: werd nicht theatralisch, alter Mann, das steht dir nicht.

Er wählte für den Rückweg einen Trampelpfad in sicherer Entfernung vom Abgrund und mußte dabei über sich selbst den Kopf schütteln.

Vielleicht würde Paul ihn zurückweisen, ihn gar nicht sehen wollen, dachte er, als er nach dem Fußmarsch von drei Kilometern vor seinem Gartentor stand und zu dem alten Haus hinüberblickte. Es hatte etwas Düster-Majestätisches, wie es trotzig in den bleigrauen Himmel ragte. Rührte der Eindruck von den geschlossenen Läden im ersten Stock her oder von den strengen Zypressen an den Seiten der Eingangstür?

Oder ... hatte Paul ihn längst gesehen?

Helen mußte eingenickt sein, denn als sie wach wurde, bemerkte sie, daß sie Besuch hatte. Es war die Schottin. So jedenfalls nannte Helen die blasse Dame, deren gälischen Namen sie nicht aussprechen konnte. Sie saß ihr gegenüber, auf Pauls angestammtem Stuhl, und winkte Helen mit der rechten Hand freundlich zu. Ihr Kleid hatte lange, weite Ärmel mit kleiner Lochstickerei und weißen Spitzen an den Enden, die fast bis zu den Ansätzen der langen, dünnen Finger reichten.

Waren ihr die unangemeldeten Besuche der Dame, die stets Schwarz trug, zunächst unheimlich gewesen, so freute Helen sich inzwischen über ihr Erscheinen.

»Wir werden hierbleiben«, verkündete Helen ohne Umschweife. »Über den Winter oder sogar für immer.«

»Wer?«

»Ich und ... und Paul.«

»Das ist nicht gut«, kommentierte die Schottin.

»Wieso nicht?«

»Sie mögen keine Fremden.«

»Das sagt Paul auch.«

»Mich mochten sie mein Lebtag nicht. Noch heute reden sie mir auf übelste Weise nach.« Sie schnaubte durch ihre aristokratisch geformte Nase. Ihre Haut war makellos und besaß einen Schimmer wie bei einer Wachspuppe.

»Die Zeiten haben sich geändert. Sie leben heutzutage von Fremden.«

»Pah! Das war immer schon so.« Sie kräuselte die schmalen blaßrosa Lippen. »Sie zündeten Leuchtfeuer an, draußen auf den Klippen. Und dann hieß es nur noch warten, bis das Meer den Lohn ihrer Freveltat an Land spülte. Die Leichen verscharrten sie im Sand oder überließen sie den wilden Hunden und den Möwen. Nein, sie mögen keine Fremden, die Pferdefresser, sie lieben nur ihr Geld.«

»Mag sein«, lenkte Helen ein. In machen Dingen war die Schottin reichlich stur und weltfremd und eine Diskussion mit ihr müßig. Andererseits wußte sie sehr viel. Vor allen Dingen über Kräuter.

Eine Bewegung am Ende des Gartens erregte Helens Aufmerksamkeit. Es war Babbo, der sich mit gesträubtem Nakkenfell an der Hecke entlangdrückte. Sie rief ihn zu sich, aber der Hund blieb zitternd und mit eingezogenem Schwanz im hintersten Winkel des Gartens stehen.

»Er fürchtet sich.« Helen lächelte, als wolle sie sich für das Benehmen des Tieres entschuldigen.

Die Schottin zuckte mit den mageren Schultern.

»Soll er. In meiner Heimat gab es verwilderte Hunde, die waren gefährlicher als ein Rudel Wölfe. Riesige Mastiffs. Man mußte sich vor ihnen in acht nehmen.«

»Babbo ist lieb, der tut keinem was.«

»Solange sein Magen gut gefüllt wird, nicht«, sagte die Schottin voller Mißtrauen. Dann inspizierten ihre Augen den Garten.

»Gefällt es Ihnen so?« fragte Helen.

»Keine Feldfrüchte, viel unnützes Blühwerk. Die Rosen da ...« Sie schwieg und betrachtete die beiden Rosenstöcke vor dem Küchenfenster, wobei ihr Gesichtsausdruck von sanfter Mißbilligung überging in ein verträumtes Lächeln. »Einer nannte mich immer *meine Hopfenblüte*.«

Helen mochte nicht zugeben, daß sie keine Ahnung hatte, wie Hopfenblüten aussehen, deshalb sagte sie: »Welcher war es, der so romantisch veranlagt war?«

Die Schottin zupfte verlegen an den Bändern ihrer Haube, dann winkte sie ab. »Ein Mannsbild eben, ein Taugenichts. Einer von diesen Sargnägeln.« Sie seufzte. »Die Mannsbilder haben sich ebenfalls nicht geändert, Teuerste. Die ändern sich nie.«

»Es muß in Ihrem Leben doch wenigstens eine große Liebe gegeben haben«, forschte Helen.

Sie lächelte schelmisch. »Sie zu lieben heißt nicht, daß man ihnen trauen könnte. Am schlimmsten sind die, die einem die süßesten Worte ins Ohr flüstern.«

Damit habe ich bei Paul zum Glück keine Probleme, dachte Helen und antwortete: »Das hat mir mein Vater auch immer gesagt. Aber es gab sowieso nie einen Süßholzraspler in meinem Leben.«

Die beiden Frauen lächelten sich zu, aber dann wurde Helen nachdenklich.

»Mein Vater hat mir abgeraten, Paul zu heiraten. Der macht dich unglücklich, hat er mir noch am Tag der Hochzeit gesagt.«

»Hat er recht behalten?«

»Nur manchmal.«

»Ein kluger Mann. Was war sein Broterwerb?«

»Er war Professor für Biologie. Ich habe auch Biologie studiert, aber meine Doktorarbeit nie beendet. Ich fürchte, ich habe ihn enttäuscht.«

»Studierte Weiber«, murmelte die Schottin, führte das Thema aber nicht weiter aus. »Mein Vater war Steuereintreiber.«

»Oh.«

Helen fiel ein, was sie schon lange fragen wollte: »Haben Sie Pauls Großtante gekannt? Sie muß hier eine Weile gelebt haben, sie hat Bücher geschrieben.«

Die Schottin schüttelte den Kopf. »Nein. Hier hat nie ein Frauenzimmer gelebt, das Bücher geschrieben hat. Man hat Euch einen Bären aufgebunden.«

Helen war zu verwirrt, um weiter nachzufragen. Vielleicht hatte die Tante das Haus nur gekauft, aber nie bewohnt, vielleicht hatte die Schottin Erinnerungslücken oder wollte nicht darüber reden, so wie sie über einige Dinge, die hier geschehen waren, nicht gerne redete.

»Weshalb versteckt Ihr Euch hier?«

Helen hatte das Gefühl, daß ihre Blicke durch sie hindurchgingen wie Röntgenstrahlen.

»Wir verstecken uns nicht. Wir haben uns nur zurückgezogen.«

Jetzt waren ihre dunklen Augen geradezu sengend. »Ihr müßt Euch vorsehen«, sagte sie und verschwand.

Im selben Augenblick stürmte der Hund auf die Terrasse und bellte in sämtliche Himmelsrichtungen, als wollte er damit seine Feigheit von eben ungeschehen machen.

Die Kommode war eine Enttäuschung. Keine Antiquität, sondern ein billiges furniertes Ding aus den Fünfzigern. Lisa bat den Zivi, der die Sachen anlieferte, dennoch, sie mit ihr zusammen nach oben zu verfrachten. Vielleicht gewann sie, wenn man sie blau anmalte. Die meisten Dinge gewannen durch blaue Farbe, auch die Küchenstühle vom Sperrmüll sahen zusammen mit dem blauen Tisch richtig gut aus. Der Teppich, ein Perser, mochte einigen Wert haben, nur das düstere Muster gefiel Lisa nicht. Aber Benno würde ihn sicher mögen. Sie legte ihn in Ankes Zimmer. Sie hatte sich noch nicht dazu durchringen können, eine neue Mitbewohnerin aufzunehmen, obwohl man sie an der Uni schon öfter wegen des Zimmers gefragt hatte. Der Fernseher war okay, er besaß eine doppelt so große Bildröhre wie ihr alter. Der Zivi und sie gerieten ins Schwitzen, bis sie ihn in den dritten Stock geschafft hatten. Dazu kamen drei schwere Umzugskartons mit Bilderrahmen, Nippes und Büchern.

Lisa hatte nicht erwartet, daß die Sachen noch am selben Tag gebracht wurden. Das Altenheim hatte es offenbar eilig, die Spuren der alten Dame auszulöschen. Da Ankes Name vom Klingelbrett verschwunden war, hatte der Zivi das ganze Haus aufgescheucht, ehe er sie fand. Das war unangenehm. Lisa wollte um keinen Preis auffallen.

Benno beobachtete die Vorgänge aufmerksam und beschnüffelte jeden neuen Gegenstand ausgiebig. Er war ein Beagle-Terrier-Mischling und vier oder fünf Jahre alt, die er im Tierheim verbracht hatte. Er galt als unvermittelbar, weil ihm bei einer Rangelei im Welpenalter ein Auge abhanden gekommen war. Mit dem verbliebenen hatte Benno sie so intensiv durch die Gitterstäbe angesehen, daß sie alle Vernunft über Bord geworfen und ihn mitgenommen hatte. Ein bißchen Egoismus war natürlich auch dabei. Sie hatte sich nach Ankes Tod so entsetzlich allein gefühlt, und außerdem war da plötzlich diese Angst, die sie immer wieder überfiel. Seit es Benno gab, fühlte sie sich besser. Aber Tierhaltung war in diesem Haus nicht gestattet, und nach Lisas Erfahrungen war es nur eine Frage der Zeit, bis die anderen Mieter sie wegen Benno beim Hausbesitzer anschwärzen würden.

Sie räumte den nächsten Karton aus. Vier Bilderrahmen aus Silber waren dabei, für die könnte sie auf dem Flohmarkt noch was bekommen, vielleicht würde es für zwei Wochen Futter reichen. Bei den Büchern handelte es sich um Triviales aus den Fünfzigern und Sechzigern, da war nicht viel zu holen. Die Klamotten konnte man gleich in den nächsten Altkleidercontainer werfen. Kein Meißner Porzellan, kein wertvolles Hummelfigürchen, wie Lisa insgeheim gehofft hatte, nur Kitsch. Vielleicht hing an dem einen oder anderen Stück eine schöne oder eine wehmütige Erinnerung, ja, ganz bestimmt waren die Dinge für die alte Frau wertvoll gewesen, und Lisa fand es schade, daß sie die Geschichten der Gegenstände nicht kannte. Sicher hatte Anke sie alle zu hören bekommen. Sie hatte ihre Großtante konsequent einmal im Monat besucht, obwohl die sie manchmal gar nicht erkannte. Erzählt hatte Anke wenig darüber, im Gegenteil, sie war nach den Besuchen immer extrem wortkarg gewesen.

Nüchtern betrachtet, war das alles Müll. Ist ja klar, dachte Lisa, wenn Wertgegenstände dabeigewesen wären, hätte man sie nicht einfach bei ihr abgeladen, ohne Erbschein und all die Formalitäten. Aber um diesen Plunder dürfte sich niemand reißen. Wer würde sich eigentlich um die Beerdigung kümmern? Aber das war nun wirklich nicht ihr Problem, sie hatte genug andere.

Sie holte einen Lappen, um die vier Kommodenschubladen auszuwischen, ehe sie ihre Sachen hineinlegte. Als sie die Unterseite der obersten Schublade streifte, spürte sie Widerstand. Eine Pralinenschachtel war mit Paketband an die Schublade geklebt worden. Der Karton stammte von Lindt. Ankes Lieblingspralinen. Angeblich die, die ihr ihr Geliebter oft gekauft hatte, aber inzwischen zweifelte Lisa an allem, was mit diesem Mann zusammenhing, ja, es hätte sie nicht einmal gewundert, wenn es sich herausgestellt hätte, daß es ihn gar nicht gab.

Lisa riß den Karton ab. Er war sorgfältig zugeklebt. Sie lief in die Küche und holte ein Messer. Vielleicht war ihr geheimer Wunschgedanke soeben wahr geworden, und sie hatte den Sparstrumpf der alten Frau entdeckt?

Drei Vorhaben waren es, die den Richter an diesen entlegenen Ort geführt hatten. Zum einen hatte er beschlossen, seine Memoiren zu schreiben. Das war bereits geschehen, gestern nachmittag. Schroffe Lettern in königsblauer Tinte auf Büttenpapier mit Wasserzeichen. Die vier DIN-A4-Seiten lagen nun in einer Klarsichthülle in der Schublade des großen Küchentischs, neben den Spielkarten, diversen Reiseführern und Vogelbestimmungsbüchern. Es war ein gutes Gefühl, ähnlich dem, das er empfunden hatte, wenn ein langwieriger Prozeß endlich beendet war und die Akten archiviert werden konnten. Vielleicht könnte er später – vorausgesetzt, ihm blieb noch etwas Zeit – die eine oder andere Sache vertiefen, aber die Grundaussagen waren gemacht worden.

Das zweite Vorhaben war endgültiger Natur. Der Richter hatte beschlossen, sich umzubringen. Jetzt, wo er seine Memoiren geschrieben hatte, stand der Durchführung dieses Planes eigentlich nichts mehr im Weg, außer seinem letzten Vorhaben, vorher noch einmal mit Paul Tauber zu sprechen.

Er könnte natürlich auch hierbleiben und auf den Tod warten, wie es andere Menschen auch taten, wie es im Grunde alle Menschen zeit ihres Lebens taten, aber er hatte die Dinge immer gerne selber in die Hand genommen. Überraschungen liebte er nicht. Ein plötzlicher Tod, womöglich auf der Straße, beim Einkaufen oder gar in einem Restaurant, wo der Anblick seiner Leiche den anderen Gästen den Appetit verderben würde, nein, einer solchen Peinlichkeit wollte er weder sich noch andere aussetzen. Denn es konnte ihn jede Minute treffen. Heute, morgen, in einem Jahr, in fünf Jahren. Schnell würde es gehen, wie das Platzen einer Seifenblase. So ähnlich stellte er sich dieses Ding auch vor, das der Tomograph in seinem Gehirn gefunden hatte. Aneurysma lautete der medizinische Ausdruck. Inoperabel jedenfalls.

Die Absicht des Richters, von eigener Hand zu sterben, war keineswegs die Entscheidung eines verbitterten Menschen, sie entsprang vielmehr seinem Forscherdrang. Er wollte diese letzte und wichtige Erfahrung bewußt und wohlvorbereitet machen, weshalb es ihm notwendig erschien, den Zeitpunkt selbst zu bestimmen.

Und endlich würde es Antworten geben, so hoffte er wenigstens. Ob es Gott gab, den Teufel – wenn ja, die Hölle war ihm sicher –, ob es danach noch *irgendwas* gab. Wie das mit der Unendlichkeit zu verstehen war. Solche Dinge eben.

Als sie das Klebeband abzog, fielen ihr die Fotos entgegen, als hätten sie auf ihre Befreiung gewartet. Es waren sechzehn, aber es waren nicht die Originale, sondern die Bilder waren eingescannt und auf normalem Druckerpapier ausgedruckt worden. Auf vielen war der Mann nur verwackelt zu sehen. Er trug elegante Freizeitkleidung, einmal einen dunklen Anzug, immer eine Aktentasche.

Es gab von jedem Gebäude, das der Mann betrat oder verließ, drei oder vier Aufnahmen, die kurz hintereinander geknipst worden waren. Lisa konnte drei verschiedene Orte ausmachen. Die Gebäude erinnerten an Ämter oder Museen, der Mann war immer derselbe. Lisa kannte ihn von dem Bild, das auf Ankes Schreibtisch gestanden hatte, und von Zeitungsfotos. Zwei Bilder unterschieden sich von den anderen. Der Mann saß mit einem anderen an einem Tisch in einem Lokal. Der andere hatte dichtes dunkles Haar und studierte ein Papier. Auf dem zweiten Foto saßen sie vornübergebeugt, der zweite Mann, der Lisa dennoch irgendwie bekannt vorkam, vielleicht war er ein Lokalpolitiker, hatte die Hände wie zum Gebet verschränkt und stützte sein Kinn auf die Knöchel der Daumen. Seine Augen blickten finster und lauernd. Der erste schien zu gestikulieren, die Augen weit geöffnet, der Mund in Bewegung, wodurch das Gesicht etwas Verzerrtes bekam. Die letzten zwei Fotos waren grobkörnig, zwar nicht verwackelt, aber irgendwie trübe. Lisa vermutete, daß sie durch eine Fensterscheibe und aus größerer Entfernung gemacht worden waren. Unter einem von ihnen stand in Ankes kindlicher Handschrift ein Datum: *6. Okt. 2001*.

Am 6. März 2002 war Anke Maas ermordet worden. Der Täter hatte ihr nach der Circle-Training-Stunde auf dem Parkplatz der TU-Sporthallen eine Plastiktüte über den Kopf gezogen und sie so lange zugehalten, bis sie erstickt war. *Qualvoll* hatte in den Zeitungen gestanden.

Am Montag nachmittag fuhr Helen mit dem Fahrrad ins Dorf und betrat die Epicerie. Sie ließen sich die Post hierherschicken, weil es im Dorf kein Postamt gab und weil der Briefträger nicht bis zu ihrem Haus fuhr. »Wäre er nicht dazu verpflichtet?« hatte Helen seinerzeit argumentiert, aber Paul hatte abgewehrt: »Ich kenne die französischen Postbestimmungen nicht, und außerdem ist es mir auch lieber so.«

Sie hatten ihrer Nachbarin Geld dagelassen, damit sie ihnen die Post nachsandte. Es war ein Paket für Tauber angekommen, ein Paket, das heute Gebühr kostete, wo es sonst nie etwas gekostet hatte. Eine Quittung für die Gebühr gab es keine. Helen verzichtete darauf, sich auf einen Disput mit dem alten Guirec einzulassen, der wie angeklebt hinter der Kasse saß und seine Äuglein auf einen an der Wand gegenüber angebrachten Fernseher gerichtet hielt. Wie immer lief ein Kanal, in dem junge Damen ihre entblößten Oberweiten zu Schlagermusik wippen ließen, und Monsieur verfolgte das Geschehen stets so gebannt, daß man ein schlechtes Gewissen bekam, ihn wegen schnöder Lebensmitteleinkäufe bei seinem Kunstgenuß zu stören. Vielleicht war das Paket schwerer als sonst, vielleicht hatte der Mann heute schlechte Laune. Ja, er hatte schlechte Laune, eindeutig, sein Ferkelgesicht war wie zur Faust geballt. Er war noch nie sehr redselig gewesen, aber so stumm wie heute auch nicht, und so finster hatte er sie noch nie angesehen. Helen bezahlte die Gebühr und verließ den Laden, ohne etwas zu kaufen. Paul würde nach seinem Lieblingskäse fragen. Würden sie eben nach Saint-Renan fahren müssen, es wurde ohnehin Zeit, den Weinkeller aufzufüllen.

Geld, überlegte Helen. Wird das Geld reichen? Aber Paul hat sicher alles geregelt, wie immer. Helen hatte sich nie um die Finanzen gekümmert. Sie und Paul führten eine klassische Ehe. Den Ausdruck hatte Helen irgendwo gelesen, und er gefiel ihr. Helen war die Frau im Hintergrund, die die Widrigkeiten des Alltags von ihm fernhielt.

Als Helen Paul kennengelernt hatte, studierte sie mit großem Eifer Biologie, doch im Lauf ihrer Ehe widmete sie Pauls Karriere mehr Energie als ihrer eigenen. War es Glück, oder hatte sie Pauls Potential erkannt? Mit fünfunddreißig war

Paul Tauber Professor und erhielt einen Lehrstuhl für Architektur an der TU Darmstadt. Sie verließen Heidelberg, zogen in die Stadt, in der Helen aufgewachsen war, und renovierten das Haus von Helens Mutter, die zu dieser Zeit schon nicht mehr allein leben konnte. Paul verschaffte ihr ein Apartment in einer Anlage für betreutes Wohnen. Vor drei Jahren war sie gestorben, vielleicht an Einsamkeit, dachte Helen noch heute. Die Ärzte nannten es Leberversagen.

Helen bekam eine Teilzeitstelle im Institut für Stammzellenforschung der Technischen Universität Darmstadt, wo sie sich mit Grünalgen und Hohltieren beschäftigen durfte. Eine Arbeit, die sie auslastete, zuweilen faszinierte, aber nicht überforderte. Ihre begonnene Doktorarbeit über *Die extrazelluläre Matrix in der Evolution von der Ein- zur Vielzelligkeit am Beispiel der Hydra und deren Mutanten als Modellorganismen* legte sie irgendwann ad acta. Paul begrüßte das, und Geld schien ohnehin kein Problem zu sein. Die letzten Jahre über hatte Paul gut verdient, extrem gut sogar, den Eindruck hatte Helen bekommen, obwohl er nie Summen nannte. Er war viel unterwegs und zu Hause häufig mürrisch und in depressiver Stimmung gewesen. Aber das war nun vorbei, endgültig.

Als Helen den Laden verlassen hatte und das Paket auf dem Gepäckträger ihres Fahrrads befestigte, sah sie sich plötzlich von vier Jugendlichen auf ihren Mopeds umringt. Sie grinsten. Ebenso das Mädchen, das ohne Moped an einem öffentlichen Abfalleimer lehnte. Helen lächelte zurück. Den einen kannte sie, er war der Sohn vom Hotel *Morgane*, der sich dieses Jahr die Haare bis auf eine Tolle an der Stirn abrasiert hatte. Der andere mochte Marias ältester Neffe sein, der letztes Jahr in der Bar ausgeholfen hatte. Die zwei Rothaarigen mußten Brüder sein und gehörten offensichtlich zum Clan der Ferkel.

Sie stiegen auf ihre Mopeds und umkreisten Helen wie ein Schwarm wild gewordener Hornissen. Helen tat eine

Weile so, als fände sie das ebenso spaßig wie die vier. Dreimal machte sie den Versuch, loszufahren oder weiterzugehen, aber ein Moped folgte dicht auf das andere, und sie wagte nicht, den Kreis zu durchbrechen. Sie sah hilfesuchend in die Richtung des Mädchens, aber das zog einen arroganten Schmollmund und tat desinteressiert. Helen hatte das Mädchen schon öfter gesehen, sie trieb sich gerne mit der Mopedgang herum. Sie mußte eine Kreuzung aus Caradecs und Guirecs sein: Ihr Gesicht war klein, spitzes Näschen, kleine, scharfe Zähne, engstehende, tiefliegende Augen, das typische Wieselgesicht der Caradecs. Dazu paßte ihr dünnes aschfarbenes Haar, nicht aber ihr gut entwickelter Körper, der besonders um die Brust aus allen Nähten zu platzen schien und auf den Guirec-Clan deutete. Auch Paul hatte gelegentlich aus den Augenwinkeln von ihren Formen Notiz genommen. Ob die Vorstellung der Jungen dem Mädchen galt, ein Imponier- und Balzgehabe auf Helens Kosten? Die jungen Männer riefen Helen Worte zu, die sie nicht verstand, die in der Runde aber für Heiterkeit sorgten. Ihr Fahrrad wurde umgestoßen. Helen spürte, wie ihre Verzweiflung wuchs, gleich würden ihr Tränen kommen, ob sie wollte oder nicht. Nicht zum erstenmal in ihrem Leben wünschte sich Helen, ein Mann zu sein, und in der Lage, Flegel wie diese kurzerhand zu verprügeln. Sie warf einen Blick über den Platz zum Café *Atlantic*, sah aber nur die spiegelnde Scheibe. Kein Mensch war unterwegs, gerade so, als wären sie alle ausgewandert, nur der ewige Westwind trieb sein Spiel mit leeren Cola-Dosen auf dem Kopfsteinpflaster. Helen bat die Jungen mit fester Stimme, sie durchzulassen, aber das aggressive Jaulen ihrer Maschinen übertönte ihre Worte. Einer der Jungen spuckte nach ihr. Das Wieselmädchen drehte gleichgültig eine Haarsträhne und sah dem Treiben aus grellblau umrandeten Augen zu. Aus Helens Verzweiflung wurde Wut. Sie machte sich an ihrem Fahrrad zu schaffen, dann richtete sie sich rasch auf, stellte sich dem nächstbesten Moped entgegen und schlug dem Fahrer den hölzernen Griff der Luftpumpe ins Gesicht. Es erwischte den kleinen Rothaarigen. Er schrie auf. Sein Gefährt ging mit ihm durch. Der Sprint endete unter dem milden Lächeln der heiligen Katharina an deren Granitsockel. Der Junge stürzte und blieb auf dem Bauch liegen. Seine Kumpane stoppten ihre Mopeds, drehten sich wie in Zeitlupe nach ihm um und verharrten erschrocken. Das Mädchen hatte die Hände vor den Mund gepreßt. Für ein paar Augenblicke schien die Szene wie eingefroren, nichts bewegte sich, bis auf das Vorderrad des knatternden Mopeds, das sich sinnlos in der Luft drehte. Dann richtete sich der Junge langsam auf. Sein Haar hing ihm strähnig in die Stirn, er hielt die Hände vor sein Gesicht. Blut trat zwischen den schmutzigen Fingern hervor, und jetzt, endlich, näherte sich ein Wagen und hielt mit großem Reifengequietsche neben Helen an. Ein Mann stieg aus dem Jeep. Claude Kerellec in voller Jagdmontur, ausgerechnet.

Er fragte Helen in sehr holprigem Deutsch, ob alles in Ordnung sei. Sie nickte. Sie war viel zu durcheinander, um sich zu fragen, warum er eigentlich sie fragte und nicht den Jungen. Hatte er die Szene beobachtet? Warum war er dann nicht schon früher eingeschritten?

Der Verunglückte hatte sich inzwischen aufgerappelt. Aus seiner Nase tropfte Blut in den Staub. Sein Bruder hob das lädierte Moped auf. Für einen Moment sah es aus, als formierte sich Widerstand, aber als ihre zornigen Blicke dem von Claude begegneten, kuschten sie wie junge Hunde. Fäusteschüttelnd fuhren sie schließlich davon.

Helen fühlte sich genötigt, Claude zu danken. Vom Regen in die Traufe, dachte sie dabei. Claude lächelte geschmeichelt, aber dann kümmerte er sich nicht länger um Helen, sondern ging auf das Wieselmädchen zu. Die stand noch immer gegen den Abfallbehälter gelehnt, als wäre sie mit ihm verwachsen. Claude setzte sein charmantestes Lächeln auf und begann mit ihr zu reden, wobei er den Arm um ihre Schultern legte, als wäre *ihr* übel mitgespielt worden. Saisonende, dachte Helen, jetzt mußte wieder die einheimische Weiblichkeit herhalten. Ihr fiel Pauls Beobachtung ein, wonach einige Kinder im Dorf Claude verdächtig ähnlich sahen.

Im Moment war Helen froh, daß Claude abgelenkt war, und sie beeilte sich, auf ihr Fahrrad zu steigen und zu verschwinden, ehe es sich die Dorfjugend anders überlegte.

Der Richter hatte einen seiner langen Spaziergänge gemacht und beschlossen, auf dem Rückweg am Nachbarhaus vorbeizugehen. Weit genug entfernt, um nicht erkannt zu werden, aber nah genug, um sich ein paar Details anzusehen: den verträumten Garten, den Hund, der vor dem Tor im Schatten einer Kletterrose döste, das klägliche Häufchen Kiefernholz an der windgeschützten Ostwand des Hauses, das für den ganzen Winter wohl nicht reichen würde, die weißen Geschirr- und Bettücher, die an der Wäscheleine im Wind flatterten. Die Geschirrtücher waren aus Leinen mit einer roten Borte, seine Mutter hatte die gleichen benutzt. Aus der Nähe wirkte das Haus weniger düster als vielmehr verschlafen; die oberen Läden waren noch immer geschlossen. Der Richter drehte sich um, als der Wind durch seinen Pullover fuhr. Der Himmel hatte sich verändert. Die Linie zwischen Himmel und Meer, sonst ein milchiges Grau, war nun ein scharfer Strich. Ein weißer Ozeandampfer hangelte sich daran entlang. Ein Wolkengebirge hatte sich aufgetürmt, und die Möwen lärmten mehr als sonst.

Ein einsamer Spaziergänger, den er bis jetzt nicht bemerkt hatte, wanderte an der Küste entlang. Von fern hörte man Donnergrollen. Hat mein Hexenhaus eigentlich einen Blitzableiter, fragte sich der Richter und mußte kurz auflachen. Wenigstens kann ich noch über mich selbst lachen, ich alter Trottel. Er ging langsam weiter. Als er sich noch einmal nach der Wolkenwand umsah, hatte sie einen schwefelgelben Rand bekommen, der nichts Gutes verhieß. Der Mann stand noch immer an derselben Stelle, aber nun schaute er durch ein Fernglas, das er auf das alte Haus gerichtet hatte.

Helen trat wie wild in die Pedale. Jeden Moment erwartete sie die Mopeds hinter sich zu hören. Nur nicht umdrehen, sagte sie sich, sonst ergeht es dir wie Lots Frau.

Erst als sie die Hälfte ihrer Strecke zurückgelegt hatte, verlangsamte sie ihre Fahrt und bemerkte, wie sehr sie keuchte und wie ihr die Tränen fast die Sicht nahmen. Der Feldweg, der von der Hauptstraße abzweigte und zu ihrem Haus führte, wurde von trockenen Büschen gesäumt. Er beschrieb lediglich an einer Stelle eine Biegung und verlief dann wieder schnurgerade an dem Kiefernwäldchen entlang, bis er auf die schmale Zufahrt traf, die hinter der Scheune endete. Der Wind vom Meer stemmte sich ihr entgegen. Regen lag in der Luft. Von hinten näherte sich ein Motorengeräusch. Waren ihr die Jugendlichen doch gefolgt? Hier draußen würde sich keiner mehr finden, der ihr half, außer von ein paar Bauern und Sonntagsjägern wurde der Weg nur wenig benutzt.

Sie wandte sich um, aber sie befand sich hinter der Kurve und konnte nichts erkennen. Der Wind pfiff ihr in den Ohren, die Kiefern beugten sich seiner Kraft. Nach einigen angstvollen Momenten kam Helen zu der Überzeugung, daß das Geräusch von einem Automotor stammte. Zum Autofahren waren die vier ja wohl noch zu jung. Oder?

Möglicherweise fuhr sie wegen des Windes in Schlangenlinien, oder eine Bö hatte sie in Richtung Fahrbahnrand gedrückt, sie konnte es hinterher nicht mehr sagen, als sie im Graben lag, das Fahrrad auf ihr. Der Wagen fuhr in gemächlichem Tempo weiter und zog dabei eine Staubfahne hinter sich her wie ein Transparent. Wenn sie sich nicht sehr täuschte, dann war das der beigefarbene Kombi gewesen, der immer vor der Epicerie stand.

Helen rappelte sich hoch. Stechginster hatte ihren Nylonblouson am rechten Ärmel zerrissen, einzelne Dornen waren durch ihre Jeans gedrungen. Ihre Hände waren schmutzig, aufgeschürft und brannten. Das Paket lag im Staub, neben ihrem Rad. Das Hinterrad hatte einen Achter, das Schutzblech war verbogen. Sie versuchte, es so hinzubiegen, daß sie wenigstens noch nach Hause fahren konnte, aber als sie sich auf den Sattel setzte, gab es ein unheilvolles Knacken. Sie stieg wieder ab und schob das Rad den Weg entlang.

Kann es sein, daß mich der alte Guirec einfach übersehen hat? Am hellichten Tag? Aber er muß doch den Aufprall gespürt haben. Oder waren es doch die Jugendlichen, die sich das Auto geschnappt hatten? Sie bildete sich ein, es habe ein Mann am Steuer gesessen, dem plumpen Umriß nach der rechtmäßige Fahrer des Wagens. Unsinn, beruhigte sie sich. Warum sollte er mich anfahren, was habe ich dem Mann getan? Der Staub wird ihm die Sicht genommen haben. Es könnte natürlich auch seine Frau am Steuer gesessen haben. Auch sie war von kompakter Statur, und die Brille von Madame Guirec hatte Gläser wie Flaschenböden. Ja, so mußte es gewesen sein, denn wenn es nicht so war ... Sie mußte an den Alten im Café denken, der sie so böse angestarrt hatte. Seltsam, wie sich die Leute plötzlich benahmen. Als würde ein Aggressionsvirus kursieren. Sie wußte schon jetzt, was Paul dazu sagen würde: »Ich sage es ja immer. Sie mögen keine Deutschen. Wir sind der Erbfeind. Sie nehmen uns in Kauf, solange wir Geld bringen, aber im Grunde hassen sie uns. Bestimmt sind sie heilfroh, wenn sie im Winter ihre Ruhe haben und ihren Dorftrott.« Und er würde hinzufügen: »Und ich kann sie sogar verstehen.«

Helen mußte lächeln. Das Praktische an einer langjährigen Ehe war, daß man schon vorher wußte, wie ein Gespräch verlaufen würde.

Plötzlich erhob sich vor Helen ein Schleier aus Staub und trieb in wildem Tanz auf sie zu. Helen stellte sich mit dem Rücken zum Wind und hielt die Hände vor ihr Gesicht. Sie spürte den Sand im Haar, lauter winzige Stiche. Sogar das

Wetter spielt verrückt, dachte sie, als der kleine Wirbelsturm vorübergezogen war. Sie würde Paul sagen, sie sei aus Unachtsamkeit gestürzt. Oder durch eine Windhose. Vielleicht war es ja auch so.

Zu Hause – ja, er fühlte sich hier tatsächlich zu Hause – schenkte sich der Richter ein Glas Cidre ein und setzte sich an den Küchentisch, der ihm massiver vorkam als der gesamte Rest des Hauses. Obwohl es Nachmittag war, mußte er das Licht einschalten. Jeden Moment würde das Gewitter losbrechen. Er nahm die vier eng beschriebenen Blätter aus der Schublade und las sie noch einmal. Er, der sich auf Urteilsbegründungen verstand, die einen lateinamerikanischen Roman an Weitschweifigkeit übertreffen konnten, fand während des Schreibens, daß sein eigenes Leben nicht besonders viel Mitteilenswertes enthielt. Vier Seiten genügten für die wichtigsten Fakten. Wen interessierten schon die banalen Einzelheiten eines mehr oder weniger banalen Lebens? Wenn er Troja entdeckt oder als Fremdenlegionär gekämpft hätte oder Geheimagent geworden wäre, wie er es sich als Kind erträumt hatte, oder wenn er vier, fünf Frauen, eine jünger als die andere, geheiratet und sich als verkannter Künstler und Hochstapler durchs Leben geschlagen hätte … aber in seinem Fall sah er keine Gründe, ausschweifend zu werden. Die Kindheit beanspruchte eine knappe Seite. Er war in Heidelberg in einem verschindelten Haus mit steilem Dach und Blick auf den Neckar aufgewachsen. Sein Vater war Oberstudienrat für Deutsch und Latein gewesen, seine Mutter widmete ihre Aufmerksamkeit Haus und Garten und seiner Erziehung. Er bekam ein Klavier und Klavierstunden – ob aus eigenem Interesse oder auf Geheiß seiner Eltern, wußte er heute nicht mehr. Außer einem schikanösen Mathematiklehrer am Gymnasium und dem langsamen Krebstod seiner Großmutter war ihm von seiner Kindheit nicht viel Nennenswertes im Gedächtnis geblieben. Aber er hatte sich wohl gefühlt, und das war immerhin mehr, als die meisten Menschen über ihre Kindheit sagen konnten. Der Richter hielt inne. Hier hätte etwas von Paul stehen müssen. Paul, der in seiner Straße wohnte, in einem Bungalow mit Gittern vor den Fenstern und einem Schwimmbad und einer Hollywoodschaukel im Garten. Oft war er heulend nach Hause gekommen, weil Paul und seine Gefolgschaft ihn ausgeschlossen hatten. »Laß ihn gehen, Gerald, das ist kein ehrlicher Freund, das sind Neureiche«, sagte seine Mutter zu diesen Gelegenheiten und fügte meistens noch die Weisheit hinzu, daß Geld den Charakter verderbe. Für sie selbst schien das nicht zu gelten, denn auch nachdem sie von ihren Eltern ein ansehnliches Vermögen geerbt hatte, veränderte sich nichts. Sie sammelte weiterhin Rabattmarken und züchtete Gemüse, sein Vater trug nach wie vor denselben abgewetzten Anzug. *Man hat es, aber man zeigt es nicht.*

Paul war vielleicht kein guter Freund gewesen, dennoch war er lange Zeit sein einziger. Bis zu jenem Tag in den Sommerferien: Carolus Beermann und seine Mutter zogen in das Mehrfamilienhaus am Ende der Straße. Die Mutter lebte mit ihrem Sohn allein, sie war Kunsterzieherin und galt unter den Vorstadthausfrauen als exzentrisch. Sie trug niemals Kleiderschürzen. Sie hatte langes schokoladenbraunes Haar und sprach mit französischem Akzent, was die männlichen Bewohner des Viertels entzückend fanden. Auch Carolus hatte dunkles Haar, dazu bernsteinfarbene Augen, eine helle, makellose Haut und für einen Dreizehnjährigen reife, klassisch-edle Gesichtszüge. Den Vater bekam man nie zu Gesicht, und Carolus wies diesbezügliche Fragen souverän zurück.

Carolus kam in ihre Klasse. Obgleich er der Neue war, benahm er sich von Anfang an wie ein Herrscher, der aus dem Exil zurückgekehrt war. Es gab ein paar Hähnchenkämpfe, bei denen sich rasch herausstellte, daß der Neue nicht nur über ein schlagfertiges Mundwerk verfügte. Dann herrschten klare Verhältnisse. Auch Paul hatte zu Schulbeginn gegen Carolus rebelliert, schließlich aber klein beigegeben nach dem Motto *Wenn du deinen Feind nicht besiegen kannst, mach ihn dir zum Freund.*

Wenige Wochen später war Carolus Beermann eine Instanz. Nicht einmal die älteren Schüler hatten eine Chance gegen die Aura der Unbesiegbarkeit, die ihn umgab. Er bestimmte, welche Musik man hörte, welche Sorte man hinter den Müllcontainern rauchte, welche Schulstunden man schwänzte, um flippern zu gehen. Daß mit Carolus das organisierte Verbrechen an der Schule Einzug hielt, war vielleicht übertrieben ausgedrückt, aber schon bald kontrollierte er gewisse Vorgänge. Jedenfalls hatte er schon damals immer Geld. Es gab viele Cliquen an der Schule, aber die um Carolus Beermann war die Nummer eins, auch bei den Mädchen.

Paul Tauber und Gerald Wolf waren die von ihm erwählten »besten Freunde«. Seine Leibeigenen, dachte Gerald in Momenten der Demütigung, in denen er die Unterschiede zwischen Freundschaft und Geduldetwerden erkennen konnte, ehe ihn Carolus' Autorität und sein Charme von neuem gefangennahmen.

Paul lebte im Status eines Vizekönigs und in ständigem Bemühen, so zu sein wie Carolus. Gerald versuchte das erst gar nicht. Daß aus einem Spatzen nie ein Adler werden würde, war ihm schon damals klar. Im Bund mit Carolus und Paul zu sein mußte ihm genügen. Einst bevorzugtes Opfer sämtlicher Rabauken und Fieslinge der Schule, wagte nun keiner mehr, ihn auch nur scheel anzusehen.

Schon aus Dankbarkeit hätte er alles für sie getan.

Er hatte alles für sie getan.

Helen zog sich um und betupfte ihr aufgeschürftes Knie mit Alkohol. Das Fahrrad war hinüber. Der Vespa-Verleiher im Dorf hatte eine kleine Werkstatt, vielleicht konnte er es reparieren. Solange konnte sie Pauls benutzen.

Die Post. Sie öffnete den gelben Karton. Frau Andromeit hatte ein paar Tageszeitungen beigelegt, die würde sie später durchsehen. Zuerst die Briefe. Rechnungen, Reklame ... in den Kamin damit. Ein dicker Umschlag war an Paul adressiert und trug den Stempel einer Anwaltskanzlei, sie legte ihn für Paul beiseite. Hoffentlich nichts Unangenehmes.

Sie kochte sich Tee und nahm sich ohne allzu große Neugier die Zeitungen der vergangenen drei Wochen vor.

Frankfurter Rundschau   *Freitag, 4. Oktober 2002*

Suizid in der Untersuchungshaft

Am Donnerstag morgen wurde Dr. Carolus Beermann von einem Vollzugsbeamten der Untersuchungshaftanstalt Weiterstadt tot in seiner Zelle aufgefunden. Die Todesursache konnte noch nicht endgültig geklärt werden, vermutlich handelt es sich um eine Überdosis Schlaftabletten. Die Ermittlungsbehörden gehen bislang von Selbstmord aus, ließ der Pressesprecher der Staatsanwaltschaft verlauten. Das LKA Hessen sowie das BKA sind in die Ermittlungen eingebunden. Carolus Beermann war als Investmentberater für die Rheinbank AG tätig. Er befand sich im Zusammenhang mit der Schwarzgeldaffäre um die Rheinbank AG seit April dieses Jahres in Untersuchungshaft.

Ein Teil seiner Klienten hat sich inzwischen durch Selbstanzeige vor einer Anklage wegen Steuerhinterziehung gerettet, dadurch wurden Steuern in Höhe von 22 Millionen Euro zurückerstattet. Das Gesamtvolumen der Schwarzgeldaffäre wird jedoch von den Ermittlungsbehörden deutlich höher geschätzt. Carolus Beermann soll über Jahre hinweg Gelder ins Ausland transferiert haben. Dr. Jürgen Hortenberg, Mitglied des Aufsichtsrats der Rheinbank AG, bestreitet jede Mitwisserschaft oder Beteiligung der Rheinbank AG und deren Mitarbeiter an der Schwarzgeldaffäre: »Nichts als ein böses Gerücht.« Dr. Beermann habe vielmehr die über das Bankhaus entstandenen Kundenkontakte für seine kriminellen Zwecke benutzt.

Vom Anwalt des Toten war bislang keine Stellungnahme zum Tod seines Mandanten zu bekommen.

Helen las den Artikel mit nachdenklicher Miene. Erstaunlich, welchen Weg das Schicksal manchmal einschlug, dachte sie und warf die Zeitung zu den anderen.

Draußen brach das Gewitter los.

Sie nahm das *Darmstädter Echo* vom letzten Freitag, las aus alter Gewohnheit zuerst die Todesanzeigen und schlug dann den Lokalteil auf. Es mußte einen Grund haben, warum Helga Andromeit ausgerechnet diese Ausgabe geschickt hatte, und da war er auch schon:

Darmstädter Echo   *Montag, 7. Oktober 2002*

Mordfall Maas zu den Akten?

Ein halbes Jahr ist seit dem grausamen Mord an der Architekturstudentin Anke Maas vergangen, noch immer hat die Kripo keine Spur. Wie ein Pressesprecher bekanntgab, wurde vergangene Woche die »Soko Anke« aufgelöst. »Das bedeutet nicht, daß der Fall zu den Akten käme«, betonte der Sprecher. »Die zuständigen Beamten ermitteln nach wie vor.«

»Die meisten Tötungsdelikte werden innerhalb der ersten vier Tage gelöst. Danach kann es Monate, manchmal Jahre dauern. Aber wir bleiben dennoch dran«, versicherte Oberkommissarin Claudia Tomasetti, die die Ermittlungen in Zukunft leiten wird.

Die Studentin wurde am 6. März zwischen 22.00 und 23.00 Uhr, vermutlich auf dem Parkplatz der TU, mit einer Plastiktüte erstickt, als sie von einer Sportstunde kam. Die Leiche, die am Rand des Parkplatzes in einem Gebüsch hinter einer Bushaltestelle lag, wurde erst am nächsten Morgen entdeckt. Es gab keine Hinweise auf sexuellen Mißbrauch, jedoch fehlte die Sporttasche mit Geld und Papieren der Toten. Dennoch glaubt die Kripo bis heute nicht an einen Raubmord. Der Exgeliebte der Toten, ein Professor, bei dem die Architekturstudentin Seminare besucht hatte, war vorübergehend in Verdacht geraten, mangels Beweisen und Motiv konnte jedoch keine Anklage erhoben werden.

Helen schlug mit der Faust auf die Zeitung. Verdammt noch mal, konnten sie denn nie Ruhe geben? Hatten die Schlagzeilen vom Frühjahr nicht gereicht? Schlagzeilen. Jede Zeile ein Schlag. *Exgeliebter. Mangels Beweisen.* Das las sich wie ein Schuldspruch, hatten sie denn gar keinen Respekt vor dem Ruf eines Menschen, durften die einen nach Belieben beschuldigen und verleumden, immer wieder und wieder? Außerdem stimmte es nicht, was diese Journalisten schrieben, Anke Maas hatte nicht Architektur studiert, sondern Kunst. Sie hatte bei Paul nur einen Architekturkurs belegt.

»Gibt's was Neues?« hörte sie Paul von oben rufen.

»Nein«, sagte Helen.

Sie zerknüllte die Zeitungen, warf sie zu den Rechnungen in den Kamin, riß ein Streichholz an und sah zu, wie die Flammen Bilder und Worte gierig auffraßen. Danach war ihr wohler. Heute abend würde sie hier ein Feuer anzünden, das letzte Holz aus dem Schuppen verbrennen. Genau, fiel Helen ein: Das Kaminholz müßte allmählich geliefert werden. Helen freute sich schon darauf, die gehackten Scheite in den Schuppen zu tragen und aufzustapeln. Ein Stapel Holz vermittelte so ein wohliges Gefühl von Sicherheit. Das war im Moment viel wichtiger als diese Botschaften aus jener anderen Welt, mit der sie und Paul nichts mehr zu tun haben wollten.

Der Richter legte die vier Blätter aus der Hand, nachdem er sie noch einmal durchgelesen hatte. Seine Wangen brannten. Wie viele, die über Gott und die Welt und andere Menschen schreiben konnten, fand er jedes Wort über sein eigenes Leben einfach nur peinlich. Sämtliche Ansätze, Tagebuch zu führen, waren an diesem Schamgefühl gescheitert, das ihn jedesmal beim Lesen des Geschriebenen überkam.

Um sich von seiner Person abzulenken, dachte er an Paul. Er könnte ja dessen Memoiren schreiben, er wußte genug über ihn, zumindest bis zu einem bestimmten Zeitpunkt.

Paul war aufgrund seiner Faulheit ein mittelmäßiger bis schlechter Schüler gewesen, aber das schien weder ihn noch seine Eltern zu belasten. Irgendwie schaffte er trotzdem das Abitur. Als Student bewohnte er ein Apartment, in das zweimal die Woche eine Putzfrau kam, um die Spuren des akademischen Lebens zu entfernen. Darüber hinaus besaß er ein Cabrio und einen Hang zu Frauen von greller Schönheit und grellem Benehmen.

Aufgewachsen mit der Gewißheit, ihm stünden alle Türen der Welt offen, wurde er gegen Ende seines Studiums, im Sommer 1978, von der Realität eingeholt. Das Bauunternehmen seines Vaters ging pleite. Ein mit der Familie befreundeter Architekt, der schon ungeduldig auf Pauls Studienabschluß zu warten schien, um ihn mit einem respektablen Anfangsgehalt in der Arbeitswelt willkommen zu heißen, besetzte die Stelle mit einem Einserabsolventen aus Tübingen. Die Einladung eines Klassenkameraden zum Segeltörn wurde unter fadenscheinigen Gründen zurückgenommen. Von dem Wochenende am Comer See, bei dem es erstklassigen Stoff und erstklassige Mädchen gegeben hatte, erfuhr Paul erst hinterher durch eine Indiskretion. Paul war plötzlich nicht mehr der Sohn eines reichen Geschäftsmannes, sondern der Sohn eines betrügerischen Bankrotteurs und hatte nur noch zwei Freunde: Gerald Wolf, den stillen, etwas langweiligen Jurastudenten, mit dem er sozusagen aufgewachsen war, und Carolus Beermann.

Pauls gesellschaftlicher Niedergang ließ Carolus unberührt. »Laß dich von diesen Jungspießern am Arsch lecken«, befahl er. »Eines schönen Tages kommen die alle wieder angekrochen.«

Ohnehin befand sich damals einiges in Auflösung. Carolus war mit seinem BWL-Studium fertig und würde für ein Jahr nach Amerika gehen, die Sozialpädagogen gingen nach Indien, und Gerald mußte ein Referendariat in Mannheim antreten. Nur bei Paul würde es noch ein Jahr dauern, da er einige Semester mit einem Kunststudium vertrödelt hatte, ehe er zur Architektur gewechselt war.

In jenem Sommer 1978 war viel Aufregendes geschehen. Ereignisse, über die man besser den Mantel des Schweigens breitete, wenn schon das Vergessen nicht gelang. Es gab im Leben eben Dinge, über die man besser nicht redete, mit niemandem, und die man zum Nutzen aller Beteiligten auch besser nicht aufschrieb. So wie das, was während des Frankreichurlaubs geschehen war. Oder jener Abend, Wochen später, an dem Paul und Helen sich kennenlernten. Obwohl viele Jahre vergangen waren, war ihm der Abend noch immer in allen wesentlichen Einzelheiten im Gedächtnis. Es war eine dieser vielen Semesterabschlußfeiern, die nach dem immer gleichen Motto *sex and drugs and rock'n'roll* abliefen, meist in umgekehrter Reihenfolge. Die sogenannte sexuelle Befreiung war inzwischen bis in die Provinz vorgedrungen. Ein Mädchen, das sich weigerte, während oder nach der Party mit einem der Jungen zu schlafen, galt als reaktionäre Zicke, und kaum eine wollte das Schandmal der Tugendhaftigkeit auf sich sitzenlassen. Es herrschten goldene Zeiten für Abstauber wie Carolus und Paul.

Carolus hatte während ihres Frankreichurlaubs eine Sozialpädagogikstudentin »aufgerissen«, wie er sich damals ausdrückte, die er später – oder auch zwischendurch – an Paul weiterreichte, was der üblichen Praxis zwischen den beiden entsprach. Diese Dagmar tauchte auf besagter Fete auf, zusammen mit ihrer Freundin Helen aus Darmstadt, die an diesem Wochenende zu Besuch bei ihr war. Gerald, der ebenso heimlich wie hoffnungslos in die monroeblonde Dagmar verliebt war, empfand unabhängig davon sofort eine innere Verbundenheit mit diesem unscheinbaren, leisen Mädchen.

Zufall oder Schicksal – Helen war zur richtigen Zeit am richtigen Ort. Sie trat in Pauls Leben, als dieses gerade aus den Fugen geraten war und er jemanden brauchte, der vernünftig und verläßlich war.

Natürlich war Helen absolut nicht Pauls Typ. Sie war eine von denen, die sich, davon hatte sich der Richter inzwischen durch sein Fernglas überzeugt, erst in späteren Jahren zu Frauen von dezenter Schönheit und dezentem Benehmen entwickeln, Frauen, die man zu Recht als Damen bezeichnen durfte. Im übrigen eine im Aussterben begriffene Spezies. Das war damals selbstverständlich keinem von ihnen klar, am wenigsten Paul, und es mußte auch in diesem Drama erst die Primadonna sterben, ehe der Held Notiz von der zweiten Besetzung nahm.

Der Richter goß sich Cidre nach. Vielleicht sollte er seine Erinnerungen doch aufschreiben, als Vorbereitung auf dieses unvermeidliche Gespräch mit Paul – und das Geschriebene danach verbrennen, zusammen mit dem Brief, der ihn hierhergeführt hatte. Feuer reinigt, hieß es doch immer. Er glaubte zwar weder an Weisheiten aus dem Volksmund noch allzusehr an die Kraft symbolischer Handlungen, aber einen Versuch war es möglicherweise wert. Die Lampe über dem groben Holztisch flackerte, als es draußen blitzte. Irgendwo im Haus klapperte etwas, aber er stand nicht auf, um nachzusehen.

Schon am frühen Abend ließ Beatrix sämtliche Rolläden herunter und schaltete die Lichter an. Sie fühlte sich zwar einsam, aber nicht unbeobachtet. Kameras und Wanzen sind heutzutage sehr klein, dachte sie.

Ohne Carolus war das Haus still wie ein Sarkophag, und die Tage klebten zäh und gleichförmig aneinander. Diese kahlen Wände. Beatrix hatte den Bildern nie viel Beachtung geschenkt, dennoch vermißte sie sie jetzt. Vierhundert Quadratmeter Leere. Ebensogut hätten sie mich einsperren können. Wenn man wenigstens telefonieren könnte. Aber sie wollte nicht riskieren, daß eine ahnungslose Bekannte die nächsten Monate über abgehört wurde, nur weil Beatrix ihr Herz ausschütten wollte. Ganz abgesehen davon, daß sie momentan nicht mit Gewißheit sagen konnte, wer Freund und wer Feind war. Besaß sie überhaupt so etwas wie eine Freundin?

Ob sie wohl wieder die ganze Nacht vor dem Haus rumlungern würden? Es waren jetzt jeden Tag andere, andere Wagen, andere Leute. Wie Hornung prognostiziert hatte, waren sie zu einer subtileren Form der Überwachung übergegangen, aber Beatrix war inzwischen sensibilisiert. Sie bemerkte die Familienkutsche mit dem Aufkleber *Leonie an Bord* und auch den abgewrackten Opel mit dem langhaarigen Typ hinterm Plüschlenkrad, Sinn für Details hatten sie ja. Sie spürte die Blicke des Spaziergängers, der allzu müßig herumschlenderte, registrierte die korpulente Dame, die interessiert die Vorgärten betrachtete. Sie hatte einen Instinkt entwickelt, wann und von welcher Seite jemand das Haus beobachtete. Sie glaubte inzwischen sogar zu bemerken, wenn ein neuer Vogel im Garten auftauchte.

Sie betrat Carolus' Arbeitszimmer. Noch immer befiel sie dabei das Gefühl, daß sie hier eigentlich nichts verloren hatte.

Hier hatten sie am wüstesten gehaust. Hausdurchsuchung. Das klang nach Polizeibeamten, die Unordnung in Schubladen machten und in Toilettenspülkästen guckten. Man mußte es erlebt haben, so wie Beatrix vor drei Monaten, morgens um halb sieben, als die Alarmanlage schrillte und Carolus aus dem Bett schoß und die Bildschirme überprüfte. Vor dem Tor der Auffahrt hatte sich ein Trupp Leute formiert, von denen einer die Gartenmauer überwunden hatte. Die Sensoren im Rasen hatten sofort angeschlagen. Falls der Hausherr überrascht war, zeigte er es nicht, rang sich lediglich zu einem grimmigen Grinsen durch. Sein Haus würde ein harter Brocken für die da draußen werden, die Sicherheitstechnik befand sich auf dem Niveau von Präsidentenwohnsitzen. Angeblich diente all der Aufwand den Bildern und Skulpturen, Auflagen der Versicherung. Aber Beatrix hatte den Eindruck, daß Überwachungskameras, Lichtschranken,

Wärmesensoren, schußsicheres Glas und automatisch schließende Rolläden zu Carolus' Vorstellung von einem behaglichen Zuhause gehörten. Im Mittelalter hätte er eine Festung mit Zugbrücke bewohnt.

Den Eindringlingen blieb keine andere Wahl, als Unterstützung anzufordern. Offenbar war Carolus auf so einen Fall vorbereitet, er hatte sofort einen kleinen Kanister parat, mit dessen Inhalt er bestimmte Akten übergoß. Er ließ sich nicht stören, als die Alarmanlage erneut Laut gab. Lächerlicherweise hatte einer versucht, die Kellertür aus V2A-Stahl aufzubrechen, wie die Kamera an der Nordseite verriet.

Bis zu diesem Punkt dachte Beatrix noch belustigt an diesen Morgen des 18. April, einen Donnerstag. Besonders an die Gesichter der vier Männer und zwei Frauen vor dem hohen Eisentor, als sie den Rauch bemerkten, der aus dem Kamin triumphierend in den klaren Himmel stieg.

Als das technische Hilfswerk endlich mit schwerem Gerät anrückte, entschloß sich Carolus, die Tür zu öffnen. Wie gereizte Wespen drangen sie ins Haus ein, schwärmten nach allen Seiten aus, durchwühlten jeden Winkel. Man beschlagnahmte die Bilder, den PC und den Laptop und verhaftete Carolus. Beatrix, die die ganze Zeit wie ein aufgescheuchtes Huhn im Bademantel herumgelaufen war und Carolus vergeblich um eine Erklärung angefleht hatte, hatte sich im Beisein einer Polizistin waschen und anziehen müssen. Allerdings ahnte sie zu diesem Zeitpunkt noch nicht, daß es das letzte Mal war, daß sie ihren Mann lebend sah. Als ihn zwei Polizisten abführten, schaute er sie mit einem seltsamen Blick an, aber anstatt ihr Anweisungen zu geben oder sie zu beruhigen, sagte er etwas völlig Unsinniges: *»Vive la France.«* Dann hob er gegen den Widerstand des Polizisten kurz die Hand an die Brust, wie Napoleon. Beatrix wußte bis heute nicht, was sie davon halten sollte. Carolus hatte Napoleon bewundert, und manchmal benahm er sich wie er, darüber hinaus war Carolus jedoch in keiner Weise frankophil gewesen. Aber wann hatte man bei Carolus je gewußt, woran man war? War es nicht seine hervorstechendste Eigenschaft, unberechenbar zu sein?

Die Putzfrau hatte die Regale wieder eingeräumt, aber auf eine nachlässige Art. Carolus war sehr ordentlich gewesen. Vielleicht, psychologisierte Beatrix vor sich hin, um sein inneres Chaos zu verbergen. Heute früh war ein Karton angeliefert worden, in dem sich persönliche Gegenstände von Carolus befanden, die den Behörden unverdächtig zu sein schienen. Etliche Bücher und Ausstellungskataloge, zwei aufgerollte Kunstdrucke, die offenbar keinen Vermögenswert darstellten, das Foto seiner Mutter, auf dem sie mit einem Pinsel in der Hand hinter einer Staffelei hervorschaute, dem Ausdruck ihrer dunklen Augen nach schätzte sie es nicht, fotografiert zu werden. Beatrix hatte sie nie kennengelernt, sie war vor ihrer Zeit gestorben. Ein Einmachglas mit grobem Sand, der ein wenig aussah wie Asche, vermutlich aus irgendeinem lange zurückliegenden Urlaub. Seltsam, das mit dem Sand. Solche Sentimentalitäten waren eigentlich nicht seine Art. Sie stellte das Glas zurück ins Regal. Bestimmt hatten sie den Sand durchgesiebt, ob sich nicht ein Mikrofilm oder der Zettel mit den Nummern und Paßwörtern der Auslandskonten darin befand. Auch die drei Alben aus den Jahren 1985, 1992 und 1997 mit den jeweiligen Hochzeitsbildern waren für harmlos befunden worden, ebenso die Kladde mit alten Fotos aus seiner Schul- und Studentenzeit. Beatrix schlug das alte Album auf. Er hatte es ihr einmal gezeigt, das war lange her, und es hatte sie damals nicht sonderlich interessiert. Nun gehört seine Vergangenheit in gewissem Sinn mir, dachte sie. Das Gymnasium in Heidelberg. Klassenfotos von jedem Jahrgang, eine Schulfreizeit im Schnee, der erste Käfer. Es gab keine älteren Fotoalben, keine Kinderbilder, nichts, zumindest nicht hier. Als hätten Carolus und seine Mutter, ehe sie nach Heidelberg gezogen waren, gar nicht existiert.

»*Wo bist du aufgewachsen?*«

»*In Marseille.*«
»*Dann sprichst du ja Französisch.*«
»*Nur, wenn ich muß.*«

Carolus war immer rasch einsilbig geworden, sobald sie ihm Fragen zu seiner frühen Vergangenheit gestellt hatte. Also hatte Beatrix aufgehört zu fragen. Sie fand seine Verschlossenheit nicht schlimm, im Gegenteil. Die Männer vor Carolus waren schlimm gewesen, ihr Denken kreiste wie ein Trabant um ihr einzigartiges Ego, es waren junge Männer, die Ahnenforschung betrieben und ihre Kinder- und Jugendstreiche mit Wehmut und Andacht zum besten gaben.

Der Staatsanwalt hatte nach seinem Vater gefragt. Ein Künstler, mehr hatte Carolus nicht über ihn gesagt, wahrscheinlich wußte er nicht mehr. Beatrix blätterte weiter in Carolus' Album. Die Abiturklasse. Partys, immer wieder Partys. Langhaarige Jungen und Mädchen mit Hängekleidchen, Mittelscheitel und kajalumrandeten Augen. Vier Mann auf dem Flokati um eine Wasserpfeife, mit Tüchern um die Köpfe. In ihrem Elternhaus hatte sie ähnliche Bilder in Zigarrenkisten gefunden. Eine Generation von zotteligen Kiffern, dachte sie naserümpfend.

Sommer 78 leitete eine Serie von Urlaubsfotos ein. Landschaftsaufnahmen. Steinmonumente und Klippen, zerfranste Felsstrände, ein knorriger Baum vor einem Sonnenuntergang, ein kleiner Hafen, eine Kneipe. Ein junger Mann auf einem Campingstuhl im Sand, dem ein Mädchen gerade das lange Haar abschnitt. *Wette verloren* stand darunter. Daß Carolus ein Fotoalbum wie dieses besaß, wunderte Beatrix nicht so sehr, aber daß er es mit naiven Kommentaren versehen hatte, fand sie ein wenig peinlich. *Die drei Muskelstiere* stand über dem Bild auf der nächsten Seite. Breitbeinig standen sie vor einem Nato-olivgrünen Steilwandzelt. Sie trugen sehr knappe Badehosen, und obwohl es den Schatten nach noch nicht sehr spät sein konnte, wirkten sie angetrunken. Der in der Mitte war Carolus, das Haar kinnlang, die Augen wirkten dunkler als in Wirklichkeit, ein Sonnenbrand zierte die kräftige Nase und die Schultern. Rechts von ihm der Typ vom vorigen Foto, nun mit Igelhaaren, er hielt eine Korbflasche in der linken Hand. Der dritte war ein magerer braunhaariger Junge mit einer Schildkappe, die das Gesicht beschattete. Carolus hatte die Arme um seine beiden Kameraden gelegt wie ein Patriarch. Wie gut er aussah. Klar, daß ihm die Frauen zu Füßen lagen, so wie die barbusige Blonde – bei genauem Hinsehen die Haarabschneiderin vom vorigen Bild –, die sich vor den dreien im Sand drapiert hatte wie eine Girlande. In Seitenlage, den Kopf aufgestützt, hatte sie wohl einen lasziven Blick versucht, der jedoch eher den Eindruck von Debilität vermittelte. Unter dem Foto stand mit verblassender Tinte: *Vive la France!*

Typisch, dachte Beatrix, Frauen waren für ihn schon damals nur Zierat.

Der Sturm heulte seit Stunden wie ein Rudel hungriger Wölfe. Helen durchwanderte das Haus mit einer Taschenlampe in der Hand, als wäre sie eine Einbrecherin. In der Vorratskammer stand eine angebrochene Flasche Wein, verkorkt wegen der Obstfliegen. Ein Glas nur, damit ich schlafen kann, bei diesem Sturm, sagte sich Helen und hockte sich auf einen Küchenstuhl, die nackten Füße in ihr Nachthemd gewickelt. Sie zündete eine Kerze an, sie mochte um diese Uhrzeit kein elektrisches Licht. Es ging auf drei Uhr zu. Noch vier Stunden bis Sonnenaufgang. Sie verspürte eine vage Furcht, als sie an die kommenden Winternächte hier draußen dachte. Unsinn, sagte sie sich. Die Nächte sind überall lang, du entkommst ihnen nirgends. Der Wein hatte einen säuerlichen Beigeschmack, den sie ignorierte. Nach zwei Gläsern ging es ihr besser. Sie machte Pläne für die nächsten Tage. Einen Einkauf in Saint-Renan, verbunden mit einem Besuch bei Monsieur Bignon, dem Weinhändler, außerdem brauchte sie neue Farben, damit sie endlich mit ihrer begonnenen Collage weitermachen konnte. Als die Flasche leer war, schlich sie zu Paul. Sie hielt die Taschenlampe auf dem Schoß, den Lichtstrahl durch das Nachthemd gedimmt, und betrachtete seine gewölbte Stirn mit den beiden Falten über der schmalen, männlichen Nase, sie ließ sich von der Verletzlichkeit seiner dünnen Lider faszinieren, sah voller Rührung die blauen Schatten, die seine Wangenknochen warfen, bekam Lust, seine trockenen Lippen zu küssen, den rauhen Silberschimmer seiner Bartstoppeln zu spüren, ihm die graue Haarsträhne aus der Stirn zu streichen, den Kopf auf seine Brust zu legen oder wenigstens den Finger in die Rundung zwischen Unterlippe und Kinn zu legen. Früher hatte sie ihn manchmal im Schlaf berührt, immer dreister war sie geworden, und eines Tages hatte er sie heftig an den Hüften gepackt und ihren Körper durchbohrt, daß sie aufschrie. »Hast du endlich bekommen, was du wolltest?« fragte er, ehe er wieder einschlief, aber einige Nächte danach hatte er ihre Hände abgeschüttelt wie kalte Lappen und sie gebeten, es zu lassen, sie würde ihn damit zu Tode erschrecken.

Aber sie ließ sich nicht verbieten, ihn zu betrachten, die schroffe Landschaft seines Gesichts, die Topographie seines Körpers. Die sehnigen Beine. Die runden Schultern, den weichen Bauch, das Geflecht seiner Hände, seinen Schwanz, der nun harmlos wie ein nacktes kleines Tier in seinem Nest lag. Pauls Körper war ein Kunstwerk, fand Helen. Es gehörte ihr allein.

Der Mann setzte sich nicht hin, sondern ging direkt zum Tresen und bestellte auf französisch einen Espresso. Das Café war leer, bis auf die Wirtin, die an einem Tisch nahe der Theke saß und Zeitung las.

Sie musterte den Gast, während sie den Kaffee zubereitete. Er war um die Vierzig und wirkte irgendwie falsch. Der helle Dreitagebart stand im Gegensatz zu den gepflegten Fingernägeln, das sorgfältig geschnittene Haar glänzte, als wäre es kastanienbraun gefärbt, die Lederjacke sah zu neu aus und paßte weder zur verspiegelten Ray-Ban-Sonnenbrille noch zur Außentemperatur. Der Mann schüttete Zucker in seinen Espresso und sagte: »Ich brauche ein Zimmer.«

»Die Saison ist zu Ende«, antwortete Maria.

»Gut. Dann sind ja alle frei.«

»Die Saison ist zu Ende«, wiederholte Maria und schüttelte den Kopf. »Es gibt keine Zimmer mehr.«

»So?« fragte der Mann, »sie haben sich wohl in Luft aufgelöst, die Zimmer?« Die Unterhaltung lief beiderseits in stark akzentuiertem Französisch. Der Gast leerte seinen Kaffee in einem Zug und nahm die Sonnenbrille ab. Ein Blick in diese Augen genügte, um Maria zum Einlenken zu bewegen.

»Ich werde mal meinen Schwager fragen«, murmelte sie.

Der Mann legte ein paar Münzen auf den Tisch. »Wo kann man hier ein Motorrad leihen?«

»Über den Platz und die Gasse beim Souvenirladen runter.«

»*Au revoir*«, sagte er und ging.

»War die Post interessant?«

»Das meiste habe ich ins Feuer geworfen.«

»Nichts reinigt besser als Feuer«, meinte die Schottin.

Helen mußte unwillkürlich an Hexenverbrennungen denken.

»Was stand in dem dicken Brief vom Anwalt?«

»Er war für Paul. Ich habe ihn nicht geöffnet«, sagte Helen.

»Mein Vater war ein Rechtsgelehrter«, erklärte die Schottin. Sie thronte auf einem Stuhl in der Küche und sah Helen zu, die einen Salat wusch.

»Sagten Sie nicht, er war Steuereintreiber?«

»Das war er auch. Ein kluger Mann. Nicht eben beliebt beim Volk, aber gefürchtet und mächtig. Wer nicht zahlte, den brachte er an den Pranger oder gleich in den Kerker.«

»Daran hat sich bis heute nicht viel geändert.«

»Was ist geschehen?« fragte die Schottin und deutete mit ihrem bleichen Finger auf Helens verpflastertes Knie.

»Ich bin mit dem Fahrrad gestürzt, als ich die Post abgeholt habe.«

»Ein gefährliches Ding, so ein Fahrrad. Bei Schürfwunden helfen Umschläge aus dem Sud der Ringelblume oder Silberwasser.«

»Danke, das werde ich versuchen.«

»Das hilft jedoch nicht gegen verletzten Stolz«, sagte die Schottin mit schelmischem Zwinkern.

»Ach«, seufzte Helen, »mein Stolz. Der ist schon so oft gebrochen worden wie die Nase eines Boxers.«

Die Schottin kommentierte die Bemerkung mit einem ausdauernden Schweigen. »Er wird Euch verlassen«, sagte sie unvermittelt. »So wie Euer Vater. Man kann nicht halten, was nicht zum Bleiben geschaffen wurde.«

»Wir werden sehen«, sagte Helen.

Die Schottin erhob sich. »Es wird bis Vollmond schön bleiben und dann sehr viel regnen. Sammelt Pferdemist, und verteilt ihn über die Kräuter.«

Pferdemist, dachte Helen. Woher soll ich den jetzt bekommen?

Lisa saß auf dem Sofa vor dem Fernseher und schaute sich zusammen mit Benno das Vormittagsprogramm an. Seit Tagen lag vor ihr, auf dem überladenen Couchtisch, die Seite mit dem Artikel über Anke. Sie wollten den Fall also zu den Akten legen, darauf lief es ja wohl hinaus, auch wenn diese Kommissarin etwas anderes behauptete. Lisa kannte die Frau, sie war von ihr vernommen worden. *Befragt* hatten sie es genannt, denn verdächtigt hatte man sie wohl nicht, obwohl sie kein Alibi für die Tatzeit hatte. Frau Tomasetti war freundlich zu ihr gewesen, soweit das einer Polizistin, die ihren Job zu machen hat, möglich war. Sie hatte sich Ankes Zimmer angesehen und das Foto auf ihrem Schreibtisch mitgenommen. Dann hatte sie alles über den Mann wissen wollen, aber Lisa konnte eigentlich nur Ankes Schwärmereien und Berichte wiedergeben, die sich nun, als Ankes Leben von allen Seiten beleuchtet wurde, als Phantasiegebilde entpuppten.

Lisa hatte sich betrogen gefühlt. Die vielen Male, die Anke von ihren Rendezvous entweder strahlend wie ein Glühwürmchen oder mit schwarzverschmierten Augen und zuckenden Lippen nach Hause gekommen war, all das sollte sich nur in Ankes Kopf abgespielt haben? Wo sollte sie denn gewesen sein, wenn sie ihren Geliebten nicht auf seinen Studienreisen begleitet hatte? Wo sollte sie die Souvenirs erstanden haben, die Postkarten, wo die Streichholzbriefchen, Zuckertütchen, Nähsets und Aschenbecher aus fremden Bars und Hotels aufgesammelt haben, die sie in der Schublade ihres Nachttischs hütete wie die Kronjuwelen. Die Polizei hatte die Souvenirs nicht sonderlich beachtet.

Aber wozu der Aufwand? Um sie, Lisa, zu beeindrucken? Wie absurd. Im Grunde war Lisa Ankes Katastrophenbeziehung doch ziemlich egal. Sie hörte sich die romantische Schwärmerei, die Klagen und Schwüre an, weil sie eine gutmütige Seele war und dies für ihre Pflicht als Mitbewohnerin hielt.

Nein, es war klar, daß der Mann log. Verständlich, in seiner Situation. Wahrscheinlich hatte er seiner Frau erzählt, daß das Verhältnis beendet sei, was in Wahrheit nicht der Fall gewesen war. Und die Polizei ging ihm auf den Leim.

Doch da war dieser Abend, als Anke gebadet und gesalbt davongeeilt war, um Paul zu treffen. Wie konnte es sein, daß Anke allein im Kino und danach – immer noch allein – im *Planet Diner* gesehen worden war? Bestimmt hatte die Bekannte den Tag verwechselt.

Die Recherchen der Polizei deuteten indessen darauf hin, daß Paul Tauber die Wahrheit gesagt hatte, zumindest was die letzten Monate dieser Beziehung betraf. Anke habe ihn zwar immer wieder brieflich und telefonisch »belästigt«, wie

Tauber es nannte, aber sie hatten sich angeblich nur noch wenige Male getroffen, ganz korrekt und unverfänglich, in Cafés, wo Paul seine Studentin und Exgeliebte zu überzeugen versuchte, daß es zwischen ihnen nichts mehr gab. Eine Bedienung des *Café Journal*, die Anke auf dem Zeitungsfoto wiedererkannt hatte, sagte aus, sie habe eine Woche vor Ankes Tod Fragmente eines solchen Gespräches mitbekommen, unfreiwillig. Das Mädchen habe das Lokal sehr aufgewühlt verlassen. Tauber bestätigte dies und wollte seit jenem Abend nichts mehr von der jungen Frau gehört haben.

Lügen, dachte Lisa, gekaufte Zeugen. Wem eine Mordanklage drohte, der scheute keine Mittel, vor allem dann, wenn er über genügend Geld verfügte.

Stunden zuvor hatte Anke mit trotzigem Triumph in der Stimme zu Lisa gesagt: »Ich habe etwas, das ihn überzeugen wird, sich endgültig für mich zu entscheiden.«

Lisa nahm den Stapel mit den Fotos, der zwischen einer angebrochenen Chipstüte und der Dose mit den Hundekaustreifen lag. Sie schaute sie sich zum wiederholten Mal während der vergangenen Tage an. War es das, womit Anke ihrem Exliebhaber gedroht hatte? Warum sonst hätte sie die Kopien so gut versteckt? Und wo waren die Originale? Die Polizei hatte doch alles durchsucht. Hatte Paul sie ihr abgenommen und sie danach umgebracht? Und die wichtigste Frage: Was sollte sie nun damit machen?

Die Schottin hatte recht behalten. Dienstag und Mittwoch hatte es durchgeregnet, und auch heute herrschte jener alles durchdringende Nieselregen, den Helen nur von hier kannte. Ein Regen, den man kaum wahrnahm, der einem aber bis auf die Knochen ging, so daß Helen beschlossen hatte, den Tag in ihrer Werkstatt im hinteren Teil des Schuppens zu verbringen und an ihrer neuen Collage zu arbeiten.

Sie hatte diesen Sommer viel Material gesammelt: Stücke von alten Grabsteinen, getrocknete Algen wie den flachen

Darmtang, den Meersalat und den Blutroten Meerampfer, außerdem vier zerbrochene Eier der Dreizehenmöwe, viele Herzmuscheln, einen Rehunterkiefer mit Zähnen, einen abgeworfenen Eidechsenschwanz, ein paar ausgehöhlte Käferkörper, tote Asseln, einen mumifizierten Spatzenembryo, ein Rattenskelett. Vom Strand stammten Hölzer in prägnanten Formen, der Schulp eines Tintenfischs, Skelette vom Strand- und vom Herzseeigel, der Schweineschädel, den die Flut angeschwemmt hatte, und etliche nicht genau identifizierbare Zähne und Knochen. Helen schätzte es, wenn ihr eine große Auswahl an Objekten zur Verfügung stand.

Ihre Werke fanden nur wenige Liebhaber. Verkauft hatte sie noch nie etwas, aber das war auch nie ihre Absicht gewesen. Einmal hatte sie in einer Kunstscheune im Odenwald ein paar Stelen ausgestellt, die sie den Vogelscheuchen-Zyklus nannte. Die Besucher der Eröffnungsveranstaltung enthielten sich so einmütig eines Kommentars, als hätte man ihnen am Eingang ein Schweigegelübde abgenommen. Die Volontärin des heimischen Provinzblatts schrieb etwas von *Morbidität*, *Spiel mit dem Ekel* und den *Grenzen des guten Geschmacks*. Der junge Mann von der FAZ hielt tapfer dagegen: *Für den Menschen ist der Tod eine Peinlichkeit, die man verbergen muß, verbrennen, vergraben. Tiere und Pflanzen dagegen sterben öffentlich, und diese Künstlerin hat es sich zur Aufgabe gemacht, die Ästhetik ihres Sterbens darzustellen...*

Nur Helga Andromeit, die Sonnenuntergänge in Öl malte, hatte Helen ermuntert weiterzumachen.

Natürlich machte Helen weiter. Es war einer der wenigen Lebensbereiche, in dem sie sich von niemandem beeinflussen ließ, nicht einmal von Paul.

Helen hatte noch nie ein Tier für ihre Zwecke getötet. Sie hatte überhaupt noch nie ein Tier getötet, wenn man von sehr aufdringlichen Insekten einmal absah. Die Süßwasserpolypen, die man im Institut für Stammzellenforschung als Modellorganismen einsetzte, zählten zwar, zoologisch betrachtet, zur Gattung Tier, glichen in ihrem Verhalten aber doch eher Pflanzen. Den Hydren beispielsweise wuchsen sogar verlorengegangene Köpfe nach. Allerdings ohne Gehirn.

Ob sie ihre Arbeit vermissen würde? Bis jetzt jedenfalls tat sie es nicht.

Sie nahm das Tuch von der Staffelei und enthüllte einen Quadratmeter rauher Fläche, die von einem tiefen Holzrahmen umfaßt wurde. Durch den Rahmen würde sie Drähte spannen, an denen sie ausgewählte Objekte ihrer Sammlung befestigen konnte.

Die Löcher im Rahmen waren bereits vorgebohrt, und der Hintergrund war fertig: helle Schatten auf tiefblauem Grund. Sie ließen beim genauen Hinsehen den Rumpf eines menschlichen Skeletts erkennen, in der Art einer verschwommenen Röntgenaufnahme. *Memento mori* würde sie es nennen und damit wohl endgültig *die Grenzen des guten Geschmacks* hinter sich lassen. Helen mußte lächeln. Was würden sie sagen, wenn sie eines Tages die des schlechten Geschmacks überschritt?

Helen stand vor ihrem Arbeitstisch, der vor dem Fenster an der rückwärtigen Wand des Schuppens aufgebaut war. Sie rollte Drähte in verschiedenen Längen ab und schnitt sie mit einer Zange durch, als sie das Schiebetor aufgehen hörte. Ein Lichtstrahl kroch in den Schuppen, schaffte es aber nicht bis ganz nach hinten. Der Mann, der auf sie zukam, war nicht Paul, das sah Helen sofort, doch sie brauchte einige Sekunden, ehe sie ihn im Gegenlicht erkannte.

»*Bonjour*«, sagte sie mit einem unterdrückten Seufzen. Es war Claude. Hoffentlich wollte er ihnen nicht wieder ein Reh aufschwatzen wie letztes Jahr. Oder ging es um die Holzlieferung? Die ließ noch immer auf sich warten, wahrscheinlich wegen des Regens.

Er grüßte zurück. Sein linkes Augenlid war schlaff und hing stets bis zur Hälfte herunter. Das Gebrechen verlieh ihm ein bizarres Aussehen, teils abstoßend, aber auch auf eine unbestimmte Art faszinierend. Man wußte nie, ob einen das linke Auge nicht heimlich beobachtete. Er trat unaufgefordert näher, bis an ihren Arbeitstisch. Millionen Staubpartikel tanzten im trüben Licht, das durch das matte Sprossenfenster auf ihre Sammlung fiel. Je länger er ihre Schätze betrachtete, desto angeekelter wurde sein Gesichtsausdruck. Wieder sagte er etwas, das Helen nicht verstand. Ihr Französisch speiste sich aus den Quellen sporadisch besuchter Volkshochschulkurse, und wenn die Leute bretonisch sprachen, war sie ohnehin chancenlos.

»Was wollen Sie?« fragte Helen. Er verstand bestimmt ein wenig Deutsch, auch wenn Ingrid kürzlich, bei einem gemeinsamen Kaffee im *Atlantic*, moniert hatte, daß er sich keinerlei Mühe gab, ihre Muttersprache zu lernen.

Claude hielt ihr eine schmutzige Papiertüte hin. Helen nahm sie mit dem Unbehagen eines Kindes entgegen, dem man verboten hat, Bonbons von Fremden anzunehmen, weil sonst unweigerlich *das Schlimme* passieren würde, ein Ereignis, das man ihr trotz wiederholter Androhung nie näher beschrieben hatte.

Die Tüte enthielt keine Bonbons, sondern Maronen.

»Danke.« Helen stellte die Tüte auf den Tisch und rang sich ein klammes Lächeln ab. Der Besucher war ihr lästig, sie wollte arbeiten, was stand er hier herum und starrte sie an? Sein Hemd stand offen und präsentierte der Welt die dichtgelockte schwarze Brustbehaarung. Helen mochte ihn nicht, nicht die Art, wie er sich eitel über die schlecht rasierten Wangen strich und sich scheinbar gedankenlos immer wieder an den Schritt faßte. Jetzt begann er, ohne Punkt und Komma leise auf sie einzureden. Er sprach in starkem Dialekt und nuschelte, Helen verstand kein Wort. Er hielt eine glänzende Marone neben ihr Haar, um die Ähnlichkeit der Farbe zu demonstrieren. So viel Sinn für Details hätte Helen ihm gar nicht zugetraut. Er streckte die Hand aus, als wolle er ihr Haar anfassen. Sie wich zurück, kam aber nicht weit, weil sie gegen ihren Arbeitstisch stieß. Was sollte das werden? Was wollte der Dorfcasanova von ihr, einer unattraktiven Frau, die zehn, fünfzehn Jahre älter sein mochte als er, der sich selbst für unwiderstehlich hielt? War ihm zum Saisonende das Material ausgegangen? Helen versuchte ihm auszuweichen, aber Claude hielt sie an den Schultern fest. Nach wie vor redete er auf sie ein. War der Sündenfall bereits eingetreten, weil sie die Maronen angenommen hatte? Stand sie in seiner Schuld, oder glaubte er, daß sie ihm etwas schulde, wegen der Sache von neulich? Sie hatte ihn nicht um Hilfe gebeten, sie wäre auch so mit den Bengeln fertig geworden, und sie würde auch mit ihm fertig werden. Claude stand nun sehr nah bei ihr, seine Knie zwischen ihren, und Helen wußte, daß sie jetzt handeln mußte, wenn sie nicht einverstanden war mit dem, was geschah, und das war sie nicht, sie war Pauls Frau, und als solche und als Frau überhaupt war sie verpflichtet, sich zu wehren. Außerdem mochte sie Claude nicht, er roch nach Schweiß und Tierblut. Ihr Rücken bog sich über die Tischplatte. Sie spürte seine Hand schwer in ihrem Nacken, und dann merkte sie, wie sie eine unüberwindbare Trägheit überkam, als hätte sie ein lähmendes Gift geschluckt. Sie kannte diese Lethargie, die sie manchmal in den unangebrachtesten Momenten überfiel, diese Momente, in denen ihr Körper dem Gehirn nicht gehorchte. *Typisch Helen*, hatte ihre Mutter kopfschüttelnd festgestellt, *bis die mal schaltet und sich bewegt, ist alles zu spät.* So war es auch bei Dagmar gewesen. Vielleicht würde sie noch leben, wenn Helen nicht einfach nur still dagestanden hätte, zu still. Irgend etwas stimmte nicht mit ihrem vegetativen Nervensystem, es verhielt sich nicht menschlich, sondern eher wie das einer Muschel. *Um Muscheln zu öffnen, legen sich Seesterne mit ihrer Unterseite auf die Muschel und saugen sich mit ihren Oberarmen an ihr fest. Mit den Unterarmen drücken sie sich dann vom Boden ab und ziehen so an der oberen Schalenhälfte der Muschel. Diesen kontinuierlichen Zug hält das Opfer maximal eine*

Stunde lang aus. Öffnet sie sich schließlich auch nur ein klein wenig, so stülpt der Seestern seinen Magen in sie hinein und beginnt sie zu verzehren...

Ihr Blick hielt sich an dem milchigen Lichtstreifen des Vormittags fest, der durch das Scheunentor fiel, als käme von dort die Regieanweisung, was zu tun war. Da draußen war Helligkeit, alles war klar und vertraut, aber sie war hier, im Dunkeln, wo das Unbekannte lauerte, und sie wußte, der Zeitpunkt zur einfachen Umkehr der Dinge war überschritten in dem Moment, als seine Hände plötzlich überall waren und sich seine Lippen an ihrem Hals festsaugten. Es fühlte sich ein wenig eklig an, fand Helen, wie eine Nacktschnecke so kalt und feucht. Aber die Angst war auf einmal weg.

Dann ein heiserer Schrei: »*Merde!*« Die Hand, die sich soeben abwärts arbeitete, zuckte zurück, als sei sie gebissen worden, aber es war nicht die Hand, es war sein Stiefel, den sich Babbo vorgenommen hatte. Knurrend zerrte er daran, erst recht, als Claude mit dem anderen Bein nach ihm trat und Helen aufsprang, weil Claude eine Holzlatte genommen hatte, um damit auf den Hund einzuprügeln. Helen stellte sich vor den Hund und hielt ihn am Nackenfell fest. Gleichzeitig schrie sie Claude an, er solle verschwinden, sofort verschwinden.

Von draußen hörte man ein helles, knatterndes Motorengeräusch. Ein Moped? Claude fluchte und hinkte aus der Werkstatt. Helen ging langsam zum Tor und blieb stehen. Nein, es war nirgends ein Moped zu sehen. Anscheinend entwickelte sie gerade eine Zweiradphobie. Sie verspürte plötzlich eine tiefe Scham. Wie hatte sie sich derart gehenlassen können? Sie wartete zwei Minuten, um Claude Zeit zu geben wegzufahren, aber er blieb neben seinem Jeep stehen, schwer atmend, mit roten Wangen, die lackschwarzen Haare etwas derangiert. Er schien auf sie zu warten. Von einer Stange im Heck seines Wagens baumelte kopfüber ein toter Fuchs. Claude liebte es, seine Beute in der Gegend herumzufahren, Helen und Paul hatten ihn schon verdächtigt, eine Sammlung ausgestopfter Tiere zu besitzen, die er abwechselnd an die Stange hängte.

Helen hielt Babbo noch immer fest und ging mit ihm in Richtung Haus. Sie vermied es, Claude anzusehen. Vor ihrem Gartentor blieb sie stehen. Noch, dachte sie, konnte man das Ganze als Ausrutscher oder als Mißverständnis abtun, noch bestand für sie beide die Möglichkeit, das Gesicht zu wahren. Er machte Anstalten, auf sie zuzugehen, doch da hörte man erneut ein Brummen und Knattern. Einer der Caradecs, denen der Kiefernwald und das Brachland davor gehörten, bog gerade mit seinem Traktor und einer Fuhre Holz auf dem Hänger von der Landstraße in den Feldweg ein. Endlich. Die Kaminabende waren gesichert.

Sie suchte nach einem versöhnlichen Abschiedswort für Claude, irgendeiner unschuldigen Bemerkung. *Danke für die Maronen, und grüßen Sie Ihre Frau?* Es erschien ihr unpassend.

Der Jäger kam ihr zuvor, und da er nicht der hellste Kopf der Gegend war, waren das, was er Helen nun zurief, bestimmt keine Schmeicheleien, auch wenn Helen lediglich das Wort *malade* herausfiltern konnte. Sie konnte seine Wut verstehen, so wie sie sich benommen hatte. Er stieg in seinen Jeep, knallte die Tür zu und fuhr in einer Fontäne aus Schlamm davon. Der tote Fuchs baumelte wild hin und her. Helen sah dem Wagen nach. Ein dunkler Hauch von Vorahnung streifte sie. Er mußte sich gedemütigt fühlen. Ein einfältiger Mann mit verletztem Stolz war gefährlich wie ein gereizter Stier. Sie wußte, ab jetzt hatte sie einen Feind.

Auf der Beerdigung wurde Beatrix von den anderen Trauergästen behandelt, als hätte sie eine offene TBC. Der Aufsichtsratsvorsitzende Dr. Hortenberg nebst Gattin drückte ihr wortlos und sehr knapp die Hand, Hornung begnügte sich mit einem Nicken, die Sekretärinnen sahen sie nicht mal an. Ganz zu schweigen von den vielen, die gar nicht gekommen waren, darunter die Exgattinnen des Verstorbenen. Die Fotografen waren die einzigen, die ihr auf den Leib rückten. Bis zu Carolus Beermanns Verhaftung hatte sich kein Reporter für den erfolgreichen Investmentbanker und seine dritte Frau, ein zweitklassiges Exmodel, interessiert. Das änderte sich, als Carolus Beermanns Steuervergehen aufflogen. Anfangs hatte Beatrix versucht, die Presse abzuwehren und sich zu verstekken. Das erwies sich als nervenaufreibend und zwecklos. Begegnete man den Journalisten mit Schweigen, erfanden sie haarsträubende Stories und garnierten sie mit manipulierten Fotos. Also hatte Beatrix beschlossen mitzuspielen. Nach dem Schock in Maras Boutique und dem ernüchternden Gespräch mit Hornung hatte sie der Bunten die Exklusivrechte verkauft, gegen Cash und im voraus. So mußte sie jetzt wenigstens nicht wie eine Asoziale zur Beerdigung ihres Mannes gehen. Die Erinnerung, wie sie Mara wortlos das Bargeld auf den Tresen geknallt und das Kostüm vom Bügel gerissen hatte, erfüllte sie mit grimmiger Genugtuung. Die Papparazzi wären ohnehin zur Beerdigung gekommen, und so verteidigten die Bunte-Fotografen ihr Revier vehement gegen die Konkurrenz.

Vierundsiebzig Trauergäste waren erschienen, Beatrix hatte sie während des Gottesdienstes gezählt. Eine beschämende Anzahl, wenn man obendrein bedachte, daß darunter noch ein gutes Dutzend Ermittlungsbeamte waren, die Gestalten, die hinter den Thujen herumturnten, nicht mitgerechnet. Auch Oberstaatsanwalt Ressler war da, er nickte ihr zu, sein Gesicht war noch ausdrucksloser als sonst. Insgeheim hielt Beatrix Ausschau nach Männern, die denen auf dem Foto ähnelten. Aber selbst wenn sie da waren, wie sollte sie sie nach vierundzwanzig Jahren wiedererkennen?

Unter den wenigen Besuchern, die ihr am Grab die Hand drückten, war ein kleiner, sehr alter Mann mit einem Hut, der sich als ehemaliger Lateinlehrer von Carolus vorstellte. Beatrix bat ihn, nachher auf sie zu warten. Tatsächlich stand der alte Mann, auf einen Spazierstock gestützt, vor der Eingangshalle, als sie den Friedhof verließ. Niemand ging neben ihr. Die meisten Trauergäste waren davongeeilt, kaum daß der Priester den Segen gesprochen hatte, nur die Presse und die Polizei schienen Zeit zu haben.

Beatrix winkte ein Taxi für sich und den alten Lehrer heran, der sich Dr. Velster nannte. Aufseufzend ließ sie sich auf die Rückbank sinken. Endlich ein Ort, an dem man sich unterhalten konnte, ohne daß Gott weiß wer mithörte.

»Wohin müssen Sie?« fragte sie den Lehrer.

»Zum Bahnhof, wenn es möglich ist. Ich bin aus Heidelberg gekommen.«

»Zum Bahnhof«, wiederholte Beatrix für den Fahrer. Er war ein junger Mann, vermutlich Student, der ihr unverdächtig schien. Dennoch blieb sie vorsichtig. Sie zog das *Vive la France*-Foto aus der Handtasche. Seit sie es gefunden hatte, trug sie es bei sich wie einen wertvollen Schatz.

»Dr. Velster, kennen Sie diese beiden Männer? Wenn ja, würden Sie bitte die Namen aufschreiben, ohne sie laut auszusprechen?«

Der alte Herr sah sie durch seine dicken Brillengläser verwundert an, dann nickte er verständnisvoll. Er schaute nicht lange auf das Foto, dann nahm er den Stift, den ihm Beatrix hinhielt, mit seinen gelblichen Fingern entgegen und kritzelte lange und umständlich auf die Rückseite des Fotos, wobei er Beatrix' Handtasche als Unterlage benutzte. Währenddessen schaute Beatrix in den Rückspiegel. Der BMW war zur Stelle. Velster gab ihr das Foto zurück. »Ich hoffe, Sie können meine Schrift lesen. Ich zittere ein bißchen, und wenn ich noch dazu während des Fahrens schreiben muß ...«

»Es tut mir leid. Aber die Umstände erfordern gewisse Vorsichtsmaßnahmen«, erklärte Beatrix.

Paul Tauber, Architekt, Darmstadt und *Gerald Wolf, Richter, Heidelberg* entzifferte sie.

Velster tippte auf den Namen *Tauber.* »Das ist der Größere.«
»Danke. Sie haben ein gutes Gedächtnis.«
»Manche Leute behält man in Erinnerung, viele vergißt man. Aber die drei ...« Er führte seine Erinnerungen nicht weiter aus.

Als sie Dr. Velster am Bahnhof aussteigen ließ – er lehnte es ab, von ihr zum Bahnsteig gebracht zu werden –, sagte Beatrix: »Es ist möglich, daß die Polizei bei Ihnen auftaucht und wissen will, was wir gesprochen haben.«

Der Mann lächelte. »Ich bin fast neunzig. Ich erinnere mich jetzt schon an gar nichts mehr.«

Beatrix gab ihm die Hand. »Danke. Sie haben mir sehr geholfen. Sie mochten Carolus?«

Warum wäre er sonst hier, dachte Beatrix im selben Moment, aber der Lehrer antwortete: »Ehrlich gesagt, ich weiß es nicht. Wir sind uns nicht sehr nahegekommen. Aber er war etwas Besonderes, so etwas spürt man als Lehrer.«

»Ja«, nickte Beatrix, und nun kamen ihr doch die Tränen, die sie während der gesamten Beerdigung eisern zurückgehalten hatte. »Er war etwas Besonderes.«

Der Gedanke, sich von den Klippen des Kaps zu stürzen, drängte sich auf. Bis zur Wasseroberfläche waren es über fünfzig Meter. Aber der Richter war nicht schwindelfrei und hatte dem freien Fall nie etwas abgewinnen können. Zudem war er nicht sicher, ob ihn bereits der Aufprall auf das Wasser töten würde oder ob er – womöglich bei vollem Bewußtsein – von den Wellen an den Felsen zu Tode geklatscht würde, wie es die Fischer mit den Tintenfischen machten. Eine Vorstellung, die ihm nicht behagte. Eine Erschießung kam nicht in Frage. Dazu mangelte es an der geeigneten Waffe, außerdem ging ihm das wiederum *zu* schnell, und es hatte etwas Gewalttätiges. Sich aufzuhängen fand er zu unsicher, ebenso den Tod durch Stromschlag, bei dem man, wenn man Pech hatte, mit üblen Verbrennungen überlebte.

Ein sanfter, langsamer, aber sicherer Tod sollte es sein, ein Tod, der ihm Zeit ließ, die Erfahrung auszukosten. Zuweilen sympathisierte er mit dem Durchschneiden seiner Pulsadern in der Badewanne. Schnitt in Längsrichtung, das wußte er. Doch wer würde den Stöpsel aus der Wanne ziehen? Würde er selbst noch im letzten Moment daran denken und dazu fähig sein? Wenn nicht, wie würde er nach Wochen im blutigen Wasser aussehen? Wie eine vollgesogene Zecke. Er war nie eitel gewesen, aber das mußte nun doch nicht sein. Also Gift. Aber auch hier war Sorgfalt geboten. Manche Gifte konnten sehr unangenehm wirken, Zyankali beispielsweise verursachte angeblich beträchtliche Schmerzen, ehe es vorbei war. Zu großer Schmerz würde ihn von der mentalen Auseinandersetzung mit seinem Todeserlebnis ablenken.

Tabletten schienen ihm geeignet, zumal er noch einen Karton voller Schlaf-, Beruhigungs- und Schmerzmittel aus Gerdas letzten Lebenswochen besaß. Bei den meisten war das Haltbarkeitsdatum abgelaufen, aber er bezweifelte, daß sie deswegen nicht mehr wirkten. Allerdings hatte er schon davon gehört, daß Überdosen an Schlafmitteln Übelkeit verursachen konnten und so mancher Selbstmordversuch in einer Flut Erbrochenem endete. Sollte man also zusätzlich Tabletten gegen Übelkeit einnehmen und überhaupt vielleicht vorher gut essen, damit der Magen nicht so leicht angegriffen würde? Ärgerlich, daß er dieses Problem unmöglich mit seinem Hausarzt besprechen konnte.

Nein, sein Ableben mußte sorgfältig vorbereitet werden, sonst geriet das Ganze zur Farce. Er würde sich Literatur besorgen müssen, ein medizinisch-pharmazeutisches Nachschlagewerk. Er mußte nur wissen, welches. Ihm kam eine Idee. Vielleicht gab es in Brest ein Internet-Café. Das wäre ideal, er könnte sich dort anonym schlau machen und auch gleich das gewünschte Buch im Internet bestellen, ehe er womöglich noch durch allzu spezifische Fragen den Buchhändler mißtrauisch machte.

Zöchlin stand vor dem Spiegel, nahm die Sonnenbrille ab, setzte sie wieder auf, nahm sie wieder ab. Lächerlich, fand er. Wie ein billiger Privatdetektiv in einem schäbigen Hotelzimmer. Es lebe das Klischee. Der Bart juckte. Scheiß auf die Maskerade, hier kannte ihn kein Schwein. Er holte seinen Kulturbeutel aus dem Koffer und rasierte sich. Schon besser. Er betätschelte seine rasierten Wangen mit Aftershave. Dann legte er sich auf das Bett und rekapitulierte, was alles schiefgegangen war, daß er sich in diesem Elendsnest wiederfand. Die Grübelei verstimmte ihn nur noch mehr. Schau nach vorn, sagt er sich, und: Die wahre Kunst besteht darin, aus Überraschungen das Beste zu machen.

Jetzt, wo Beermann tot war, waren die Karten neu gemischt, jetzt galt es, sich an diesen Tauber zu halten. Er mußte grinsen beim Gedanken an den Satz in der Zeitung: *Wie der Insasse an die Medikamente kommen konnte, ist bis dato ungeklärt.* Es war ein offenes Geheimnis, daß es im Knast alles gab, für genug Geld. Außer vielleicht Frauen.

Daß er bis jetzt nur Taubers Frau gesehen hatte, gefiel Zöchlin gar nicht. War er verreist? Er konnte sich denken, was der Zweck dieser Reise war. Ob sie Bescheid wußte? Wenn Tauber klug war, hatte er ihr was vorgelogen. Frauen machten immer Probleme, man ließ sie am besten außen vor, wenn es ums Geschäft ging.

Er beschloß, das Haus weiterhin zu observieren. Irgendwann würde Tauber wieder auftauchen. Aber was, wenn Tauber nicht zurückkehrte? Es blieb ihm, so wie die Dinge lagen, nichts anderes übrig, als zu warten und zu beobachten. Er stand auf, ging zu seinem Koffer und vergewisserte sich, ob mit seiner Waffe alles in Ordnung war.

Benno sah ihr traurig nach, als sie die Wohnung verließ. Schon auf der Treppe kamen Lisa Zweifel. Was, wenn man sie stundenlang vernahm, wer ging dann mit Benno runter? Unsinn. Es würde nicht lange dauern. Meine Personalien haben sie, die Kommissarin kenne ich, sie werden hören wollen, woher ich die Fotos habe, ich werde die Wahrheit sagen, und die Gerechtigkeit wird ihren Lauf nehmen. Ganz einfach.

An der Bushaltestelle standen zwei Männer und rauchten. Beide musterten Lisa flüchtig, dann redeten sie weiter und zogen an ihren Zigaretten. Ihre Gleichgültigkeit kam Lisa gespielt vor. Würden die beiden sie zwingen – vielleicht mit einem Messer –, mit ihnen zu einem parkenden Wagen zu gehen, niemand würde davon Notiz nehmen. Hörte und las man nicht beinahe täglich von solchen Dingen? Lisa stellte sich so weit wie möglich von ihnen entfernt auf den Gehweg, sie würde einen Spurt hinlegen müssen, wenn der Bus hielt.

Der Bus näherte sich. Lisa rannte zur Haltestelle und stieg hinter den Männern ein. Sie wollte ganz nach hinten, auf die freien Plätze, obwohl sie es haßte, wie sie bei ihrem Gang durch den Bus angestarrt wurde. Hat mein Pulli Flecken? Ich hätte mir die Haare waschen sollen. Ist mein Reißverschluß zu? Während sie durch den Bus wankte wie ein havarierter Kahn, verspürte sie das dringende Bedürfnis, wenigstens den korrekten Sitz ihrer Jeans zu prüfen. Sie schaffte es bis zur Rückbank und rutschte in die hinterste Ecke. Der Bus fuhr los. Sie hielt ihre Mappe an sich gedrückt. Ob jemand ahnte, was sie bei sich trug? Lisa war durch tagelanges Grübeln zu der Schlußfolgerung gelangt, daß es sich in etwa so zugetragen haben mußte: Anke war Paul Tauber heimlich auf seinen Reisen gefolgt – daher die Streichholzbriefchen und sonstigen Reisesouvenirs. In ihrem Wahn, alles dokumentieren zu müssen, hatte Anke Tauber bei irgendwelchen krummen Geschäften fotografiert. Als ihr das klarwurde, wollte sie die Bilder benutzen, um Paul Tauber dazu zu bewegen, seine Frau zu verlassen. Daraufhin hatte Tauber sie umgebracht. Selbst wenn es nicht so war: Die Fotos lieferten ein eindeutiges Motiv. Also hatte sie nun die Pflicht, zur Polizei zu gehen, damit die den Fall Anke Maas neu aufrollten, ihren Mörder hinter Gitter brachten. Das schuldete sie Anke. Schuld? Anke hatte sie benutzt: Als Publikum für ihre Phantasien über sich und Paul und ihre angebliche Liebesbeziehung, die wohl nur eine kurze Affäre gewesen war.

Vielleicht glauben sie mir ja gar nicht, daß die Fotos in der Kommode der alten Frau waren, vielleicht denken sie, ich wollte Tauber erpressen, und es hat nicht geklappt, und jetzt will ich mich billig rächen.

Der Bus hielt an. Eine Frau mit einem Kinderwagen stieg ein, neben ihr ein Mann. Ein Mädchen half der Frau beim Einsteigen, blieb aber selbst nicht im Bus. Der Mann sah ausländisch aus. Nicht wie ein Türke. Eher arabisch. Schwarzölige Locken, samtbraune Augen, dichte Augenbrauen. Unter so einer Lederjacke ließen sich beliebige Waffen verstecken, dachte Lisa. Pistolen. Messer. Sprengstoff. *Das hier ist Darmstadt und nicht Jerusalem*, würde Anke jetzt sagen. Aber mit dem 11. September hatte auch niemand gerechnet. Danach hatten Lisas »Zustände«, wie sie ihre Angstattacken nannte, stark zugenommen. Während es früher nur einzelne Situationen waren, die ihr den Puls hochtrieben, den Magen zusammendrückten und den Atem nahmen – eine lange Rolltreppe, ein dunkles Parkhaus, ein großer, leerer Platz, Männer, die sie ansahen –, so verspürte sie nun eine allgegenwärtige dumpfe Angst. Letzten Monat, als sie zum Jahrestag hin die Bilder des Anschlags immer und immer wieder brachten, war die Panik erneut über sie hereingebrochen. Nur war keine Anke mehr dagewesen, die für sie einkaufen ging und ihre Ängste zerstreute. Da hatte sie sich Benno geholt. Mit ihm mußte sie auf die Straße, mitunter sogar im Dunkeln. Mit ihm hatte sie keine Angst.

Eine alte Frau mit Krücken brauchte lange zum Aussteigen. Der schwarzhaarige Mann half ihr ungeschickt. Seine Lederjacke stand offen. Was war das, was er darunter trug?

Sah aus wie ein Handy. Konnte aber auch ... Lisa merkte, wie die Welle der Panik über ihr zusammenschlug.

»Ich will aussteigen!« schrie Lisa, vielmehr glaubte sie zu schreien, es war in Wirklichkeit nur ein Krächzen. Sie stieß gegen eine Gruppe maulender Teenager und quetschte sich zum Ausgang. Der Fahrer hatte die Tür schon geschlossen.

»Aufmachen!«

»Kann man sich das nicht vorher überlegen«, schimpfte er, aber dann zischte es, und Lisa stand keuchend auf dem Gehweg, drei Haltestellen von zu Hause entfernt.

Ich kann ebensogut morgen zur Polizei gehen, dachte sie, und daß Benno sich freuen würde, wenn sie rasch wieder zurückkam.

Am nächsten Tag fuhr Helen ins Dorf, obwohl sie es lieber für ein paar weitere Tage gemieden hätte. Ihr war nicht nach einer erneuten Begegnung mit Claude oder den motorisierten Dorframbos zumute. Aber der Bauer hatte zu ihrem Ärger das Kaminholz nicht bei ihr, sondern auf der Veranda des benachbarten Ferienhauses abgeladen. Sie wollte Maria noch einmal darauf ansprechen oder Ingrid fragen, ob sie ihr behilflich sein konnte. Sie nahm den Wagen. Wegen des Regens, wie sie sich einredete. Dabei hörte es gerade auf zu nieseln, als sie sich dem Dorf näherte. Zwei Polizeiautos begegneten ihr, ein seltener Anblick hier draußen. Paul, durchfuhr es Helen. Unsinn! Was sollte die französische Polizei von Paul wollen, er war unschuldig, nicht einmal die deutsche konnte ihm mehr etwas anhaben.

Als sie das Dorf erreichte, hatte sie sich beruhigt. Bisher hatte Helen an Saint-Muriel immer gefallen, daß es nur an wenigen Ecken der touristischen Vorstellung von einem pittoresken bretonischen Dorf entsprach, weil die meisten Häuser einfach nur alt waren und nicht auf »historisch wertvoll« herausgeputzt, aber heute fand sie den Ort grau und trist, die Kirche überschattete den Kern wie ein düsterer

Herrscher, das Laub der Platanen war schütter geworden, die Straßen hundertmal geflickt mit bröckelnden Randsteinen. Vielleicht wäre es hübscher gewesen, wenn der Hafen am Ort, vielmehr der Ort am Hafen gelegen hätte, aber der Hafen war zwei Kilometer entfernt, gleich hinter der Badebucht, und auch er war eher zweckmäßig angelegt, ohne Promenade, Restaurants und derlei Touristenschnickschnack. Das ist das Wetter, es macht alles grau, dachte Helen, obwohl gerade die Sonne herauskam. Seltsamerweise war das *Atlantic* rappelvoll wie sonst nur am Samstag, wenn Markt war. Männer und Frauen, die gestikulierten. Irgend etwas mußte geschehen sein. Es erschien ihr nicht der geeignete Moment, sich wegen ihrer Holzlieferung zu erkundigen, zumal die Tür offenstand und drei Mitglieder der Mopedgang davor herumlungerten. Im Inneren des Cafés meinte sie Claude Kerellec erspäht zu haben. Sie parkte vor Ingrids Laden und ging hinein.

Ingrid balancierte eine Brille weit vorn auf der Nase und sortierte Kassenbelege.

»Gut, daß du noch nicht geschlossen hast«, begrüßte Helen die Inhaberin.

Die winkte ab. »Ist doch egal, wo ich rumsitze.«

»Ist was Besonderes los?« fragte Helen und wies in Richtung Café.

»Kann man wohl sagen. Die kleine Caradec ist verschwunden. Was heißt ›kleine‹, sie ist ein frühreifes, ausgekochtes Luder für ihre sechzehn Jahre. Sie wird seit gestern nachmittag vermißt.«

»Lieber Himmel«, entfuhr es Helen. Das mußte das Wieselmädchen sein.

»Die Polizei sucht nach ihr. Und mein Claude vorneweg, eifrig wie immer, wenn es was zu jagen gibt.«

Ingrids Mitgefühl schien sich in Grenzen zu halten, was Helen verstehen konnte. Auch sie hatte zunächst nichts empfunden, als sie vom Tod jenes Mädchens erfuhr, oder jedenfalls nicht das, was sie sonst empfand, wenn sie von jungen Menschen hörte, die ermordet worden waren. Ihr erster Gedanke war sogar gewesen: Gott sei Dank, hören endlich diese Anrufe auf, bei denen gleich wieder aufgelegt wird. Erst als Paul verdächtigt wurde und man Helen die Fotos zeigte, wurde ihr die Dimension des Geschehenen klar, und sie hatte überlegt, was Anke Maas wohl empfunden haben mochte, auf der Schwelle vom Leben zum Tod. Angst? Panik? Überraschung? Oder war es zu schnell gegangen? Aber Erdrosseln, vielmehr Ersticken, ging nicht schnell, hatte ihr die Kommissarin erklärt. Die Polizei! Helen spürte ihr Herz schneller schlagen. Wie lange würde es dauern, bis die französische Polizei herausbekam, daß Paul ... Was, wenn jemand im Dorf jemanden kannte, der deutsche Zeitungen las und sich nun erinnerte? Würde nun alles wieder von vorne losgehen?

» ... weiß noch nicht, ob ihr was zugestoßen ist oder ob sie abgehauen ist«, drang Ingrids Stimme zu ihr durch. »Sie hatte Geld und Handtäschchen mit Papieren dabei. Wenn man mich fragt, ist sie zu irgendeinem Kerl durchgebrannt, den sie im Sommer kennengelernt hat. Sie hatte wahrscheinlich von zu Hause die Nase voll.«

»Möglich«, sagte Helen abwesend. Würde man ihr glauben, daß sie gestern nachmittag mit Paul spazieren war und danach zu Hause, mit ihm?

»Was will sie auch in diesem Nest? Der Vater ist arbeitslos, das heißt, sie haben eine kleine Landwirtschaft, ihre Mutter läßt sie dauernd im Friseursalon aushelfen, so was will doch kein Mädchen auf die Dauer. Und die ist eine, die weiß, was sie will.«

»Was wollte sie denn?«

»Was schon? Model oder Schauspielerin werden, wie alle.«

Helen fiel auf, daß Ingrid den Vornamen des Mädchens noch nie benutzt hatte.

»Wie heißt sie eigentlich?«

»Isabelle.«

»Hoffentlich findet man sie. Lebendig, meine ich.«

Wenn nicht, würde es Claude so ergehen, wie es Paul ergangen war, auch wenn er sich nun bei der Suche wichtig tat? Sicher wußte das ganze Dorf von seinem Geturtel mit dem Mädchen, wenn es nicht sogar mehr war als nur Geturtel. Vielleicht war sie schwanger von Claude und hatte sich aus Verzweiflung umgebracht.

»Sie könnte von den Klippen gesprungen sein.«

»Es springen nie Leute aus dem Dorf. Sie kommen immer von woanders her.«

»Sie könnte die erste gewesen sein.«

»Die und Selbstmord?« Ingrid schüttelte den Kopf. »Ihre Mutter hat neulich Aufnahmen gefunden, die irgendein schmuddeliger Fotograf für eines dieser Magazine, du weißt schon, gemacht hat. Hat ihr wohl eine Modelkarriere versprochen. Gott, was sind diese jungen Dinger naiv.«

Magazine. Zeitungen. Ingrid verkaufte den ganzen Sommer über deutsche Zeitungen. Die Bild, die FAZ, die Süddeutsche. Ob sie sie auch las, ob sie Bescheid wußte? Sie hatte nie etwas gesagt, aber das mochte nichts heißen. Womöglich wußte schon das ganze Dorf Bescheid über Paul. Das würde manches erklären. Waren die beiden Polizeiwagen vorhin vielleicht doch zu ihrem Haus gefahren?

»Was ist los mit dir?« fragte Ingrid. »Ist dir nicht gut? Du bist so blaß geworden.«

»Solche Nachrichten erschrecken mich immer«, sagte Helen.

Ingrid hob kurz die Schultern. »So was passiert halt«, sagte sie. »Hier ist nicht die Insel der Seligen, hier ist bloß der Arsch der Welt.« Sie nahm ihre Brille ab, legte die Rechnungen in die Schublade und schloß sie mit einem Knall.

Helen nahm das als Zeichen zum Aufbruch, sie hatte es eilig, nach Hause zu kommen. Sie verabschiedete sich und war schon an der Tür, als Ingrid fragte: »Wie geht's Paul?«

»Danke, gut.«

»Man sieht ihn gar nicht mehr.«

»Er geht nicht gern unter Leute. Er ist ein richtiger Einsiedler geworden.«

»Ja. Ist schon sehr einsam, da draußen in deinem Spukhaus.«

Helen fiel etwas ein: »Hast du mal was von Pauls Großtante gehört? Sie war Schriftstellerin und muß während der fünfziger Jahre in unserem Haus gelebt haben.«

Ingrid schüttelte den Kopf. »Soviel ich weiß, stand das Haus ewig lange leer. Von einer deutschen Schriftstellerin habe ich noch nie etwas gehört. Aber ich kann mich mal erkundigen, wenn meine Schwiegermutter bei Laune ist. Die weiß alles.«

»Danke«, sagte Helen und stieg in den Wagen. Das Kaminholz, dessentwegen sie ins Dorf gekommen war, hatte sie vor Aufregung vergessen.

»Fünfzigtausend Euro, und Sie bekommen die Fotos zurück. Anderenfalls gehe ich zur Polizei.«

Lisas Stimme klang piepsig. Sie sprach zu ihrem Spiegelbild im Flur. Sie hatte feuerrote Flecken im Gesicht, ihr Haar hing wirr um den Hörer, den sie ans Ohr preßte. Nein, sie konnte so etwas einfach nicht. Niemals brächte sie es fertig, diese Worte zu sagen, wenn Paul Tauber am anderen Ende wäre.

Lisa legte den Hörer wieder auf. Sie hatte keine Nummer gewählt.

Gegen Abend hatte es aufgeklart, der Himmel über dem Meer war samtblau, und der Horizont glühte. Es war windstill, zumindest für hiesige Verhältnisse. Als sie an der Küste entlangspazierten, war Helen versucht, Paul von der Begegnung mit Claude im Schuppen zu erzählen. Aber im Grunde wußte sie gar nicht, was sie ihm erzählen sollte.

Und sie konnte ihm unmöglich alles erzählen. Wenn sie den Mann nur verstanden hätte! Nein, sie würde nichts sagen. Sie würde ihr neues Leben mit Paul hier draußen nicht durch so eine Lappalie trüben oder gar in Frage stellen lassen. Je mehr sie darüber nachdachte, desto eher neigte Helen zu der Ansicht, daß Claude auf seine unbeholfene Art freundlich zu ihr sein wollte und dabei durch ihr ungeschicktes Verhalten ein Mißverständnis zwischen ihnen entstanden war.

Der Weg bog vom Ufer ab und führte auf das Sumpfgebiet zu.

»Wollen wir nicht umkehren?« fragte Paul. »Es wird bald dunkel.«

»Es wird erst in einer Stunde dunkel. Und wir wollten doch zum Kap.«

»Du wolltest.«

»Meinetwegen, dann wollte eben ich.«

»Nach so viel Regen wird der Weg durch den Sumpf total aufgeweicht sein«, meinte Paul.

»Dann gehen wir eben außen herum.«

Sie umrundeten den Sumpf und näherten sich auf einem Feldweg dem Kap.

Sie standen eine Weile am Abgrund und schauten zu, wie Welle für Welle heranrollte wie eine angreifende Armee, hart gegen die Felswand schlug, sich schäumend und gurgelnd zurückzog, während sich schon die nächste zum Angriff formierte. Helen kam oft hierher.

»Wie kann man stundenlang ins Meer starren?« fragte Paul dann, und neulich hatte Helen geantwortet: »Weil das Meer die Seele der Erde ist.« Paul hatte nur die Augen verdreht und gemeint, die Seeluft trage dazu bei, daß Helen immer absonderlicher werde.

Vorsorglich war ein Geländer vor dem Rand der Felskante angebracht worden, aber wer das pure Naturerlebnis suchte, den Nervenkitzel oder den Tod, der kletterte darüber, trotz der mehrsprachigen Verbotsschilder. Tatsächlich verging kaum ein Jahr, in dem nicht drei, vier zerschundene Wasserleichen weiter südlich – ärgerlicherweise meist an den Badestrand – angespült oder von Fischern an Land gezogen wurden. Auf dem alten Friedhof um die Dorfkirche fand sich eine beeindruckende Anzahl anonymer Gräber aus Zeiten, als die Methoden der Forensik noch rudimentär waren.

»Da draußen sind zwei Polizeiboote.« Tatsächlich kreuzten zwei Motorboote auf der Höhe des schäbigen kleinen Leuchtturms. Noch in den Sechzigern hatte es dort einen Leuchtturmwärter gegeben, heute wurde die Signalgebung von einem Büro in Brest aus geregelt.

»Ja.«

»Vielleicht ist wieder einer runtergesprungen«, mutmaßte Paul.

»Was meinst du, warum hier so viele herabstürzen?« fragte Helen.

»Weil es sich anbietet.«

»Sie kommen extra hierher. Schon eigentümlich.«

»Nein, logisch«, antwortete Paul. »Selbstmörder sind labile Naturen, die zur Theatralik neigen. Und diese Klippen haben nun mal etwas Spektakuläres.«

»Und das Meer ...«, ergänzte Helen nachdenklich.

Überließ man seinen Blick längere Zeit dem hypnotischen Rhythmus des Wassers, fühlte man sich mehr und mehr angezogen von der schäumenden Tiefe. Zunächst war es nur ein optisches Empfinden, je länger man sich aber der ewigen Bewegung der Wellen hingab, desto stärker konnte man eine Sogwirkung wahrnehmen. Die Tatsache, daß der menschliche Körper zum Großteil aus Wassermolekülen bestand, sprach dafür, daß Menschen von dem entfesselten Element dort unten angezogen wurden. Das Meer: der Ursprung allen Lebens. Warum nicht darin sterben, jenen Kreis schließen, den die Bewegung der Wellen symbolisieren. Das war ihre Theorie. Sie hütete sich, Paul davon zu erzählen. *Helen, ich bitte dich! Du bist Wissenschaftlerin!*, würde er sagen, mit dem Lächeln eines Mannes, der die Logik auf seiner Seite hat.

»Vielleicht sind manche von ihnen gar nicht freiwillig gesprungen«, sagte Helen.

»Möglich.«

Wie einfach es wäre, dachte Helen. Ein Stoß …

»Oder sie waren schon tot«, sagte Paul.

Helen sah den leblosen Körper des Wieselmädchens hinabsegeln wie ein welkes Blatt, sah, wie sie in die kochende Brandung eintauchte, wenig später wieder sichtbar wurde, um von der nächsten Welle ergriffen und an die Felsen geschmettert zu werden.

»Was der Mafia die Brückenpfeiler, sind den Bretonen die Klippen«, sinnierte Paul.

Sie gingen hintereinander weiter, am Rand des Abgrunds entlang, der Trampelpfad war hier sehr schmal.

»Hast du je daran gedacht, mich umzubringen?« drang Pauls Stimme dicht hinter Helen durch das Rauschen.

»Nein«, sagte Helen.

»Oder mich zu verlassen?«

»Nein.«

Helen verzichtete auf die Gegenfrage. Sie wußte, daß Paul all die Jahre mehr oder weniger heimlich von der ganz großen Begegnung träumte. Hin und wieder, wenn Paul irgendeinem blonden Feudel auf Stöckelschuhen nachstarrte oder Lippenstift am Kragen hatte, dachte Helen an Dagmar. Wie es Paul mit ihr wohl ergangen wäre? Es hätte nicht lange gedauert. Dagmars waren weder der häusliche Typ, noch konnten sie zurückstecken. War Paul das inzwischen klargeworden?

Als hätte er wieder einmal ihre Gedanken gelesen, sagte Paul: »Warst du nicht die letzte, die auf der Fete mit Dagmar gesprochen hat?«

Helen blieb abrupt stehen.

»Paul, wir beide wissen genau, wer zuletzt mir ihr zusammen war.«

»Vielleicht irrst du dich. Manchmal sieht man etwas und interpretiert es in eine bestimmte Richtung. Vor allem, wenn man was von dem Zeug genommen hat.«

»Was für Zeug?«

»Shit und was es halt so gab.«

»Das habe ich nicht.«

»Es war in den Keksen.«

»Woher willst du wissen, ob ich Kekse gegessen habe?«

»Hast du?«

»Ich weiß es nicht mehr«, gestand Helen ein.

»Siehst du!«

»Paul, ich war ihre Freundin, nicht ihr Kindermädchen.« Es war die Formel, die sich in ihrem Kopf eingeschliffen hatte, die sie immer hersagte, wenn Paul dieses Thema anschnitt. *Bin ich der Hüter meines Bruders?*, hallte es in Helens Kopf nach. Aber heute wich Helen vom Protokoll ab und setzte hinzu: »Ich habe mich schon öfter gefragt, wo du eigentlich warst, während sie sich von anderen mit Drogen vollstopfen ließ. Wo ihr doch angeblich so verliebt wart.«

Nach einer angemessenen Reaktionszeit entgegnete Paul: »Kann es sein, daß du sogar auf eine Tote eifersüchtig bist?«

Darauf antwortete Helen nicht. Es vergingen zwei, drei Minuten, während man nur die Brandung und die Schreie der Möwen vernahm. Silbermöwen, *Larus argentatus*, registrierte Helen. Aasfresser.

»Du hast gut ausgesehen, damals. Du hattest als einziger kurzes Haar.«

»Ja, das war wegen so einer dämlichen Wette.«

»Worum ging es?«

»Habe ich vergessen. Bestimmt hatte es was mit Saufen zu tun. Nein, jetzt weiß ich es wieder: Gerald und ich wollten nicht glauben, daß Carolus diese bretonische Spezialität, diese Kutteln, essen würde. Aber er machte es. Der fraß alles, auch Austern.« Paul schüttelte sich. »Wie kann man ein lebendiges Tier essen?«

Gerald. Helen hatte ihn auf jener Party gesehen, danach kaum noch. Sie hatte kein Gesicht mehr zu diesem Namen, während sie sich an Carolus deutlich erinnerte. »Mußte Gerald sich auch die Haare scheren?«

»Nein, der hat nicht mitgewettet.«

»Mir hat's gefallen. Die kurzen Haare, meine ich.«

»Und du hattest ein blaues Kleid mit Fransen an.«

Helen nickte. Das blaue Kleid war Dagmar gewesen, ohne Fransen. Sie selbst hatte einen langen schwarzen Wickelrock und ein rotes Che-Guevara-T-Shirt getragen. Die Fransen trug sie später. Ein schwarzes Kleid aus Seide mit langen Fransen am Saum.

»Unpassend für eine Beerdigung«, hatte ihre Mutter protestiert, aber für Helen erfüllte Dagmars Beerdigung ohnehin einen anderen Zweck als den, den toten Körper an den Platz zu schaffen, der ihm zugedacht war. Helen genoß jede Minute. Am Ende des Trauergottesdienstes spielten sie *Morning Has Broken*, und es ergab sich wie von selbst, daß Helen sowohl in der Kirche als auch am Grab neben Paul stand. Der Platz an Pauls Seite gefiel ihr, so daß sie ihn behielt und verteidigte, gegen sämtliche Dagmars, die noch kommen sollten.

Sie gingen weiter auf dem schmalen Weg. Da der Wind und das Andonnern der Wellen eine Unterhaltung fast unmöglich machte, schwiegen sie, bis sie wieder nebeneinander Platz hatten.

»Was hat sie zu dir gesagt?« beharrte Paul.

»Gesagt?«

»Ja, gesagt. Worüber habt ihr an diesem Abend gesprochen, du und Dagmar. Was waren ihre letzten Worte zu dir?«

Helen stolperte über einen Busch Stechginster und wäre fast gestürzt. Ihr Blick wanderte hinunter, wo die Gischt an den Felsen leckte, als lechze sie nach einem Leckerbissen. Man sollte Gespräche dieser Art besser nicht an einem solchen Ort führen, dachte sie, als sie das Gleichgewicht wiedergefunden hatte.

»Nichts Besonderes, soweit ich mich erinnere«, antwortete Helen. »Von dir sprach sie jedenfalls nicht.«

Lausige Zeiten waren angebrochen. Die Putzfrau hatte sich im wahrsten Wortsinn aus dem Staub gemacht, ebenso die Vietnamesin, die viermal in der Woche für sie und Carolus gekocht hatte. Beatrix ernährte sich seit Tagen von Espresso und Bitterschokolade. Nicht, weil sie nicht kochen konnte, für Spaghetti hätte es noch immer gereicht, aber es war nichts mehr da, was sich kochen ließ. Es machte keinen Spaß, das Haus zu verlassen, mit einem Rudel Beamte im Gefolge. Gestern hatte sie es dennoch getan, hatte versucht, die Sache von ihrer humorvollen Seite zu betrachten: So ähnlich, sagte sie sich aufmunternd, mußte sich Lady Di gefühlt haben. Nur daß sie wahrscheinlich nie mit dem Bus in die Londoner City gefahren ist, noch dazu ohne Fahrschein. Sparsamkeit war angesagt. Beatrix stellte sich neben den jungen Mann, der in letzter Sekunde in den Bus gehechtet war. Sie lächelte ihn an und wurde ein paar undamenhafte Vokabeln los. Seine Miene blieb versteinert, ein Kandidat für die Schweizergarde. Oder er war taubstumm. In bester Einkaufslage stieg sie aus, manche Gewohnheiten legte man eben nicht so rasch ab. Sie irrte eine Weile herum. Das Geld der Bunten hatte sie bei sich, aber sie hatte sich hoch und heilig geschworen, es nicht anzutasten. Sie würde es sicher noch brauchen, wer weiß, was die noch alles mit ihr anstellten, vielleicht würde sie es für Anwälte ausgeben müssen, oder für eine Gesichtsoperation, die sie völlig veränderte, und einen falschen Paß, um ein neues Leben in einem korrupten Dritte-Welt-Staat beginnen zu können. Solcher Unfug ging ihr durch den Kopf, während sie den Staubsauger durch die Räume zog und schob. Das Ding machte einen Höllenlärm, das hatte Beatrix schon früher bemerkt, wenn sie der Putzfrau über den Weg gelaufen war.

Nüchtern betrachtet, sah es so aus: Sie brauchte einen Job. Es war schon vor Jahren nicht leicht gewesen, als Französisch-Spanisch-Übersetzerin unterzukommen. Nachdem sie sechs Monate lang Gebrauchsanweisungen für Videorecorder und Toaster übersetzt und eine konsequente Apfel-Joghurt-Bitterschokolade-Diät eingehalten hatte, war sie bei einer Modelagentur vorstellig geworden. Sie hielt sich einigermaßen über Wasser, schaffte es in den Otto-Katalog und sogar in einen Du-darfst-Fernsehspot. Ohne Skalpell und Silikon. *Tempi passati*, würde Carolus sagen. Auf ein Comeback als Model brauchte sie nicht mehr zu hoffen, mit neunundzwanzig, mein Gott, im Dezember wurde sie ... NEIN! Die würden sie höchstens noch die Mustermami in einer Puddingwerbung spielen lassen, schönen Dank auch. Aber was sonst? Eine Boutique eröffnen? Ein Sonnenstudio? Lachhaft, wer würde ihr einen Kredit geben? Als Messehosteß arbeiten?

Dann war da noch die Sache mit dem Foto. Was nützte es, wenn sie nun die Namen und Adressen der beiden Männer kannte? Wie sollte sie Kontakt zu ihnen aufnehmen, wenn sie keinen Schritt unbeobachtet tun konnte? Würde dieser Belagerungszustand denn nie mehr aufhören?

Sie suchte in ihrem Gedächtnis nach Spuren einer Unterhaltung mit Carolus über seine alten Freunde. Aber da gab es nicht viel zu ergründen. Falls sie sich überhaupt unterhalten hatten, dann sprach Carolus über Konzernfusionen oder die Vorzüge des neuen Porsche-Modells gegenüber dem alten, und wenn er sich doch einmal über Tagesereignisse verbreitete, fiel er mit beißendem Zynismus über die Politik her. Wenn er milder gestimmt war, redete er über Kunst: *In Berlin haben sie das Brücke-Museum beraubt. Sind genial vorgegangen!* Es waren Monologe, Predigten an unsichtbare Jünger, zu denen sich Beatrix nicht zählen mochte, sie war lediglich Statistin.

Was Gefühle betraf, war Carolus verschlossen wie eine Auster, aber Beatrix hatte nie den Drang verspürt, ihn zu ändern oder in sein Innerstes vorzudringen. Sie hatte als Kind ihren Teddy aufgeschnitten und nur Sägemehl vorgefunden.

Derlei Erfahrungen hatten sich wiederholt, und mit der Zeit gelangte Beatrix zu der Überzeugung, daß man mit Sägemehl noch gut bedient war. Also hatte sie es sich abgewöhnt, auf den Grund der Dinge gehen zu wollen. Ihr genügte die Oberfläche. Es war übrigens dieser Charakterzug, den Carolus am meisten an ihr schätzte. *Du bist die einzige Frau, mit der ich keine Beziehungsgespräche führen muß.*

Wenn diese beiden Männer Gestalten aus längst vergangenen Tagen waren, hätte Carolus es nicht der Rede wert befunden, sich mit ihr über sie zu unterhalten. Waren sie aber seine Komplizen bei illegalen Transaktionen, hätte er ihr erst recht nichts von ihnen erzählt.

Verdammt, wie konnte er sie nur so in der Scheiße sitzenlassen? Wütend riß sie den Stecker des Staubsaugers aus der Dose. Als der Lärm verstummte, schien das Haus noch viel stiller zu sein als vorher. Die Stille nach dem Schuß, ging es ihr durch den Kopf. Welcher Schuß? Ich fange an zu spinnen.

Es klingelte Sturm. Beatrix fuhr zusammen und drückte, ohne zu überlegen, auf den Öffner. Die Überwachungskameras filmten inzwischen nur noch Blätter.

O nein. Nicht der schon wieder! Den Hungerhaken mit beginnender Glatze, der über den zugewucherten Weg auf die Haustür zukam, kannte sie zur Genüge. Ressler, Dr. Ressler, der Oberstaatsanwalt, der die Ermittlungen im Fall Beermann leitete. Er wurde eskortiert von zwei Polizisten, die einen sehr großen Karton zwischen sich trugen. Beatrix zog die lächerliche Schürze wieder aus und stellte den Staubsauger weg. Sie öffnete die Tür und bat Ressler mit einem Seufzer herein. Ressler winkte den Beamten. Sie stellten den Karton im Flur ab und begannen, große, rechteckige Pakete an den Wänden aufzureihen.

»Frau Beermann, wir bringen Ihnen die Bilder zurück«, sagte Ressler.

»Haben Sie keine Angst, daß ich sie sofort verscherbeln werde?«

»Sie werden nicht viel dafür bekommen.«

Beatrix antwortete nicht. Sie hatte inzwischen gelernt, daß Ressler früher oder später alles gegen einen richten konnte, sogar die eigenen Fragen.

»Es sind Fälschungen.«

Unaufgefordert ging der Staatsanwalt ins Wohnzimmer und faltete seine sperrigen Extremitäten auf dem niedrigen Sofa ineinander.

»Fälschungen«, wiederholte Beatrix mit erzwungener Gleichgültigkeit.

»Die Qualität der Fälschung ist gut, aber nicht tauglich, um modernen Untersuchungsmethoden standzuhalten: Videographie, Gammaspektrographie ... Außerdem wurden Farben verwendet, die es zur Zeit der Entstehung der Gemälde gar nicht gab.«

Beatrix machte eine umfassende Armbewegung. »Aber diese ganzen Alarmanlagen? Er sagte, das sei wegen der Bilder, die Versicherung würde das verlangen.«

Die Versicherung. Wollte Carolus die Versicherung betrügen?

»Wir haben in den Unterlagen Ihres Gatten nirgends eine Police gefunden. Es gibt nicht viele Kunstversicherungen in Europa, die für solche Werke – sofern es sich um Originale handelt – in Frage kommen. Bei keiner existiert ein Vertrag mit Ihrem Mann. Er hatte eine Hausratsversicherung über eine knappe Million, mehr nicht.«

»Diese Bilder da sind also wertlos«, vergewisserte sich Beatrix und ließ sich auf einer Sessellehne nieder.

»Ein paar hundert Euro vielleicht. Für das Auge eines Laien sind es keine schlechten Kopien, aber es sind doch nur Kopien. Nur der Picasso und der Chagall sind echt. Die haben wir zurückbehalten. Sie sind übrigens auch nicht versichert.«

»Und warum bemühen Sie sich höchstpersönlich hierher, um mir das zu sagen?«

»Weil meine Mitarbeiter krank oder im Urlaub sind.« Er zog seine Lippen zurück, so daß das Zahnfleisch sichtbar wurde. Mit seinem straff zurückgekämmten Haar erinnerte er nun unweigerlich an ein grinsendes Pferd. »Wußten Sie übrigens, daß die *Mona Lisa*, die im Louvre gezeigt wird, eine Fälschung ist?«

»Nein.«

»Aus Furcht vor Anschlägen wird das Original im Keller unter höchsten Sicherheitsvorkehrungen aufbewahrt. Nur einmal im Jahr bekommt eine handverlesene Schar Kunstliebhaber das echte Bild zu sehen.«

»Tatsächlich?« sagte Beatrix, die nicht verstand, worauf Ressler hinauswollte.

Der kam allmählich auf den Grund seines Besuches zurück. »Es geht um die Motive der Bilder.«

Beatrix wartete schweigend.

»Ich selbst bin kein großer Kunstliebhaber«, holte der Besucher aus, »aber mir sind in meiner beruflichen Laufbahn schon etliche begegnet. Die meisten zeichnet aus, daß sie einen gewissen Stil haben. Die einen schwärmen für die Impressionisten, die anderen für die Renaissance, wieder andere haben es mit der Moderne ...«

Ressler deutete in Richtung Flur, wo die beiden Beamten die Bilder auspackten. »Da ist zum Beispiel *Der Schrei* von Munch, dann zwei Renoirs und einige Expressionisten. Ihr Mann besaß Bilder, ich will es mal respektlos ausdrücken, quer durch den Gemüsegarten.« Der Mann hielt inne. Er wollte es offenbar spannend machen.

»Ja, und?« fragte Beatrix mit Ungeduld.

Ressler zog endlich das Kaninchen aus dem Hut: »Alle diese Bilder sind irgendwann einmal gestohlen worden. Aus Museen, aus Privatbesitz, etliche sind später wieder aufgetaucht. Sehr berühmte Werke lassen sich nämlich nicht ohne weiteres auf dem freien Markt verkaufen. Den Freak, der ein Bild für Millionen erwirbt, um es heimlich im Keller zu betrachten, gibt es vermutlich nur im Kriminalroman. Mit solchen Werken wird statt dessen die Versicherung erpreßt.«

»Interessant«, fand Beatrix.

Ressler war mit seinem Vortrag noch nicht am Ende. »Einige weniger populäre Werke, darunter viele Expressionisten, gelten bis heute als verschwunden. Sie müssen wissen, daß gerade im Nationalsozialismus viele Werke sogenannter entarteter Kunst oft in aller Eile in Obhut gegeben wurden oder auf moralisch nicht ganz einwandfreie Weise den Besitzer gewechselt haben, um es mal so zu formulieren. Viele Künstler sind umgekommen oder leben im Exil – beziehungsweise ihre Erben. Ihnen gegenüber wurde nach dem Krieg, als Rückforderungen laut wurden, so manches Werk für zerstört oder verschollen erklärt. Oft weiß nur die Familie, daß man beispielsweise einen echten Beckmann besitzt. Wenn so ein Bild entwendet wird, dann erfolgt logischerweise keine Anzeige. Oft verkauft es der Dieb an den Bestohlenen zurück, der bezahlt, um sich und seine Familie nicht einem gewissen Ruch auszusetzen. Sie verstehen?«

»Ja«, sagte Beatrix. »Vielmehr: nein. Was hat Carolus damit zu tun? Nur weil er Kopien solcher Bilder besitzt...?«

»Ich weiß es nicht«, behauptete Ressler.

»Die meisten gefielen mir ohnehin nicht, ich war immer froh, wenn wieder eines von ihnen verschwand.«

»Verschwand?« Resslers Oberkörper nahm eine beängstigende Länge an.

»Er verkaufte auch ab und zu mal eines.«

»An wen?«

»Ich habe nie danach gefragt. Wird so was nicht über ein Auktionshaus abgewickelt?«

»Erinnern Sie sich an Bilder, die verkauft wurden?« fragte Ressler zurück.

»Bestimmt nicht an alle.«

»An welche erinnern Sie sich?« fragte er mit scheinbar unendlicher Geduld.

Beatrix wurde nervös. »Da war ein ... ein Heckel, den fand ich nie schön, und ein Canaletto, der gefiel mir gut. Dann noch ein Chagall. Aber fragen Sie mich jetzt nicht, wie die Titel hießen.«

Ressler stand auf. »Wenn Sie sie wiedersehen, würden Sie die Motive aber erkennen?«

»Kann sein«, sagte Beatrix und dachte: Hätte ich bloß den Mund gehalten.

Zu spät. Schon hörte sie Ressler sagen: »Ich muß Sie leider bitten mitzukommen. Wir haben einen Katalog, den Sie sich bitte ansehen wollen ...«

Nach dem Spaziergang hatte Helen das Gefühl, als ob jemand im Haus gewesen war. Sie konnte nicht sagen, woran es liegen mochte, alle Dinge schienen an ihrem gewohnten Platz zu stehen. Oder doch nicht? Hatte sie vergessen, die Tür des Kleiderschranks zu schließen? Möglich, wenn auch nicht ihre Art. Und stand das Hochzeitsbild von ihr und Paul nicht immer exakt in der Mitte des Kaminsimses, und stand es jetzt nicht etwas weiter rechts?

»Was sagen Sie, Madame, war jemand hier?« fragte Helen die Dame, die 1890 die Ehre hatte, von van Gogh gemalt worden zu sein. Von der Wand zwischen Kaminzimmer und Küche lächelte ihr Madame Ginoux resigniert zu. Eine gelungene Kopie, dieses Bild. Paul hatte es in diesem Frühjahr erstanden. *Ein bißchen Kultur brauche ich um mich herum.*

Hatte er sich mit dieser Anke, der Kunststudentin, besser über seine Leidenschaft austauschen können, hatte sie ihn damit geködert? Eher nicht, sagte sich Helen realistisch, vermutlich hatten ein paar Kilo festes Fleisch an den richtigen Stellen ausgereicht, zumindest für eine Weile. Sie hatte schon lange nicht mehr solchen bitteren Gedanken nachgehangen. Die Sache mit dem Mädchen, Isabelle, hatte die alte Wunde wieder ein wenig aufgerissen.

Helen teilte Pauls Begeisterung für Malerei nur bis zu einem gewissen Grad. Vieles von dem, was Paul faszinierte, fand sie nichtssagend. Aber im Fall von Madame Ginoux hätte sie gerne einmal das Original gesehen, um zu erfahren, was van Gogh besser oder anders gemacht hatte als sein Kopist. Aber laut Paul befand sich das Bild in Privatbesitz und war nicht zu besichtigen. Helen hatte nie gefragt, was er für die Replik bezahlt hatte. Ruiniert hatte es sie offensichtlich nicht.

Im Haus fehlte nichts, stellte Helen fest. Wahrscheinlich war eine Katze durch irgendein Fenster hereingekommen und hatte das Hochzeitsfoto verschoben. Solange sie es nur nicht herunterwarf, denn so etwas brachte bekanntlich Unglück, genau wie ein zerbrochener Spiegel.

Sie rückte das Foto an seinen Platz. In diesem Moment hörte man draußen einen Schuß. Helen fuhr zusammen.

»Das war ganz in der Nähe.« Unwillkürlich flüsterte sie. Babbo, der sie vor der Tür erwartet hatte und zögernd mit ins Haus gekommen war, kam blitzartig auf die Beine und kläffte.

»Jagdzeit«, meinte Paul. »Geh die nächsten Tage lieber nicht vor die Tür.«

»Carolus Beermann hat sich umgebracht«, sagte Paul nach dem Tee.

»Nein!« rief Helen entsetzt. »War er denn wieder ... ich meine, hatten sie ihn entlassen?«

»In der U-Haft. Angeblich Tabletten.«

»Fällt mir irgendwie schwer, mir das vorzustellen.«

»Warum?«

»Er schien mir nicht der Typ dafür.«

»Es gibt viele Gründe zu sterben«, sagte Paul und zog sich zurück.

Helen ging nach draußen und sammelte das verbliebene Holz zusammen. Sie zuckte zusammen, als der Hund anfing zu bellen und auf das Tor zurannte. Ein Mann stand dahinter und schien nach einer Klingel zu suchen. Helen erhob sich und ging langsam auf den Fremden zu. Er trug Jeans, Pullover und eine schwarze Lederjacke. Wenige Meter neben dem Gartentor stand eine Geländemaschine.

»Frau Tauber?« fragte er in das Hundegebell.

»Woher kennen Sie meinen Namen?«

»Aus!« sagte der Mann zu Babbo und blickte ihn streng an. Der verstummte seltsamerweise auf der Stelle und setzte sich hin wie ein getadelter Schüler.

Helen staunte, obgleich ihr nicht gefiel, daß der Fremde ihren Hund herumkommandierte.

»Ich bin ein Bekannter Ihres Mannes. Ist er da? Ich hätte etwas mit ihm zu besprechen.«

»Wer sind Sie, und worum geht es denn?« fragte Helen.

»Oh, verzeihen Sie. Mein Name ist Reimer, Michael Reimer.« Er nahm seine Sonnenbrille ab und reichte Helen die Hand.

Helen ignorierte sie, ebenso wie das charmante Lächeln des Mannes. Er war etwas jünger als sie und sah, objektiv betrachtet, gut aus. Sportliche Figur, männliche Gesichtszüge mit schmalen Lippen, schmalen Augen und einem Dreitagebart. Dennoch gefiel ihr irgend etwas an ihm nicht.

»Woher haben Sie unsere Adresse?«

»Von Herrn Dr. Krummbach.«

Helen wunderte sich. Sie kannte Krummbach, er war Kunsthistoriker an der TU. Paul mochte den Mann nicht. Ausgerechnet Krummbach sollte er die Adresse gegeben haben, die sonst keiner erfahren durfte?

»Ich bin Kunsthistoriker an der TU, fast ein Kollege sozusagen, ich habe in der Gegend Ferien gemacht und wollte die Gelegenheit nutzen, Ihren Mann in einer bestimmten Angelegenheit zu sprechen.«

»Wir machen hier Ferien, Herr Reimer, Geschäfte interessieren uns im Moment nicht«, wehrte Helen ab.

»Es wäre auch im Interesse Ihres Mannes.«
»Darf ich wissen, worum es geht?« fragte Helen.
»Das ist etwas kompliziert, es zu erklären überlasse ich lieber Ihrem Mann. Ist er da?« Der Besucher schaute über ihre Schulter auf das Haus. Der Hund war noch immer still, aber sein Fell war im Nacken gesträubt. Er war wieder aufgestanden und lief zwischen Helen und der Terrasse hin und her, als wolle er sie auffordern, mit ihm in die sicheren vier Wände zurückzukehren.

Helen schüttelte den Kopf. »Nein. Er ist für ein paar Tage nach Deutschland gefahren. Geschäftlich«, fügte sie kryptisch hinzu. »Wenn Sie ihn so gut kennen, wie Sie sagen, dann haben Sie sicher seine Handynummer und können ihm eine Nachricht hinterlassen. Jetzt entschuldigen Sie mich bitte.«

Helen wandte sich um.

»Warten Sie«, rief der Mann und hielt ihr einen Zettel hin.

Helen nahm das Papier widerwillig entgegen. Es war eine Visitenkarte der Marke Selbstdruck mit nichts als einer Mobiltelefonnummer darauf.

»Sagen Sie ihm, er soll mich anrufen, egal wo er ist.« Seine Stimme hatte einen unangenehmen Klang bekommen. »Wir sehen uns«, sagte er und ging.

»Du bist mir vielleicht ein Held«, sagte Helen zu Babbo, während sie beide zum Haus zurückgingen.

»Denkst du, er *wurde* umgebracht?« fragte Paul später am Abend.

»Wäre doch möglich, oder? Wo er doch in diese Geldgeschichte verwickelt war. Hinter so was steckt häufig die Mafia, und vor denen ist man nirgends sicher.«

»Mafia, was für ein Unsinn! Die U-Haft ist kein Spaß, das kann ich dir versichern, auch wenn der Volksmund behauptet, Weiterstadt sei ein Luxusknast. Das Eingesperrtsein kann einen schon fertigmachen«, sagte er, und Helen spürte, wie sich wieder diese Kluft zwischen ihnen auftat, wie stets, wenn sich das Gespräch in diese Sackgasse verirrte.

»Man müßte wieder mal zu Monsieur Bignon in die Weinhandlung fahren«, sagte Paul. Auf dem Tisch stand eine Flasche Bordeaux, fast leer.

»Hat er wirklich das viele Geld beiseite geschafft?« fragte Helen und schaute mit brennenden Augen ins Feuer. Es hatte fast eine halbe Flasche Spiritus gebraucht, ehe es nun einigermaßen brannte.

»Meine liebe Helen, woher soll ich das wissen? Denkst du, wenn er es getan hat, hat er mir davon erzählt?«

»Ja.«

»Wie kommst du darauf?«

»Du bist sein Freund.«

»Ich war sein Freund. Das ist lang her.«

»Kennst du Beermanns zweite Frau?«

»Du meinst sicher die dritte. Nein, nicht persönlich. Ich habe mal ein Bild von ihr in der Zeitung gesehen. Hübsches Ding. Natürlich ein gutes Stück jünger als er.«

»Natürlich«, echote Helen süffisant.

»Sind wir heute ein wenig zynisch?«

Ein Bild blitzte vor Helens innerem Auge auf. Das Bild einer anderen hübschen Frau, ebenfalls eine Generation jünger als ihr Liebhaber.

»Ihn einzusperren, monatelang, ohne Prozeß«, sagte Helen in versöhnlichem Tonfall, »unmenschlich ist das.«

»Wenn es um Steuergelder geht, kennt der Staat keine Menschlichkeit. Eigentumsdelikte – zumal Steuerhinterziehung – werden nach unserer überholten, aber immer noch gültigen Rechtsauffassung schärfer verfolgt als Mord und Totschlag«, dozierte Paul.

Gut, daß ich das nicht gesagt habe, dachte Helen. Man mußte in letzter Zeit so vorsichtig sein mit dem, was man Paul gegenüber sagte. Sie sahen auch kaum noch fern, man konnte hin und her schalten, soviel man wollte, es wimmelte von Mord und Totschlag, und die Opfer waren meistens Frauen und fast immer junge. Und für Helen hatten sie alle ein Gesicht. Hoffentlich erfuhr Paul möglichst lange nichts vom Verschwinden des Wieselmädchens, hoffentlich kam die Polizei nicht auf die Idee, hierherzukommen und nach ihr zu fragen.

»Jetzt ist seine Midlife-crisis vielleicht mehrfache Millionärin«, lenkte Helen vom heiklen Thema ab.

»Davon dürfte sie nicht viel haben. Wenn das Geld nicht auftaucht, werden sie ihr das Benz-Sofa unterm Hintern wegpfänden.«

»Woher weißt du, daß sie ein Benz-Sofa haben, wenn du keinen Kontakt mehr zu Carolus hast?«

»Es war eine Metapher«, erklärte Paul ungeduldig. »Ich wollte damit sagen, daß man sie bis an ihr Lebensende nicht aus den Augen lassen wird, darauf kannst du Gift nehmen.«

»Scheußlicher Gedanke.«

»Was?«

»Gift zu nehmen.«

»Er hat Tabletten genommen.«

»Es kommt auf dasselbe heraus«, meinte Helen. »Was ist, wenn er wirklich unschuldig war und ein anderer mit dem ganzen Geld verschwunden ist?«

»*C'est la vie.*«

»Wie kannst du das sagen? Ihr wart doch mal Freunde. Das gefürchtete Dreigestirn.«

»Die drei Muskelstiere, wenn schon.«

»Du hast mir nie von dem Urlaub erzählt, bei dem ihr Dagmar kennengelernt habt.«

»Was gibt es da zu erzählen? Die meiste Zeit waren wir betrunken.«

»Mit wem war Dagmar unterwegs?«

»Keine Ahnung. Freunde. Sie sagte uns, sie hätten sich verkracht. Wie das damals halt so zuging. Hat sie dir nichts erzählt?«

»Nein, seltsamerweise nicht. Obwohl sie mir sonst jeden Mist erzählte, wenn wir uns gesehen haben. Aber so oft war das ja nicht mehr, nachdem sie von Darmstadt nach Heidelberg gezogen war«, räumte Helen ein.

Ein Schweigen trat ein, ein feuchter Ast pfiff sein Klagelied im Feuer.

»Sie sagte, sie würde heiraten.«

»Wer? Wen?«

»Dagmar. Dich.«

»Wann sagte sie das?«

»Damals, vor dieser Fete.«

Paul lachte. »Dagmar und heiraten ... allein die Idee! Und dann noch mich. Sie hat dich auf den Arm genommen.«

»Sie schien wild entschlossen.«

»Heiraten!« Er lachte erneut, es klang meckernd. »Niemals! Das wäre ja *bourgeois* gewesen. Reaktionär, frauenfeindlich, was weiß ich noch alles.«

»Dagmar war keine Feministin.«

Paul winkte ab. »Dagmar war alle drei Tage was anderes.«

»Ich hatte damals den Verdacht, daß sie schwanger war.«

»War sie aber nicht.«

Das hatte sich auch bei der Obduktion herausgestellt. Offenbar hingen beide gerade dem gleichen Gedanken nach, denn für einen Moment war es still bis auf das Zischen des Feuers. Helen wedelte den Rauch von ihrem Gesicht weg.

»Obwohl es mich nicht gewundert hätte«, räumte Paul ein. »Du weißt, wie es damals zuging und wie sie war.«

»Nein. Wie war sie?«

»Ein lockerer Vogel eben. Die hat doch mit jedem ...«

»Vielleicht war sie gar nicht so. Ihr wolltet sie nur so sehen, weil es euch gelegen kam.«

»Hat sie wortwörtlich gesagt, daß sie *mich* heiraten will? Nicht Carolus? *Er* war der Frauenheld, alle hatten es auf ihn abgesehen. Sie auch, den ganzen Urlaub über. Ich war nur der Ersatzspieler.« Er sagte es ohne Bitterkeit. Die Kröte, die ewige Nummer zwei zu sein hatte er vor so vielen Jahren geschluckt, daß sich ihr Nachgeschmack inzwischen neutralisiert hatte.

»Ich fand Carolus nie attraktiv, er hatte was ... was Dunkles – huch!« Passend zu ihren Worten war in diesem Moment das Licht ausgegangen.

»Typisch ...«, hörte sie Paul nörgeln, während sie sich im Schein des glimmenden Kaminfeuers zur Anrichte tastete, wo Kerzen und Streichhölzer griffbereit in der obersten Schublade lagen. Stromausfälle kamen öfter vor.

» ... die *Grande Nation*. Nicht einmal ein funktionierendes Stromnetz haben sie.«

Helen hatte die Kerzen gefunden und stellte zwei davon auf die Anrichte, in die schweren silbernen Kerzenhalter vom Flohmarkt, und eine auf den Tisch.

Ein dumpfer Laut ließ sie erneut zusammenschrecken.

»Was war das?« flüsterte Helen. Der Wein, den sie eben trinken wollte, war aus ihrem Glas auf die Holzdielen geschwappt.

»Etwas ist gegen die Terrassentür geknallt, würde ich sagen.« Paul blieb gelassen. »Wahrscheinlich ein Kiefernzapfen.«

»Die Kiefern stehen auf der anderen Seite. Sie fliegen doch nicht um das ganze Haus herum!« Helen sprang auf. »Babbo, bleib hier!« befahl sie dem Hund, der aufgeregt zur Tür gerannt war.

»Dann war es halt ein Ast. Es stürmt, bleib sitzen.«

»Ich seh lieber mal nach.«

Mit einer Kerze in der einen und dem Feuerhaken in der anderen Hand ging Helen zur Tür.

»Du solltest dich sehen«, lästerte Paul.

Der Wind wehte die Kerze sofort aus, als Helen die Tür öffnete. Sie tastete sich in die Küche und fand eine Taschenlampe. Mit Lampe und Schürhaken trat sie hinaus auf die Terrasse. Babbo war ihr entgegen ihrer Anordnung doch gefolgt und durchstreifte jetzt aufgeregt bellend den Garten. Der Mond trat hervor, es windete stark und roch nach Regen. Der Lichtkegel tastete die dunkle Scheibe ab. Eine zerkratzte Stelle von der Größe eines Daumennagels war am linken Türflügel der Terrassentür zu sehen, aber die Scheibe war unbeschädigt. Ein Wunder, fand Helen, denn am Boden, neben dem Oleandertopf, lag ein Pflasterstein. Helen hob ihn auf. Er war so groß wie eine Männerfaust und aus dem grauen Granit gehauen, aus dem das ganze Land zu bestehen schien. Als sie ihn aufhob, war er schwerer, als sie gedacht hatte. Sie ahnte, woher er stammte: vom Marktplatz des Dorfes. Dort wurde zur Zeit die Straße aufgerissen, und die Steine lagen herum, sie hatte schon mit ihnen geliebäugelt, als Einfassung für das Kräuterbeet, aber Paul hatte ihr den Diebstahl untersagt.

Helen lauschte in das Dunkel des Gartens, aber der Wind, der die Baumkronen tanzen ließ, machte es unmöglich, etwas anderes als das Rauschen der Blätter zu hören. Den Schürhaken fest umklammert, trat sie an den Rand der Terrasse.

Zwei helle Rechtecke schimmerten durch das Geäst. Im Holzhaus brannte Licht in zwei Fenstern, eines im oberen Stockwerk, eines unten. Seltsam. Sie hingen doch am selben Stromverteiler. Sie pfiff, und Babbo kam mit hängenden Ohren zurück.

Helen legte den Stein auf den Terrassentisch und zog die Fensterläden zu. Das Kaminfeuer war heruntergebrannt, eine beunruhigende, kalte Leere hatte sich im Zimmer ausgebreitet.

»Was war?« fragte Paul

»Keine Ahnung«, sagte Helen.

Sie legte ein paar neue Holzscheite auf, die prompt zu qualmen begannen. Die Kerzen flackerten, es mußte irgendwoher ziehen.

»Das wird heute nichts mehr mit dem Strom«, unkte Paul.

»Ist doch romantisch«, sagte Helen trotzig.

»Romantisch«, wiederholte Paul, als hätte sie etwas Dummes gesagt. Hatte sie wohl auch. Dann schwiegen sie, aber es war ein gespanntes Schweigen, eines, dem etwas Schweres, Zerstörerisches folgen würde, das spürte Helen genau, und dann, fast wie eine Erlösung, hörte sie Pauls Stimme, die sagte: »So kann es nicht weitergehen, Helen, das weißt du.«

Helen schluckte. Ein Kloß Schwermut hatte sich während der letzten Minuten in ihrer Kehle ausgedehnt, sie wußte, was nun kommen würde, es hatte die ganze Zeit in den Zimmerecken gelauert, schon seit Tagen, eine geduldige Bestie, die wußte, wann ihre Zeit gekommen war.

»Ich kann nicht länger bleiben. Ich muß zurück.«

»Ich weiß«, flüsterte Helen. Im Grunde hatte sie es immer gewußt, seit jenem Tag im Mai. Sie hatte nur Zeit gewinnen wollen.

»Was wirst du tun?« fragte er.

»Ich bleibe hier.«

Paul antwortete nicht. Helen schloß die Augen. Tränen rannen ihr über die Wangen, so blieb sie eine Weile regungslos sitzen. Als sie die Augen wieder öffnete, war sie allein. Die Kerze auf dem Tisch war erloschen, und Paul war nicht mehr da.

Zweiter Teil

Helen war früh auf den Beinen. Sie bewegte sich wie in Trance in die Küche, öffnete eine Flasche Wein, schenkte sich ein Glas ein. Sie trank es am Küchentisch sitzend in hastigen Schlucken. Auch eine Art zu frühstücken, dachte sie, aber leider wurde sie kein bißchen betrunken.

Um der Stille zu entfliehen, ging sie auf die Terrasse und betrachtete erneut die Fensterscheibe. Es war kein Wunder, daß sie heil geblieben war. Es war Panzerglas. Wieso hatte Paul Panzerglas einbauen lassen? Warum nicht? Das Haus stand einsam und war oft leer, eine Einladung an Einbrecher und Vandalen. Oder war es wegen der Bilder? Aber erstens, wer wußte schon von ihnen, und zweitens: So wertvoll waren diese Kopien sicherlich auch wieder nicht, sonst könnte man sie nicht einfach für ein paar Wochen oder Monate bei Monsieur Bignon ausleihen, jede Ferien ein paar andere. Zur Zeit hingen drei düstere Expressionisten in Pauls Arbeitszimmer.

Warum hatte er das Panzerglas nie erwähnt?

Du hast nie danach gefragt, ging ihr Pauls Antwort schon im voraus durch den Kopf.

Ausgerechnet heute tauchte schon am frühen Vormittag die Schottin auf, noch dazu gerade dann, als sich Helen ein zweites Glas Wein eingießen wollte. In Anbetracht der Besucherin ließ sie es sein und machte sich daran, Kaffee aufzusetzen. Die Schottin wartete auf der Terrasse, auf Pauls Stuhl, obwohl der Morgen kühl und feucht war.

»Was hat es mit dieser Frau auf sich, mit dieser Dagmar?« fragte die Schottin in ihrer direkten Art.

Helen seufzte, während sie in ihrer Kaffeetasse rührte. »Sie ist ... war eine Freundin. Zuerst war sie unsere Untermieterin, meine Mutter hatte ihr unser Dachzimmer vermietet. So haben wir uns kennengelernt. Sie hat dann aber den Studienort gewechselt und ist später tödlich verunglückt.«

»Welcher Art war das Unglück?«

»Sie hatte Drogen genommen und stürzte von der Dachterrasse eines hohen Hauses.«

»Drogen«, wiederholte die Besucherin gedehnt, dann lächelte sie schlau. »Ein paar Körnchen vom giftigen Nachtschatten, und einer hat die wunderlichsten Träume, ein paar Körnchen mehr, und er haucht sein Leben aus in tiefem Schlaf.«

Helen nickte. Ihre Gedanken waren woanders, ihre Kopfschmerzen kaum zu ertragen, aber sie lenkten wenigstens von dem anderen Schmerz ab, der in ihr wütete.

»Oder Beeren, Pilze, es gibt genug Mittelchen, die einem das Paradies oder die Hölle vorgaukeln. Diese heilige Johanna, die die Pferdefresser so verehren«, die Schottin machte eine abfällige Mundbewegung, »alles Scharlatanerie. Ihre Visionen, direkt vom Herrn im Himmel? Pah! Der Himmel hat damit nichts zu tun. Ihre Hirngespinste kamen von ganz irdischen Gewächsen, wie die meisten Visionen dieser Hexen.«

»So ähnlich war es auch mit Dagmar. So etwas passierte damals häufiger.«

Madame zuckte die Schultern. »Glaubt, was Ihr zu glauben wünscht.« Sie wies auf den Pflasterstein, der noch immer auf dem Tisch lag. »Sagte ich nicht, Ihr solltet Euch vorsehen?«

»Ja, das sagten Sie.«

Ihre Augen gingen durch Helen hindurch, ihr war, als leuchteten sie ihr Inneres aus wie ein Scheinwerfer eine

Höhle, es war zwecklos, sie würde alles entdecken, auch das, was sich im hintersten Winkel verbarg, und schon sagte sie: »Ihr habt gestern viel roten Wein getrunken. Ihr riecht wie mein Vater, wenn er zuviel vom Kräuterteufel erwischt hatte.«

»Paul wird mich verlassen. Endgültig.«

Die Augen der Schottin, eben noch zwei scharfe Messer, bekamen einen weichen Glanz, ein Lächeln breitete sich auf ihrem Gesicht aus. »Das ist gut«, sagte sie. »Ich freue mich für Euch!«

»Wie bitte?«

»Es wird Zeit, das Leben zu beginnen.«

»Welches Leben denn?«

»Eures. Aber seid vorsichtig. Da sind Männer, die gläserne Blicke auf Euch richten.«

Noch während Helen ihr Gegenüber verwundert ansah, hörten sie vom Dorf her erneut Schüsse.

»Die Jagdzeit fängt an«, sagte Helen müde.

»Die Jagdzeit hat längst begonnen«, antwortete die Dame. »Nun sind die Hunde an der Reihe.«

»Die Hunde?«

»Jedes Jahr, wenn die Fremden fort sind, erschießen sie die Straßenhunde. Es werden sonst zu viele, sie verwildern und werden zur Gefahr, sagen sie. Aber ich glaube, es ist ihre angeborene Mordlust, die sie um die Häuser treibt. So waren sie schon immer«, urteilte die Schottin.

Helen sah sich in Panik um. Babbo! Wo war Babbo?

Der Richter kam sich albern vor, wie er da mit gebeugten Knien auf dem niedrigen Dachboden seines Schlafzimmers stand und durch die enge Dachluke mit dem Fernglas das Anwesen seiner Nachbarn beobachtete. Viel tat sich nicht. Vorhin saß die Hausherrin kurz auf ihrer Terrasse, eben sah er sie im Garten herumwandern, in schlottrigen Jeans und einem grauen T-Shirt, das auch eines von Paul hätte sein können.

Sie wirkte zerstreut, schien planlos etwas zu suchen, einmal glaubte er sogar, schwache Rufe zu hören. Von Paul Tauber war wieder nichts zu sehen gewesen. War er schon wieder zu Hause, in Darmstadt, oder auf einer Reise? Vom Dorf her und aus dem Wald tönten ab und zu Schüsse. Eigentlich wollte er heute eine Radtour machen, aber es schien sicherer zu sein, den ersten Schub des Jagdfiebers der einheimischen Bevölkerung abzuwarten. Der Tod durch eine Salve Schrot aus der Flinte eines Freizeitjägers schien ihm keine sehr angenehme Alternative zu seinem Vorhaben. Um seinen Augen etwas Erholung zu gönnen, ließ er seinen Blick am Horizont entlangschweifen. Das Meer leuchtete in trügerischem Blau. Gewitter und Sturm waren angekündigt worden, aber im Moment war die Welt noch sanft und freundlich. Ein schneeweißes Kreuzfahrtschiff zog am Horizont entlang. Er hatte Gerda immer eine Kreuzfahrt versprochen, später, nach seiner Pensionierung. In Ufernähe dümpelte ein Fischerboot vor sich hin, weiter draußen kreuzte ein größeres Schiff mit seltsamen Aufbauten. Ein Algenfischer, erkannte er, denn er hatte gestern abend im französischen Fernsehen eine Sendung über die Algenproduktion in der Bretagne gesehen, ein neuer Erwerbszweig, zukunftsträchtig.

Es herrschte extremes Niedrigwasser. Felsen, die man sonst nicht sah, ragten aus dem Wasser, es war sogar ein gut zehn Meter breites Stück Strand entstanden, das sonst nicht existierte. Die Luft roch nach altem Fisch. Der Richter hatte im Reiseführer gelesen, daß es im Frühjahr und im Herbst zu extremen Gezeiten kommen konnte, abhängig von der Stellung des Mondes zur Erde. Offenbar war heute so ein Tag.

Da trieb sich jemand zwischen den niedrigen, schroffen Felsen herum, die heute fast auf dem Trockenen standen. Dieser Spaziergänger war wohl schon wieder unterwegs. Immer wieder sah er ihn auftauchen und verschwinden. Suchte er Krebse, Schnecken, Muscheln, wie es die Einheimischen bei Ebbe taten? Dafür war es hier ungünstig, wer sich auskannte, sammelte am Badestrand, wo der Sandstreifen bei Ebbe über hundert Meter breit war. Der Richter hatte inzwischen keine Zweifel mehr: Der Mann beobachtete Taubers Haus. Immer wieder richtete er sein Fernglas darauf.

Er verließ seinen Posten, um sich zu strecken und in der Küche einen Kaffee zu trinken. Als er wieder Stellung bezog, hatte sich etwas getan. Ein Jeep parkte vor dem Gartentor. Der Richter stellte das Glas schärfer. Er kannte dieses Fahrzeug, er war ihm auf seinen Spaziergängen schon begegnet. Es gehörte diesem arroganten kleinen Dorfmacho, der auf alles schoß, was sich bewegte. Hinten im Wagen befand sich eine Stange, an die der Jäger seine Beute zu hängen pflegte. Wenn er sich nicht täuschte, hingen da – nein, das durfte nicht wahr sein! Hunde. Zwei tote Hunde. Der Richter hatte als Kind einen Rauhhaardackel besessen. Er verzog das Gesicht vor Ekel und Entsetzen. Der Jäger trat durch das Gartentor, das Gewehr geschultert. Er wurde von Pauls Frau aufgehalten. Die beiden standen am Tor und redeten. Sie wies auf das Gartentor, in der Art, wie man jemandem die Tür weist. Aber der Mann blieb. An ihrer Haltung veränderte sich etwas im Lauf des Gesprächs. Sie starrte zuerst zum Wagen des Mannes, dann auf sein Gewehr. Der Mann schien hämisch zu grinsen, soweit der Richter das durch sein Fernglas erkennen konnte. Von da an ging alles sehr rasch. Zu rasch, um alle Einzelheiten behalten zu können. Später, als er das Geschehen zu rekonstruieren versuchte, erwies er sich als unsicherer Zeuge.

»*Was geschah dann?*«
»Dann kam der Hund angerannt.«
»*Woher kam der, was für ein Hund war das?*«
»Der Hund, der sich öfter im Haus befand. Ein Mischling, mittelgroß, helles Fell, Schlappohren. Er kam aus dem Haus oder aus dem Garten, ich konnte es nicht sehen. Er umsprang den Besucher.«
»*Auf welche Weise? Freute er sich?*«

»Nein. Auf aggressive Weise. Ich konnte ihn bis zu mir bellen hören. Frau Tauber wollte den Hund ins Haus zurückscheuchen, das sah ich an ihren Gebärden, aber der Hund gehorchte nicht.«

»Hat der Hund den Mann angegriffen?«

»Nicht richtig. Er sprang nur bellend um ihn herum. Daraufhin hob der Mann seine doppelläufige Schrotflinte an die Schulter und zielte auf den Hund. Inzwischen gehorchte der Hund aber doch und trottete langsam auf das Haus zu. Es bestand also keine Notwendigkeit mehr, ihn zu erschießen, aber für einen blutrünstigen Sonntagsjäger war er in diesem Moment ein leichtes Ziel.«

»Herr Zeuge, bitte schildern Sie nur die Tatsachen, und verzichten Sie auf Charakterstudien. Wo befand sich Frau Tauber in dem Moment?«

»Sie stand neben dem Gartentor, etwa zwei oder drei Meter von dem Besucher entfernt. Dieser war dem Hund ein paar Schritte nachgegangen.«

»Hatte sie da schon den Pflasterstein in der Hand?«

»Ja.«

»Woher hatte Frau Tauber den Stein?«

»Ich weiß es nicht.«

»Hatte sie ihn die ganze Zeit in der Hand, oder hob sie ihn in diesem Moment vom Boden auf?«

»Ich weiß es nicht. Sie hatte ihn plötzlich in der Hand. Wo er vorher war, kann ich nicht sagen.«

»Was passierte jetzt?«

»Ich hörte einen Schuß. Der Hund machte einen Satz nach vorne. Gleichzeitig sah ich, wie Frau Tauber den rechten Arm hob und sich dem Mann näherte.«

»Sie stand also hinter ihm.«

»Sie stand schräg hinter ihm, als sie den Stein auf seinen Hinterkopf niedersausen ließ.«

Das Publikum im Gerichtssaal zieht geräuschvoll die Luft ein.

»Schlug sie vor dem Schuß zu oder danach?«
»Wie ich schon sagte: gleichzeitig.«
»Hat sie ihn vorher gewarnt, etwas gerufen?«
»Das konnte ich nicht hören. Aber der Mimik nach hat sie sie ganze Zeit laut gesprochen, erst mit dem Hund, um ihn zur Ruhe zu bringen und ins Haus zu schicken, dann mit dem Mann, um ihn am Schuß zu hindern. Aber er schoß dennoch hinterrücks auf das Tier, das sich schon auf dem Rückzug ...«
»Herr Zeuge, bitte! Was passierte nach dem Schuß?«
»Dem Hund gaben zitternd die Beine nach. Dem Mann ebenso.«
»Also, der Mann brach zusammen.«
»Er ließ sein Gewehr fallen und kippte nach vorn. Er blieb regungslos liegen. Frau Tauber ließ den Stein fallen und rannte zu dem Hund, der sich bis zu den Stufen der Terrasse geschleppt hatte. Sie untersuchte den Hund, es sah aus, als ob sie mit ihm redete. Den Mann am Boden beachtete sie nicht. In diesem Moment wurde mir übel, und ich ließ für einen Moment mein Fernglas sinken.«

Danach verlangsamte sich das Geschehen. Der Richter folgte Helen mit den Augen durch den Garten, bis sie im Schuppen verschwand. Er suchte mit zusammengekniffenen Augen den Küstenstreifen ab. Der Spaziergänger war nicht zu sehen. Hatte auch er die Tat beobachtet?

Der Richter nahm das Fernglas wieder hoch, denn eben wurde das große Schiebetor des Schuppens geöffnet. Ein beigefarbener 5er-BMW mit Darmstädter Kennzeichen schoß heraus, hielt vor dem Gartentor, hinter dem Jeep. Helen stieg aus und lief zurück in den Garten. Vor dem reglosen Körper des Mannes blieb sie stehen, sah sich kurz um, dann zerrte sie ihn an den Beinen ein paar Meter über die holprige Erde unter einen Holunderbusch. Seine Flinte hob sie auf und verschwand damit im Haus.

Der Richter nahm das Glas von den Augen. Schweiß rann ihm von der Stirn in die Augen und in Bächen den Rücken hinab. Es ging auf Mittag zu, und unter dem Dach war es inzwischen wie in einem Backofen. War der Richter eben noch überzeugt gewesen, daß Helen momentan allein in dem Haus lebte – ein Schuß im Garten würde selbst einen noch so beschäftigten Gatten herauslocken –, so kamen ihm nun Zweifel. Der Wagen. Warum war Paul weg und der Wagen hier? War Paul mit der Bahn unterwegs? War er im Dorf, machte er einen Spaziergang, eine Radtour?

Während er noch rätselte, trat Helen schon wieder aus der Tür. Sie trug eine helle Handtasche über der Schulter und eine zusammengefaltete Decke über dem Arm. Vorsichtig hob sie den Hund vom Boden auf und trug ihn, in die Decke gehüllt, zum Wagen. Sie bettete ihn auf den Rücksitz und stieß ihr Gartentor zu. Es schwang wieder auf, sie bemerkte es gleichgültig, schlüpfte hinter das Steuer und fuhr davon, so schnell es der Feldweg zuließ.

Der Richter verließ seinen Beobachtungsposten und polterte die steilen Holzstufen hinab in den ersten Stock. Er spürte, wie ihm das Blut immer schneller durch die Adern rauschte. Sein Kopf fühlte sich an, als wolle er jeden Moment platzen. Er wankte ins Badezimmer und hielt seinen Kopf fast zwei Minuten lang unter den kalten Wasserstrahl des Waschbeckens. Mit dem Handtuch über dem Kopf fand er sich in der Küche wieder und ließ sich auf einen der Stühle plumpsen. Was jetzt? Am liebsten würde er Helen folgen, aber wie, ohne Auto? Sie fährt zu einem Tierarzt, kombinierte er, aber nicht ins Dorf. Falls es dort überhaupt einen Veterinär gab, würde man sehr schnell zwei und zwei zusammenzählen. Aber was war mit dem toten Mann in ihrem Garten? Sie konnte ihn doch nicht einfach da liegenlassen, dachte der Richter, der einen ausgeprägten Sinn für Ordnung besaß. Noch dazu bei diesen Temperaturen. Nach den Regentagen war der Sommer noch einmal zurückgekommen, ein Besucher für einen Tag, wie ein ehemaliger Schüler, der eigentlich nicht mehr dazugehört, und so waren die Gewitter, die ihn vertreiben würden, bereits vom Wetterdienst angedroht worden.

Dann aber mußte der Richter unwillkürlich lächeln. Das sah Helen ähnlich, den Hund zu versorgen und den Mann liegenzulassen. Andererseits handelte sie nur logisch. Dem Mann war eh nicht mehr zu helfen, dem Hund vielleicht. Dennoch sollte sich jemand um die Leiche kümmern.

Jemand? Gerald Wolf, Vertreter des Gesetzes, was ist aus dir geworden? Die Polizei mußte her! Immerhin war er soeben Augenzeuge eines Tötungsdeliktes geworden. Apropos Zeuge. Was war mit dem Spaziergänger, dem Hausbeobachter? Er ging wieder in sein Schlafzimmer und sah aus dem Fenster. Am Ufer war niemand mehr zu sehen.

Er polterte die Treppe hinunter, zog seine Schuhe an, schnappte sich sein Fahrrad und radelte quer über das rauhe Feld auf sein Nachbarhaus zu.

Das Gartentor stand halb offen. Er lehnte sein Fahrrad an den Zaun. Der erlegte Jäger lag nach wie vor unter dem Holunder. Sein Gesicht zeigte nach unten. Oben am Kopf war ein Brei aus Blut und Haar zu sehen. Der Richter trat vorsichtig näher. Er ging ein paarmal um den Mann herum, wie einer, der etwas Großes bewegen will und nicht so recht weiß, von welcher Seite er es anpacken soll. Schließlich faßte er den Körper an den Schultern und drehte ihn um. Das rechte Auge starrte ihn an wie das eines zu lange gekochten Karpfens, das linke war halb geschlossen. Der Mund stand offen, an seinem Hals war Blut. Blut, das jetzt auch an den Händen des Richters haftete. Er schauderte.

Neben dem Mann lag die Tatwaffe, ebenfalls blutig an einer der Ecken. Er nahm den Stein auf und ging auf das Haus zu. Das Blut mußte weg. Es war der einzige Gedanke, den er im Moment verfolgte, als wäre damit alles wieder in Ordnung. Er drückte mit dem Ellbogen auf die Klinke der Haustür, nicht um Fingerabdrücke zu vermeiden, an solche Dinge dachte er im Augenblick nicht, sondern um das Blut nicht auch noch an die Klinke zu schmieren. Sie gab nach. Helen hatte wohl in der Aufregung vergessen abzuschließen. Oder es war jemand im Haus. Vielleicht war Paul Tauber krank und lag im Bett?

Der Richter betrat das Haus. Die unteren Fensterläden waren geschlossen, durch die Lamellen warf die Sonne dünne Streifen auf den Holzboden. Es war dämmrig und im Gegensatz zu seinem Domizil angenehm kühl.

»Hallo? Ist jemand hier?« Der Richter kam sich albern vor. Seine Augen gewöhnten sich nur langsam an das Halbdunkel, aber allmählich lösten sich die einzelnen Schatten der Möbel, Konturen wurden sichtbar. Ein Knarren ließ ihn zusammenfahren. Es war die Eingangstür, die ein Windstoß oder ein Luftzug in Bewegung gesetzt hatte und die nun mit einem metallischen Klicken wieder zufiel. Die Küche lag links vom Eingang. Der Richter tastete sich voran und fand die Spüle und den Wasserhahn. Er ließ den Wasserstrahl über seine Hände und Unterarme laufen. Auch den Stein spülte er ab. Es kam nur kaltes Wasser, obwohl der kleine Boiler über dem Hahn auf fünfzig Grad geschaltet war. Die Kontrollampe leuchtete nicht. Der Richter betätigte den Lichtschalter für die Beleuchtung über dem Herd. Nichts. Der Strom mußte abgestellt sein. Auf dem Küchentisch stand eine angebrochene Flasche Bordeaux, und ehe er nachdenken konnte, gab er einem plötzlich aufkommenden Bedürfnis nach, öffnete die Flasche und goß sich einen Schluck in eines der beiden Gläser, die neben der Spüle auf einem Geschirrtuch standen. Obstfliegen stoben auf, er beachtete sie nicht. Der Wein kroch ihm ätzend die Kehle hinab, obwohl es kein schlechter Tropfen war. Alkohol zu dieser Stunde, mach nur so weiter, *Monsieur Loup*. Er spülte das Glas und stellte die Flasche wieder an ihren Platz. Im Hinausgehen bemerkte er die Vorratskammer mit der Falltür im Boden. Er bückte sich und hob den Ring an. Die Tür war aus schweren, mit Armiereisen verstärkten Holzbohlen gefertigt und bewegte sich keinen Zentimeter. Er erkannte auch, warum: Ein sehr solide aussehendes Sicherheitsschloß war nachträglich neben dem Ring angebracht worden. Sicher lagerte dort unten eine ganze Batterie teurer Weine, Paul Tauber hatte schon als Student Bordeaux gesüffelt, als sich der Rest noch mit *Amselfelder* und *Edler von Mornac* zuknallte.

Das große Wohnzimmer wirkte verlassen, ohne daß der Richter sagen konnte, woher dieser Eindruck rührte. Die Kerzen auf der Anrichte waren heruntergebrannt, Wachs war auf die silbernen Halter und auf das Holz des Möbels getropft, als hätte man beim Zubettgehen vergessen, sie auszumachen. Der große Eßtisch war leer bis auf eine Pfeffermühle aus Edelstahl und ein Körbchen mit Servietten. Er verweilte bewundernd vor dem van Gogh. Was für strahlende Farben, selbst bei diesem schlechten Licht. Nachdenklich nahm er das Hochzeitsfoto vom Kaminsims. Helen war keine weiße Braut, sie trug ein beigefarbenes Kostüm und ein Hütchen. Ein Friseur hatte ihr glattes Haar zu Löckchen gekräuselt, die sie zehn Jahre älter machten. Paul trug einen Anzug, und beide wirkten verkrampft.

Unter dem Vorwand beruflicher Zwänge hatte er damals abgesagt. Gerade hatte er Gerda kennengelernt. Sie war so ein sauberes, anständiges Mädchen, und er wollte den beiden nicht begegnen, nie wieder. Er wollte vor allen Dingen nicht, daß Gerda ihnen begegnete.

Mit einer unwilligen Kopfbewegung versuchte der Richter, seine Gedanken in andere Bahnen zu lenken. Er sollte lieber schleunigst gehen und die Polizei verständigen. Nicht auszudenken, wenn einer den Toten im Garten entdeckte und ihn dazu im Haus. Ein Geräusch von draußen ließ ihn zusammenfahren, das Foto glitt ihm aus der Hand und fiel auf die Steinfliesen. Glas splitterte. Verdammt! Er hob das Bild auf. Scherben rieselten zu Boden. Der Silberrahmen hatte eine Delle links oben, über Helens Kopf. Er ging in die Küche, holte einen Handfeger und eine Plastiktüte und verstaute darin Bild und Scherben. Vielleicht konnte er Ersatz besorgen, vielleicht fiel das Fehlen des Bildes weniger auf als ein kaputtes.

Die kalte Asche im Kamin verströmte einen Geruch nach Tod. Was für ein abstruser Gedanke, tadelte sich der Richter. Es roch muffig. Vermutlich war der Raum länger nicht gelüftet worden.

Von einer unbezwingbaren Neugier getrieben, ging er die Holztreppe hinauf in den ersten Stock. Das Schlafzimmer der Taubers lag der Treppe am nächsten. Auch hier waren die Läden geschlossen, aber trotzdem war es heller als unten. Er erkannte ein französisches Bett aus dunklem Holz mit Bezügen in einem blassen Rosenmuster. Unter dem linken Kopfkissen schaute ein Zipfel eines blauen Nachthemds heraus. Die Möblierung bestand aus einem dreitürigen Kleiderschrank und einer Frisierkommode mit einem ovalen Spiegel. Über dem Bett hing eine Tänzerin von Degas, die er sich gerne näher betrachtet hätte, aber er brachte es irgendwie nicht fertig, über die Schwelle zu treten. Es gab ein paar herumliegende Kleidungsstücke, die er Helen zuordnete. Der Raum duftete zart nach Parfum. Er schnüffelte. Ja, es war derselbe Duft, *White Linnen*. Auch Gerda hatte diesen Duft ab und zu benutzt, aber nicht regelmäßig. Was Düfte anging, war sie ungewöhnlicherweise ein wenig sprunghaft gewesen.

Der Richter erschrak, als er sich im Spiegel sah. Ein dezent ergrauter, braungebrannter Mann in einem Türrahmen, mit regelmäßigen, etwas harten Zügen, unter einer gefurchten Stirn graublaue Augen, die immer ein wenig zweifelnd blickten. Verlegen schaute er weg. Was stehst du hier vor fremden Betten herum, Gerald Wolf?

Ein bunter Läufer dämpfte seine Schritte auf dem Flur. Er öffnete die Tür gegenüber. Ein kleineres Zimmer mit einem schmalen Bett. Ein Gästezimmer, es erschien ihm uninteressant, er schloß die Tür wieder. Daneben lag Paul Taubers Arbeitszimmer, erkennbar an einem großen Schreibtisch und einem wandfüllenden Bücherregal. Das Zimmer war taghell, die Läden standen offen. Er trat ans Fenster, das nach Osten schaute. Von hier aus hatte man einen Blick auf den kleinen Kiefernwald, hinter dem das Dorf lag, und auf sein Domizil, zumindest auf das erste Stockwerk und das Dach mit der Luke, die immer noch offenstand.

Was hatte er sich nur dabei gedacht? Was, wenn Helen ihn bemerkt hatte, wenn zum Beispiel die Sonne auf sein Glas fiel und ihn ein Aufblitzen verriet?

Auf dem Schreibtisch lagen ein ausgeschaltetes Handy und eine Lage ungeöffneter Post. Er sah sich die Umschläge an. Einige Poststempel reichten zurück bis Ende April. Sie waren alle an die Darmstädter Adresse gerichtet und trugen deutsche Marken. Ein Brief trug den Absender einer Wiesbadener Anwaltskanzlei. Ort und Datum des Poststempels waren verschmiert. Der Richter erkannte den Absender sofort. Auch er hatte einen Brief von dieser Kanzlei erhalten, darin hatte sich ein weiterer Brief befunden, der mit einer großspurigen, fahrigen Handschrift an ihn adressiert gewesen war.

Warum hatte Paul seine Briefe nicht geöffnet? Wo war er? Hielt er ein Gastsemester im Ausland ab? An der Uni hatte man ihm keine Auskunft geben können oder wollen. Ob er den Brief einstecken sollte? Er verschob diese Entscheidung auf später und wandte sich dem Bücherregal zu. Augenblicklich überkam ihn eine freudige Erregung. Hier würde er finden, worüber er sich während der letzten Tage den Kopf zerbrochen hatte. Denn neben den zahlreichen Kunst- und Architekturbänden fand er medizinische Literatur in beachtlichem Umfang. Der Richter mußte grinsen. Paul hatte schon als Kind ein überaus sensibles Verhältnis zu seinem Körper gehabt. Zwei Wochen war er nach einem Wespenstich mit einem Verband um die Ferse herumgehumpelt, wie ein Kriegsveteran, und als er in einer Deutschstunde Nasenbluten bekam, bestand er darauf, zum Hausarzt gebracht zu werden. Seine Mutter hatte ihn abholen müssen. Derlei Marotten verstärkten sich bekanntlich im Alter. Arme Helen, sicher war sie inzwischen eine perfekte Krankenschwester. Jedenfalls war das hier nicht die Bibliothek eines interessierten Laien, das war der Fundus eines veritablen Hypochonders. Der Richter vergaß, wo er sich befand und daß draußen, im Garten, eine Leiche in der Sonne gärte. Er zog sich die kleine Trittleiter heran und machte sich daran, den ihm dargebotenen Schatz zu sichten.

Lisa kauerte an ihrem blaugestrichenen Küchentisch und starrte auf das Schreiben der Wohnungsverwaltungsgesellschaft. *Wegen der gestiegenen Kosten für Energie und Dienstleistungen sehen wir uns leider gezwungen...*
Vierzig Euro mehr im Monat. Dabei sparte sie doch jetzt schon eisern, hatte sich sogar an eine Raumtemperatur von gerade mal neunzehn Grad gewöhnt. Benno bekam statt der teuren Hundekauknochen nur noch getrockneten Zwieback und Dosenfutter von *Aldi*, und Lisa lebte von Spaghetti und Reis. Das Konto war am Limit, die Zeitarbeitsfirma hatte seit Wochen nichts für sie, der letzte Flohmarkt hatte kaum die Standmiete eingebracht, weil es in Strömen geregnet hatte.
Sie brauchte eine billigere Wohnung. Aber wer nahm eine Studentin mit Hund? Eine neue Mitbewohnerin, das war die einzige Lösung, auch wenn sich alles in ihr dagegen sträubte. Sie hatte zum einen die fixe Idee, daß der neuen Person ähnliches zustoßen würde wie Anke, zum anderen bezweifelte sie, daß Anke durch irgendeine Fremde zu ersetzen war.
Lisa mahnte sich zur Vernunft. Sie würde ein Inserat aufgeben. Auch das würde wieder Geld kosten. Aber vielleicht gab es eine andere Möglichkeit. Dazu mußte sie hinunter in den Hof und aus der Papiertonne ein altes *Darmstädter Echo* fischen; Lisa selbst leistete sich schon lange keine Zeitung mehr.
Sie kam mit einem ganzen Stapel wieder nach oben. Vielleicht stieß sie auf jemanden, der ein Zimmer suchte und noch keins hatte, das würde die Anzeigenkosten sparen. Nebenbei

blätterte sie durch die redaktionellen Seiten. Ein Artikel mit der Überschrift *Beermanns Leiche zur Beerdigung freigegeben* ließ sie innehalten. Der Mann war neben dem Artikel abgebildet, zu Lebzeiten, neben einer blonden jungen Frau. Sie holte Ankes Bilder aus ihrem Versteck unter dem Bestecksatz der Küchenschublade.

Eindeutig, das war der Mann auf dem Foto. Beermann also. Der Beermann, der die Presse wochenlang beschäftigt hatte, auch in den Nachrichten war sein Name genannt worden. Weswegen eigentlich? Irgendeine Sauerei um Steuergelder und eine Bank, ein Thema, das Lisa nicht interessiert hatte. Das hatte sich nun geändert.

Der Richter schrak zusammen. Von draußen war das Geräusch eines anfahrenden Wagens zu hören gewesen. Wie lange habe ich hier herumgeschmökert? Eine Viertelstunde? Dabei hatte er noch immer nicht gefunden, wonach er suchte. Er stürzte ans Fenster. Auf dem kurzen Stück Weg, das man von Pauls Arbeitszimmer aus einsehen konnte, fuhr nichts. Rasch verließ er den Raum und betrat nun doch das Schlafzimmer. Er stieß den Fensterladen auf. Von dort aus schaute man in westlicher Richtung auf den Garten und das Meer und weiter nördlich auf den Feldweg, der durch das Moor führte. Hinter dem Sumpfgebiet gabelte er sich, rechts ging es über die Felder zurück auf die Hauptstraße, links endete der Weg irgendwo im Kraut, in der Nähe des Kaps. Von hier aus konnte man in drei oder vier Kilometer Entfernung den Leuchtturm erkennen. Er hatte sich also doch nicht getäuscht. Kurz vor den Birken, die das Moor kennzeichneten, fuhr ein Jeep. Er kniff die Augen zusammen und riß sie wieder auf. Die Leiche war verschwunden. Der Jeep stand nicht mehr vor dem Gartentor. Sein Herz begann schneller zu schlagen, ihm wurde übel. Er hastete die Treppe hinunter. Unten lehnte er sich gegen die Wand und holte ein paarmal tief Atem. Werde ich verrückt? Drückt das Ding in meinem

Kopf auf ein paar wichtige Nerven? War alles nur ein Trugbild, eine Phantasie? Der Mann war tot gewesen, er hatte ihn gesehen, den eingeschlagenen Schädel, die trüben Augen. Sein Blut hatte an seinen Händen geklebt. Wie konnte er in seinen Jeep gelangen und wegfahren? Obwohl katholisch getauft und erzogen, hatte der Richter nie so ganz an Auferstehung und Himmelfahrt geglaubt. Und daß tote Hundejäger auferstanden, und sei es nur, um in ihrem Jeep zur Hölle zu fahren, erschien ihm noch unwahrscheinlicher. Demzufolge mußte jemand den Toten in dessen Wagen beiseite geschafft haben. Aber wer?

Die Flinte. Da lehnte sie, am Kamin. Sein Herzschlag beruhigte sich langsam wieder. Immerhin ein Beweis, daß das alles keine Einbildung war, dachte er und verließ das Haus, in dem er, wie er nun einsah, wirklich nichts zu suchen hatte. Das zerbrochene Foto in der Tüte nahm er mit.

Helen jagte über die Landstraßen. Sie, die stets eine gemäßigte Fahrweise propagierte, wagte ein paar hochriskante Überholmanöver und fluchte an einem Stück über französische Kleinwagen und die Existenz landwirtschaftlicher Fahrzeuge. Ab und zu drehte sie sich um und sah nach Babbo. »Hab keine Angst, es wird alles gut«, sagte sie immer wieder, mehr zu sich als zu ihrem stillen Passagier. Tränen rannen ihr über die Wangen.

Paul, wie konntest du mir das antun, nachdem ich mein Leben für dich gelebt habe, immer habe ich alles für dich getan, ich habe meinen Beruf vernachlässigt, habe deine eingebildeten Wehwehchen ertragen, deine eitlen Kollegen und das Geschwätz ihrer strapaziösen Frauen, ich habe die Augen verschlossen vor deinen Weibergeschichten. Ich war dir in jeder Hinsicht immer treu, und du ...

Helen erinnerte sich an ihren letzten großen Streit mit Paul. Im Frühjahr, kurz nachdem Paul aus der Haft entlassen wurde und sie hierhergekommen waren. Helen wußte nicht mehr, woran sich der Streit entzündet hatte, aber sie erinnerte sich an die verletzenden Worte, die er offenbar jahrelang zurückgehalten hatte und die er nun ausspie wie ein Gift.

»Ja, treu bist du«, hatte er gesagt und zynisch gelacht. »Aber begreifst du nicht, daß deine Treue eine Fessel ist, eine Waffe gegen mich? Kapierst du nicht, daß deine Ergebenheit und deine Vollkommenheit einen fertigmachen? Ja, du bist eine Heilige, erhaben über jeden Zweifel. Bloß, daß man an der Seite einer Heiligen unweigerlich zum Monster wird!« Den letzten Satz hatte er hinausgeschrien.

»Was hätte ich tun sollen?« schrie Helen zurück, »dich auch betrügen, damit du ein besseres Gewissen hast?«

Er hatte sie mit kalten Augen angesehen und leise geantwortet, mit einem Eishauch in der Stimme: »In deiner Gegenwart wird man krank. Du nimmst einem die Luft zum Atmen. Du hast dich in mein Leben geschlichen, als ich schwach war, und dann hast du mich ausgesaugt.«

»Verdammt, Scheißtraktor!« Helen trat auf die Bremse. Gut, daß der Wagen ABS hatte.

Babbo war ein Stück vom Sitz gerutscht und arbeitete sich mühsam wieder nach oben. Er winselte. Helen kam zur Besinnung und drosselte das Tempo. Der Traktor blinkte und ließ sie vorbei.

»Alles ist gut, Babbo, alles in Ordnung, es tut mir leid. Halt aus, wir sind bald da, alles wird gut, ich versprech es dir.«

Je öfter sie es sich vorsagte, desto mehr glaubte sie daran: Wenn nur der Hund gerettet würde, dann würde auch sie gerettet.

Sein Fahrrad lehnte noch immer am Zaun. Er schaute sich die Stelle an, wo der Jäger gelegen hatte. Er konnte nichts Auffälliges feststellen. Die Schleifspuren waren schon vorher dagewesen. Wo der Jeep gestanden hatte, führten Reifenspuren am Zaun entlang in Richtung Norden. Der Richter stieg auf sein Rad und fuhr in die Richtung, in der er den Jeep zuletzt hatte fahren sehen. Wenn der Mann nicht tot war, mußte er zumindest schwerverletzt sein. Warum fuhr der Wagen nicht ins Dorf?

Der Weg führte zunächst über trockene Heide, dann säumten ihn die ersten jungen Birken, deren Laub sich goldbraun gefärbt hatte. Danach wurde die Landschaft urig. Bemooste alte Bäume, manche umgestürzt, und mannshohe Gräser säumten den Weg, der immer holpriger wurde, die Fahrrinnen waren vom Regen tief ausgewaschen worden, schmierige Erde setzte sich im Profil der Reifen fest, was die Fahrt mit seinem Tourenrad zu einer Schlitterpartie machte.

Dann sah er den Jeep. Er hatte angehalten. Eine umgestürzte Birke versperrte den Weg. Der Richter bremste so abrupt, daß sein Rad ins Schleudern geriet. Er sprang ab, ging bis hinter die letzte Biegung und stellte das Rad neben ein Gebüsch. Er näherte sich dem Jeep langsam im Schutz der Bäume und Sträucher, knapp neben dem Weg. Er hätte nicht sagen können, warum er so vorsichtig war, aber irgendein Instinkt gebot ihm, sich dem Fahrzeug ungesehen zu nähern. Er befand sich nun mitten in dem kleinen Sumpfgebiet, ein Paradies für Mücken, sie stürzten sich in Geschwadern auf jeden Zentimeter bloße Haut. Seine Hand klatschte an den Nacken. Die vom tagelangen Regen durchnäßte Erde verströmte einen fauligen Geruch, ab und zu durchbrach das Quaken eines Frosches die modrige Stille.

Was war das? Als er merkte, wie der Boden unter ihm nachgab, stand er bereits mit dem rechten Bein knietief in der Erde. Angewidert zog er das Bein aus dem quatschenden Schlamm, der seine Beute nur widerwillig freigab.

Der Jeep gab Gas, Dreck spritzte auf. Die hintere Scheibe war bereits so verschmiert wie der Rest des Wagens. So mußte er wenigstens die Hundekadaver nicht mehr sehen. Was hatte der Fahrer vor, wollte er wenden, auf dem schmalen Weg? Der Motor des Jeeps jaulte gequält auf, der Richter wagte sich ein Stück aus seiner Deckung. Der Wagen war vom Weg abgebogen, ins unbefestigte Gelände. Anscheinend wollte er den direkten Weg nehmen, quer durch das Moor, oder wenigstens um den Baumstamm herumfahren. Das schafft er nicht, dachte der Richter.

Schon war es soweit. Keine zehn Meter hatte es gebraucht, bis der Geländewagen feststeckte. Schlamm bedeckte die wütend durchdrehenden Reifen, mit denen sich das Fahrzeug immer tiefer in den Dreck wühlte. Das Gasgeben hörte auf. Eine Tür wurde geöffnet, der Fahrer stieg aus. Der Richter duckte sich hinter einen mit Farnen bewachsenen großen Baumstumpf. Das Fernglas, das der Mann um den Hals hängen hatte, brachte ihn auf den richtigen Gedanken: Das war der Spaziergänger, der Taubers Haus beobachtet hatte. Was hatte er mit dem toten Jäger vor? Fluchend arbeitete sich der Mann nun in Richtung Weg. Er sank ein paarmal tief ein und mußte sich am Wagen festhalten, um vorwärtszukommen. Offenbar war er in einen dieser Tümpel geraten, die so zugewachsen waren, daß man sie erst erkannte, wenn man drinsteckte. Wieder auf festem Untergrund angekommen, sah er verärgert an sich hinunter. Von den Hüften abwärts war seine Hose voller Schlamm, auch die Lederjacke und das Fernglas hatten reichlich abbekommen. Ein Rappeln im Inneren des Jeeps lenkte die Aufmerksamkeit des Richters wieder auf das halbversunkene Auto. Glas prasselte. Die Heckscheibe ging zu Bruch. Im nächsten Moment preßte der Richter seine Hand auf den Mund. Beinahe hätte er aufgeschrien. Voller Entsetzen starrte er auf die Gestalt, die nun in der Fensterhöhle sichtbar wurde. Das linke Auge war halb zu, das andere weit aufgerissen, aus der Kopfwunde quoll hellrotes Blut und troff über die Schläfen und die Ohren bis zum Hals, wo es sich auf seinem Hemd ausbreitete. Rechts und links von ihm baumelte je ein toter Hund von der Stange, als bildeten die steifen Körper einen Vorhang zu diesem grausigen Kasperltheater. Der Richter spürte, wie sich sein Magen verkrampfte. Obgleich er noch nie etwas derart Gräßliches gesehen hatte, erinnerte ihn der Anblick an einen anderen, ähnlichen. Warum unternahm der Mann nichts? Warum unternahm *er* nichts? Der Richter wollte sich eben aus seiner Deckung begeben, da griff der Mann in seine Lederjacke und richtete eine Pistole auf den Verletzten. Der Richter erstarrte in seiner Bewegung. Zwei Schüsse trafen den Jäger in die Brust. Er reagierte kaum, nur sein Mund öffnete sich zu einem stummen Schrei. Vielleicht konnte der Richter den Schrei auch nur nicht hören, denn die Schüsse gellten ihm noch immer in den Ohren. Und dann lief es genauso ab wie in diesen Filmen: Es ertönte ein lautes Schlürfgeräusch. Als würden unsichtbare Kräfte den Wagen nach unten ziehen, waren innerhalb weniger Sekunden Auto und Mann verschwunden, aufgesogen von einer Masse, die an kochenden Schokoladenpudding erinnerte und roch wie verfaultes Gemüse. Der Mann steckte die Waffe wieder ein. Ein paar höhnische Blasen stiegen auf, dann regte sich nichts mehr, bis auf den immerwährenden Wind, der die Blätter von den jungen Birken riß.

In Saint-Renan gab es einen Veterinär, der sofort alles stehen- und liegenließ. Der Doktor und seine Assistentin hoben Babbo aus dem Wagen und legten ihn auf den Behandlungstisch. Sie stellten keine Fragen nach der Ursache der Verletzung, dennoch tat Helen vorsichtshalber so, als würde sie überhaupt kein Französisch verstehen. Während Babbo eine Injektion bekam, die ihn mit verdrehten Augen ins Reich der Träume schickte, gab die Assistentin Helen in radebrechendem Englisch zu verstehen, daß der Arzt bei der Entfernung der Schrotkörner niemanden dabeihaben wolle, daß er fünfzig Euro Vorschuß verlange und daß Helen den Hund heute abend gegen achtzehn Uhr wieder abholen könne. Eine Quittung für den Geldbetrag lehnte Helen ab.

»*He will survive?*« fragte Helen. Der Tierarzt zuckte die Schultern und machte sich ans Werk.

Während er radelte, hatte er Gelegenheit, über die Ereignisse der letzten Stunden nachzudenken. Wer war der Mann, warum war er mit dem Jäger und dessen Wagen in den Sumpf gefahren? Ganz offensichtlich nicht in guter Absicht, sonst hätte er den Verletzten nicht erschossen. Wahrscheinlich wollte er nicht *ins* Moor, sondern *durch* das Moor, schlußfolgerte der Richter. Dahinter gab es eigentlich nur ein Ziel: das Kap. Bestimmt wollte er den Wagen samt Leiche oder Verletztem von den Klippen stürzen lassen. Aber warum? Er würde keine Antwort finden, solange er nicht wußte, wer der Mann war und was er von den Taubers wollte. Er mußte an Helen denken. Es war nur ein Gefühl, ein Instinkt, der ihm sagte, daß Helen nach Saint-Renan gefahren war. Instinkte. Das wird ja immer besser mit mir. Selbst wenn sie dahin fährt, na und? Sie wird zum Tierarzt gehen und wieder nach Hause fahren. Wenn er ehrlich war: Die Verfolgung von Helen war nur ein Vorwand, um sich abzulenken. Er brauchte Bewegung, er hatte das Gefühl, daß sein Verstand dann besser arbeitete. Er keuchte eine kleine Anhöhe hinauf, während er von einem Pulk in Telekom-Kostümen auf papierdünnen Rennrädern überholt wurde. Er konnte ihre Schweißfahnen noch einen Kilometer lang riechen. Nein, das war kein Land für Freizeitradfahrer wie ihn. Dieser elende Wind. Und dieser elende Durst! Er hatte die Anhöhe erklommen und hielt einen Moment an, um zu verschnaufen. Ein ländliches Idyll breitete sich vor ihm aus, wie die Landschaft einer Modelleisenbahn. Hügel, kleine Wäldchen, ein paar stämmige hellbraune Pferde grasten auf einer Weide, die dank der Regengüsse der letzten Tage sattgrün war. Am Himmel jagten Wolkenfetzen, ihre Schatten glitten über die Felder. Es herrschte wenig Verkehr. Noch etwa zehn Kilometer, dann würde sich herausstellen, wieviel sein Instinkt taugte.

Der Richter stieg wieder auf sein Fahrrad und nicht mehr ab, bis ihm das Kopfsteinpflaster des Marktplatzes von Saint-Renan die Knochen durchschüttelte. Wenig später stand er vor einem sehr alten Fachwerkhaus und ließ seinen Blick an der Fassade entlangwandern wie ein Tourist, der die Baukunst bewundert. In Wirklichkeit bewunderte der Richter Helens Appetit. Die Ereignisse hatten ihr offensichtlich nichts anhaben können. Sie saß an einem Fenstertisch in einer Crêperie in der Rue de l'Église und aß nun schon die zweite Crêpe, und als die Bedienung den Teller abräumte, bestellte Helen noch etwas. Kurz darauf brachte das Mädchen ein Glas Rotwein und dann noch eines. Helen trank ihren Wein, während sie ihre Einkäufe sichtete, die sie auf zwei Stühlen verteilt hatte. Sie zupfte ein paar Dessous aus der Tüte, fuhr mit der Hand über den Stoff, ehe sie sie wieder einpackte. Sie entfernte das Preisschild von einem roten Hundehalsband, ließ eine blaugemusterte Krawatte durch ihre Finger gleiten, nahm ein Paar Pumps aus dem Karton und strich über das Leder, roch an einzelnen Gewürzdosen, zog eine karierte Wolldecke aus einer Tüte und schien die Beschaffenheit des Stoffs noch einmal zu prüfen. Eine Frau, die Freude an ihren Einkäufen hatte. Wie konnte sie so ruhig dasitzen, erregte sich der Richter, wo sie doch annehmen mußte, daß zu Hause ein Toter in ihrem Garten lag.

Die Tür ging auf, und eine Touristenfamilie verließ die Crêperie. Ein süßer Dunst wehte auf die Straße, ein längst vergangener Duft, nach Pfannkuchen mit Himbeermarmelade, nach Kindheit. Endlich kam Helen heraus. Jetzt fiel ihm auf, daß sie ein hellblaues Sommerkleid mit winzigen weißen Punkten trug, das sie gerade gekauft haben mußte. Bestimmt war ihr T-Shirt voller Blut gewesen, von dem Hund oder dem Erschlagenen. Hatte sie die Sachen gleich in einen der Papierkörbe von Saint-Renan gestopft? Er verscheuchte die wüsten Bilder und erfreute sich an ihrem Anblick. Das Kleid bildete einen aparten Kontrast zu ihrem kastanienfarbenen Haar, das sie frisch gekämmt hatte und offen trug. Der Richter erinnerte sich gut an ihr Haar, an diesen warmen Braunton, der mit ihren grünbraunen Augen harmonierte. Eine

Sonnenbrille im Audrey-Hepburn-Stil verlieh ihr etwas Verruchtes. Ob sie ihr Haar inzwischen färbte? Dunkelhaarige werden früh grau. Sie schaute auf die Uhr, dann ging sie zielsicher über den Platz und betrat ein Geschäft für Künstlerbedarf. Man schien sie zu kennen. Der Besitzer, ein älterer Herr mit weißem Haar und einer dicken Brille, löste die junge Verkäuferin ab und scheuchte sie ins Lager, als er Helen sah. Die beiden unterhielten sich, bis die junge Frau einen Stapel Kartons herbeischleppte. Helen verließ den Laden mit Zeichenblöcken, Papierbogen, Farbtuben und neuen Pinseln. Sie ging zu ihrem Wagen und verstaute ihre Einkäufe. Der Richter schob sein Rad in gebührendem Abstand vorbei und ertappte sich bei einem gerührten Lächeln, als Helen, die auf dem Fahrersitz saß, einen dicken Pinsel aus der Tüte nahm und damit über ihren Handrücken und ihre Wange strich. Dann fuhr sie los. Was war mit dem Hund?

Der Wagen bog um ein paar Ecken und parkte vor einem weiteren Laden. *René Bignon, vins ~ peintures ~ art* verkündete eine geschwungene blaue Schrift über der Holztür, die scharlachrot gestrichen war. Das eine Fenster war voller Bilder, Landschaftsaquarelle aus der Gegend, Porträts und Kopien berühmter Gemälde. Eine beeindruckend »echte« Mona Lisa fiel dem Betrachter ins Auge. Das andere Fenster präsentierte Weinflaschen. Vermutlich war die Kunst seine Leidenschaft und der Wein seine Existenz. Helen betrat den Laden, ohne die Auslagen zu beachten. Nach fünf Minuten kam sie zusammen mit einem weißhaarigen kleinen Mann heraus. Mit seinem langen Schnauzbart erinnerte er den Richter an Asterix. Der Mann schob eine Sackkarre vor sich her und lud fünf Weinkartons in den Kofferraum. Helen trug ein dick verschnürtes flaches Rechteck aus braunem Packpapier unter dem Arm. Der Richter mußte an den van Gogh im Kaminzimmer der Taubers denken. Vermutlich stammte das Bild von hier. Helen legte ihr Paket auf die Weinkartons und klappte den Kofferraum zu. Sie verabschiedete sich mit Handschlag.

Dann fuhr Helen zurück, fand ihren alten Parkplatz vor dem Haus des Tierarztes wieder und betrat es mit der neuen karierten Wolldecke über dem Arm. Der Richter fand, daß er genug Spion gespielt hatte, und machte sich auf den Heimweg.

Helen stellte den Wagen vor dem Gartentor ab und trug erst den Hund und dann ihre Einkäufe ins Haus. Der Regen hatte bereits eingesetzt, einzelne schwere Tropfen fielen. Es sah nach einem größeren Unwetter aus. Eine Bö zerrte an ihrem Kleid. Im Westen zuckten Blitze, am Horizont schimmerte ein Streifen, giftgrün wie *Menthe à l'eau*.

Nichts in ihrem Garten deutete mehr auf das Geschehen des Vormittags hin. Helen nahm es mit Zufriedenheit zur Kenntnis. Auch der Strom war wieder an. Nur die Flinte stand noch immer neben dem Kamin, Helen verstaute sie im Garderobenschrank. Es ist nie schlecht, ein Gewehr im Haus zu haben, dachte sie, und: Ein wenig Verantwortungsgefühl scheint Paul also noch immer für mich zu empfinden. Sie ging in den ersten Stock, um die Fenster zu kontrollieren. Dabei bemerkte sie, daß Paul die Bücher im Arbeitszimmer neu sortiert haben mußte. Außerdem hätte sie schwören können, daß sie die Fensterläden im Schlafzimmer heute noch nicht geöffnet hatte. Der Wind aber schlug einen offenen Laden hin und her, bis Helen ihn fest zumachte.

Monsieur Bignon hatte versprochen, sich um Holz für sie und Paul zu kümmern. Sie und Paul. Paul und Helen. Das war etwas für die Ewigkeit. Er würde zurückkommen, so wie er immer zurückgekommen war.

Mit den letzten Hölzern, die sie am Morgen im Schuppen zusammengesucht hatte, machte Helen ein Feuer an.

»Was brauchen wir dieses Dorfgesindel«, sagte sie zu Babbo, der beifällig mit dem Schwanz auf die Holzdielen klopfte. Sein rechter Schenkel war kahlrasiert und wies mehrere genähte Stellen auf. Er trug einen Plastiktrichter um den

Hals. Seine Augen verfolgten lebhaft, was sie tat. Vorhin war er aufgestanden, um zu trinken.

Als Helen sich wieder vom Kamin aufrichtete, blieb sie wie erstarrt stehen. Das Hochzeitsbild war weg. Wie konnte er das tun? Augenblicklich füllten sich ihre Augen mit Tränen. In der Küche fand sie die geöffnete Flasche Bordeaux von heute morgen, und sie legte sich damit vor den Kamin auf das Sofa, während der Sturm an den Läden rüttelte.

Der Richter mußte schwer in die Pedale treten. Der Wind war in einen Gewittersturm übergegangen. Ein schlecht gewählter Zeitpunkt für eine Fahrradtour, dachte er, während er sich Meter für Meter auf dem rauhen Asphalt vorwärtskämpfte. Er hatte in Saint-Renan nur ein paar Schluck Wasser aus einem Brunnen getrunken, denn er hatte seine Geldbörse im Haus zurückgelassen. Er war erschöpft, durstig, und gleichzeitig fror er, besonders als es anfing zu regnen. Wenn er wenigstens eine Jacke dabeihätte. Ab und zu überholten ihn Traktoren mit Anhängern, aber keiner kam auf die Idee, anzuhalten und ihn ein Stück mitzunehmen. Als er endlich den Feldweg zum Meer einschlug, war er am Ende seiner Kräfte. Der Himmel war schwarz wie Teer und wurde von Blitzen zerhackt. Die Donnerschläge klangen wie Peitschenknallen. Regen und Sand erschwerten das Sehen, kleine Zweige schlugen gegen sein Rad. Einmal flog ein abgerissener Ast auf ihn zu, dem er im letzten Moment ausweichen konnte. Er kam kaum noch voran und stieg schließlich ab. Den Kopf eingezogen, schob er sein Rad den Weg entlang, der sich erneut in eine Schlammrinne verwandelt hatte. Er versuchte, den Sekundenabstand zwischen Blitz und Donner zu zählen, aber bei der Anzahl der Blitze und dem nahezu ständigen Krachen war es unmöglich, einem Donner einen bestimmten Blitz zuzuordnen. Bestimmt war es ein Märchen, daß Blitz und Donner immer paarweise auftraten, er würde das bei Gelegenheit überprüfen. Als er kurz den Kopf hob, um sich zu orientieren, sah er das Feuer. Die hintere Ecke von Taubers Schuppen stand in Flammen. Die Pappeln, die die Rückseite des Schuppens vor dem Wind schützen sollten, versperrten ihm die Sicht, doch ihm war, als hätte er eine Gestalt gesehen, die an den Flammen vorbei um den Schuppen herumging. Der Richter stieg wieder auf sein Rad. Die Anstrengung ließ ihn keuchen und spucken, dennoch hielt er gegen den Sturm auf das Feuer zu, ohne zu wissen, was er unternehmen würde, wenn er dort angekommen war. Wahrscheinlich konnte er gar nichts tun. Helen würde doch nicht so dumm sein und in den brennenden Schuppen laufen, oder? Vielleicht unterschätzte sie die Gefahr, unternahm leichtsinnige Löschversuche. Wenn aber die Flammen plötzlich höher schlugen, vom Wind angefacht den ganzen Schuppen erfaßten? Ob die Feuerwehr schon unterwegs war? All diese Gedanken gingen ihm durch den Kopf, als er das Grundstück erreichte. Er spürte die Hitze im Gesicht. Ein Knall ließ ihn zusammenfahren, grellweißes Licht blendete seine Augen, eine Hitzewelle fuhr über ihn hinweg, ein nie gefühlter Schmerz zerriß seine Nerven. Als er die Hand vom Gesicht nahm, sah er eine Gestalt vor sich, doch der Rauch biß in seinen Augen, er konnte nicht klar sehen. Eine Frau stand zwischen ihm und den Flammen, er sah nur ihren Schatten, die erhobene Hand, die etwas hielt, dann spürte er einen Schlag, sein Kopf zerbrach in Stücke. Das ist es also, so fühlt sich also der Tod an, dachte er, ehe er das Bewußtsein verlor.

Dritter Teil

Wie Schauspieler auf einer Bühne traten allmählich die Gegenstände hervor aus dem Grau, das ihn umgab. Sie bewegten sich auf ihn zu, gewannen an Kontur. Ein Kleiderschrank, ein Stuhl, ein Bild, eine Wasserflasche. Er versuchte, die Augen offenzuhalten.

Er hatte brennenden Durst. Da stand die Wasserflasche, auf dem Nachttisch, er richtete sich auf. Ein sengender Schmerz in seinem Kopf drückte ihn auf das Kissen nieder. Er atmete flach, bis der Schmerz nachließ.

Kühle weiße Bettwäsche, ein fremder Duft, nie gerochen.

Das Grau wurde lichter, Farben traten heraus wie auf einer kolorierten Fotografie. Blaßblaue Vorhänge filterten das Licht. Tageslicht. Welcher Tag, welche Stunde? Wie bin ich in dieses Bett gekommen?

Wer ist »ich«?

»Ich« bestand aus Teilen: Hand, Bein, Kopf, Verband. Gehirn. Mensch. Menschen haben Namen. Ich muß auch einen haben. Nur, welchen?

Seine Erinnerung bestand aus einem schwarzen Loch. Er wußte, daß es eine Vergangenheit gab, geben mußte: Präteritum, Perfekt, Plusquamperfekt. Aber er schien keine zu besitzen.

Nur ruhig, keine Panik. Das geht vorbei. Los, mach weiter, nenn die Namen, die Namen! Bild, Aquarell. Schrank, nein,

Kleiderschrank, Kleiderbügel, Bademantel, Blumen, Hortensie? Tür. Das Ding, womit man sie öffnet, aus Metall, das heißt ... na, egal. Nun wurde die Tür geöffnet. Frau, Kleid, Teekanne, Tasse, Tabletten, Salbe, na also, es geht doch.

Die Frau war noch weit weg, aber nun kam sie näher. Braunes Haar, braune Augen. Ein Lächeln. Schöne weiße Zähne.

Er fühlte ihre kühle Hand auf der Stirn, roch ihren Duft.

»Wie geht's?«

Ihre Stimme, ein Klang von weit her. Ob er auch eine Stimme hatte? Seine Lippen zitterten, er spürte nur eine Gesichtshälfte, die andere fühlte sich wattig an.

»Elen.« Seine Stimme klang ebenso fremd wie die der Frau.

Sie kam noch näher. Diese Frau hieß Helen, das wußte er, so wie er wußte, daß es Männer und Frauen gab. Mehr wußte er nicht über sie. Ihr Gesicht war neu, die Stimme, die Kleidung. Der Duft. Etwas verband sich damit, etwas Blaues, Sanftes ... Wenn dies der Anflug einer Erinnerung war, dann verlor er sich im Ansatz. Aber immerhin: »Helen«, sagte er noch einmal, diesmal klarer.

Die Frau blieb vor seinem Bett stehen und sah ihn lange an. Dann lächelte sie.

Es war Samstag, und das Café *Atlantic* war voller als an gewöhnlichen Vormittagen. Die Dorfheilige war umringt von Marktständen: Gemüse und Blumen, Käse, Wurst und Fleischwaren, Fisch. Dieses Ereignis trieb die Bewohner in größeren Mengen als sonst üblich auf den Platz. Anschließend ging man mit vollen Körben ins Café. Paul mied die Markttage, aber Helen fand, daß sie sich gerade heute ruhig einmal im Dorf sehen lassen sollte. Sie wollte hören, was geredet wurde. Obwohl das *Atlantic* voll war mit tuschelnden Hausfrauen und quengelnden Kindern, wirkte es noch immer ungemütlich. Am größten Tisch thronten die Dorfhonoratioren. Helen erkannte den Bürgermeister, den Geistlichen, den Besitzer des *Morgane*, den Inhaber der Autowerkstatt und einen Angehörigen der Gendarmerie, erkennbar an der Uniform. Helen ging zum Tresen. Die drei Hocker davor waren die einzigen freien Plätze. Sie bestellte einen kleinen Café.

»Einen?« fragte Maria. Sie trug heute keine Schürze, sondern ein schwarzes Baumwollkleid, das über ihrem Bauch so sehr spannte, daß das Gewebe die weiße Haut durchschimmern ließ.

»Ja, einen«, sagte Helen mit fester Stimme und hatte das Gefühl, daß alle Augen im Café sie anstarrten.

Maria bereitete den Espresso zu, aber dann konnte sie es sich nicht verkneifen zu fragen: »Heute ohne Ihren Mann unterwegs?«

»Er fühlt sich nicht wohl. Er hat eine kleine Magenverstimmung.«

»Bei Ihnen hat es gebrannt«, sagte Maria.

Täuschte sich Helen, oder war es an den Tischen ruhiger geworden? Auf jeden Fall lag eine gewisse Spannung in der Luft.

»Nur der Schuppen«, sagte Helen. »Ein Blitz wahrscheinlich. Zum Glück stand der Wagen draußen.« Sie hatte sich an dem Abend nur noch um den Hund und nicht mehr um den Wagen gekümmert, was das Fahrzeug gerettet hatte.

Maria hielt sich nicht länger mit Helens Schuppen auf. Sie brachte dem Honoratiorentisch eine neue Lage Rotwein, und als sie zurückkam, fragte sie mit einer leisen Anklage im Tonfall: »Wissen Sie noch nicht, was hier geschehen ist?«

»Ein junges Mädchen aus dem Dorf ist verschwunden. Hat man sie gefunden?«

Maria schüttelte den Kopf. Sie wandte sich ab, um Helens Café auf eine Untertasse zu stellen. Ihr ältester Sohn, ein magerer Junge von etwa zehn Jahren, trug ein Tablett mit Cola an einen Tisch mit vier üppigen Frauen.

Maria brachte den Café. »Mein Cousin ist fort.«

Helen bemühte sich um ein erstauntes Gesicht und war überrascht, wie leicht es ihr fiel. »Welcher Cousin?«

»Claude.«

»Was heißt fort?«

»Weg. Verschwunden. Seit vorgestern.«

»Hat man die Polizei eingeschaltet?« fragte Helen.

»Natürlich.« Sie wies mit dem Kinn auf den rotweinschlürfenden Gendarmen. »Genau wie bei Isabelle.«

»Weiß man etwas von dem Mädchen?«

»Die Polizei hat Fotos verteilt. Jemand will sie in Lyon gesehen haben. Aber das glaube ich nicht. Erst die kleine Caradec, jetzt Claude ...«

Am Herrentisch wurde eine Runde Calvados verlangt. Maria goß die Gläser großzügig ein und stellte die Flasche mit auf den Tisch.

»Alles wurde abgesucht«, nahm sie den Faden wieder auf. »Boote haben die Klippen abgefahren und den Strand ...«

»Sie meinen, er ist von den Klippen gestürzt?« unterbrach Helen.

»Nein. Er ist hier geboren, er verirrt sich nicht.«

»War er zu Fuß unterwegs?« fragte Helen.

»Mit dem Jeep. Der ist auch weg. Er war fast neu.«

»Das gibt es doch nicht!«

»Claude ist – wie sagt man ...«

»Vom Erdboden verschluckt«, schlug Helen vor.

Maria nickte. »*Oui.*«

»Vielleicht hat sie ihn in ihrem Keller versteckt«, rief eine vorwitzige Stimme in deutlichem Französisch durch das Lokal.

Erst jetzt bemerkte Helen, daß alle Anwesenden ihrer Unterhaltung gelauscht hatten.

»Halt den Mund, Marcel.« Der Polizist am Honoratiorentisch schob mit viel Schwung seinen Stuhl zurück und dehnte sich zur vollen Länge von knapp eins siebzig. Er war etwa in Helens Alter und trug einen markant gestutzten Schnauzbart.

Er durchquerte das Lokal, mit gemessenen Schritten sich seines Auftritts bewußt, und stellte sich neben Helen an den Tresen. »Gut, daß ich Sie treffe, Madame. Ich bin Alain Crespin von der Gendarmerie in Saint-Renan.«

Als ob einen ein Hund von unten herauf anknurrte.

»Helen Tauber.«

»Wollen Sie mit nach draußen kommen, Madame Tauber?«

»Ich habe meinen Café noch nicht getrunken«, sagte Helen, die an diesem Morgen der Teufel ritt. »Warum wollen Sie mich sprechen?«

»Sie kannten den Mann, der seit zwei Tagen vermißt wird, Claude Kerellec.« Sein Deutsch war gut. Es war nicht zu erkennen, ob das eine Frage oder eine Feststellung war.

»Flüchtig. Ich habe mich ab und zu mit seiner Frau unterhalten.«

»Er hat Ihnen manchmal Wild verkauft.«

»Eigentlich nur einmal, letztes Jahr.«

»Ist Monsieur Kerellec vorgestern zu Ihnen gekommen?«

»Nein. Er war letzte Woche bei mir und hat mir Fleisch angeboten, was ich abgelehnt habe. Seither habe ich ihn nicht mehr gesehen.«

»Er hat oft da draußen gejagt.«

»Mag sein. Wir hörten ab und zu Schüsse.«

»Sie kennen seinen Wagen«, stellte Crespin fest.

»Einen Jeep. Es gibt hier einige davon.«

»Sie sind mit Madame Kerellec befreundet.«

»Befreundet wäre zuviel gesagt. Ich habe nur ab und zu mit ihr gesprochen, im Laden.«

»Sie waren nie mit ihr hier, im Café?«

Er schien bereits über alles im Bilde zu sein. Warum fragt er dann noch, dachte Helen verärgert. Helen hatte das Gefühl, daß er schon sein Urteil über sie gefällt hatte. Schuldig.

»Doch, auch.«

»Worüber haben Sie gesprochen?«

»Das Wetter, die Touristen, ihr Geschäft, ganz alltägliche Gespräche eben.«

»Über ihren Mann Claude?«

»Wenig.«

»Und was?«

»Nichts Besonderes. Daß er im Elektrizitätswerk arbeitet.«

»Hat Madame Kerellec sich bei Ihnen beklagt über ihren Mann?«

Helen bereute es, im Café geblieben zu sein. Die Gäste saßen mäuschenstill an ihren Tischen.

»Nein, das hat sie nicht«, antwortete Helen eine Nuance zu heftig.

»Sie haben nicht gewußt, daß Monsieur Kerellec verschwunden ist?«

»Ich habe es eben erfahren.«

»Hat Madame Kerellec Sie nicht angerufen?«

»Nein, warum sollte sie?«

»Sie haben gewußt, daß die beiden oft Streit hatten.« Wieder eine Unterstellung.

»Ich denke, das wußte jeder. Aber ich fand, daß mich das nichts anging.«

»Ein Schäfer hat den Jeep gesehen, wie er zu Ihrem Haus gefahren ist, am Donnerstag, gegen Mittag.«

»Das kann sein.«

»Also war er doch bei Ihnen?«

»Das weiß ich nicht. Ich war nicht zu Hause.«

»Und wo waren Sie?« fragte der Mann scharf.

»In Saint-Renan.«

»In Saint-Renan«, wiederholte der Polizist und sprach den Namen aus, als wäre es anrüchig, sich dort aufzuhalten.

»Einkaufen«, fügte Helen hinzu. »Etliche Leute können das bestätigen. Oder wollen Sie die Quittungen sehen, mit Datum und Uhrzeit?« Der letzte Satz hatte leicht aggressiv geklungen.

Crespin trank von dem Schnaps, den Maria unaufgefordert vor ihn hingestellt hatte.

»Gelegentlich muß ich auch mit Ihrem Mann sprechen.«

»Warum denn das? Er weiß nicht mehr als ich über Claude Kerellec.«

»War er auch dabei, in Saint-Renan?«

Helen zögerte. »Nein. Er ist … verreist.«

»Aha. Seit wann?«

»Seit Dienstag.«

»Mit dem Wagen?«

»Ja. Nein! Den Wagen habe ich. Mit der Bahn.« Helen spürte, wie sie vom Hals herauf rot anlief. Maria warf ihr einen sonderbaren Blick zu. Hätte ich vorhin bloß den Mund gehalten, dachte Helen verärgert. Es war wie eine Zwickmühle. Egal, was sie sagte, es würde unangenehme Folgen haben. Die Pupillen ihres Peinigers huschten lebhaft hin und her wie Flipperkugeln. Er schielte ein bißchen, fiel Helen dabei auf.

»Wann kommt Monsieur wieder zurück?«

»Vielleicht nächste Woche oder übernächste. Er hat geschäftlich zu tun und weiß noch nicht, wie lange es dauern wird.«

»Ich werde mit ihm sprechen, wenn er zurück ist.«

Es klang für Helen wie eine Drohung.

»Darf ich Ihre Telefonnummer haben?« fragte Crespin mit einem Lächeln unter seinem Diktatorenbärtchen.

»Ja. Aber das Telefon funktioniert nicht immer. Seit dem schweren Gewitter ist die Leitung defekt.« Die Wahrheit war, daß Helen das Telefon seit Wochen gar nicht angeschlossen hatte.

»Dann könnte es also doch sein, daß Madame Kerellec versucht hat, Sie anzurufen, aber sie ist nicht durchgekommen«, beharrte der Polizist.

»Theoretisch ja, aber ich glaube es nicht. So eng waren wir nicht befreundet.«

»Sagten Sie nicht, sie waren gar nicht befreundet?«

»Wir kannten uns. Das ist alles«, sagte Helen ungehalten.

»Haben Sie jemanden beauftragt, das Telefon zu reparieren?«

»Nein, bis jetzt noch nicht.«

»Ich werde Ihnen jemanden vorbeischicken.«

»Sehr freundlich«, knirschte Helen und schrieb die Nummer, an die sie sich nur schwer erinnerte, auf einen Zettel. Sie rief nach Maria, was überflüssig war, sie hatte sich die ganze Zeit in Hörweite aufgehalten. Helen kramte in ihrer Handtasche nach der Geldbörse. Hatte sie sie zu Hause liegengelassen? Wie unangenehm, hier, vor allen Leuten, um Kredit bitten zu müssen. Außerdem wollte sie noch Gemüse einkaufen, und sie mußte dringend zur Apotheke.

Sie fand die Geldbörse schließlich in ihrer Hosentasche, aber in dem Moment sagte Crespin zu Maria: »Ich übernehme das.«

»Danke.«

Helen verließ das Café. Draußen auf dem Platz blieb sie vor dem Gemüsestand stehen. Ihr zitterten die Beine. Sie bemerkte gar nicht, daß eine alte Frau sie schon zweimal angesprochen hatte, was sie zu kaufen wünschte.

»*Madame!*« rief die Marktfrau ungeduldig. Ihr Gesicht war so verwittert und gegerbt, als hätte sie ihr Leben auf hoher See verbracht.

»Steinpilze.« Sie deutete auf einen Korb. Steinpilze mit Bandnudeln war eins von Pauls Leibgerichten. Sie war am Metzgerstand und kaufte gerade ein Huhn, als sie eine bekannte Stimme hörte.

»Madame, einen Augenblick, bitte!«

Helen wandte sich um.

Crespin war ihr gefolgt und baute sich erneut vor ihr auf. »Nur noch eine kleine Sache...«

Er wartete, bis Helen das Huhn eingepackt und bezahlt hatte. Nun war es Helen unangenehm, seine Einladung im

Café angenommen zu haben. Der Gendarm eskortierte sie an den Rand des Platzes, unter eine Platane.

»Ich wollte Sie das nicht im Café fragen: Bei Ihnen hat es am Donnerstag einen Brand gegeben?«

»Ja. Die Garage, eigentlich mehr ein Schuppen, ist teilweise abgebrannt.«

»Haben Sie die Feuerwehr gerufen?«

»Nein. Als ich das Feuer bemerkte, war es schon zu spät dafür.« Außerdem bezweifle ich, ob die rechtzeitig gekommen wäre, dachte Helen.

»Warum haben Sie das nicht der Polizei gemeldet?«

»Warum sollte ich? Es war Blitzschlag.«

Sie hatten volle Benzinkanister am Tatort hinterlassen, von denen einer explodiert war, und trotz des Regens hatte Helen am nächsten Tag Spuren von Motorradreifen in der aufgeweichten Erde vor dem Schuppen erkennen können. Der Verlust ihrer Bilder und ihrer gesammelten Materialien hatte sie mit heißer Wut erfüllt.

Crespin strich sich verlegen über sein Bärtchen. »Im Dorf wird gemunkelt, daß gewisse Jugendliche zumindest daran beteiligt waren. Ich würde dem gerne nachgehen, so etwas darf man nicht dulden, das ist kein Buben... wie sagt man?«

»Lausbubenstreich.«

Ob sie auch das Haus angezündet hätten, wenn es nicht aus Granit gebaut wäre? Und was war der Grund? Haß, Frust, Übermut?

»Genau.«

»Woher können Sie so gut deutsch?« fragte Helen.

»Meine Großmutter stammt aus dem Elsaß.« Er sah ihr in die Augen, aber seine Pupillen zielten knapp vorbei. »*Alors*, wollen Sie nicht Anzeige erstatten, gegen Unbekannt?«

»Nein.«

»Sie haben gelogen, vorhin. Die Geschäftsreise...«

»Ja.« Helen senkte schuldbewußt den Blick.

»Wo ist Ihr Mann, Madame?« Wieder huschten seine Pupillen unruhig hin und her.

»Er hat mich verlassen. Ich wollte es nicht vor allen Leuten zugeben.«

»Verstehe.« Ein gönnerhaft verständnisvolles Lächeln. »Wird er wiederkommen?«

»Ich hoffe es«, sagte Helen.

»Dann noch einen schönen Tag, Madame Tauber.«

Die Tatsache, daß sich Beatrix zu Hause sowohl einsam als auch beobachtet fühlte, hatte sie während der letzten Tage zu abseitigen Beschäftigungen verleitet. Zuerst hatte sie das Haus geputzt, dann im Garten gewütet, Rasen und Büsche gestutzt. Hatte sie bisher nach dem Motto »Ich kaufe, also bin ich« gelebt, geriet ihr Leben nun in eine Sinnkrise. Sie ging wenig aus, und wenn, dann mied sie die Nähe der guten Einkaufslagen. Auch der Besuch von In-Lokalen war momentan nicht angesagt. Diese Leute dort waren nicht mehr ihresgleichen. Carolus hatte solche Orte zu Recht gemieden, und die sogenannten Freundinnen, mit denen Beatrix früher ausgegangen war, waren seit Carolus' Verhaftung viel zu beschäftigt, um sich bei der »Witwe eines Bankrotteurs«, wie sich die Bunte ausgedrückt hatte, zu melden.

Um die Leere ihres Daseins als Nichtverbraucherin zu füllen, hatte sie die Bilder wieder an die Wände gehängt, so als ob Carolus jeden Moment hereinkommen und die Unordnung bemängeln könnte. Es hatte sie erst verblüfft und dann enttäuscht, daß es Fälschungen waren. Fälschungen, Kopien, das war nicht der Stil ihres Mannes. Andererseits hatte er nie behauptet, daß es Originale waren, und er hatte sich vor niemandem mit diesen Werken gebrüstet. Er hatte ohnehin so gut wie keine Besucher empfangen. Wenn doch, dann führte er sie in die Bibliothek, wo der echte Picasso gehangen hatte.

Beatrix vermißte Carolus. Sie hatte sich während der letzten Tage gefragt, ob sie *ihn* geliebt hatte oder, wie man ihr unterstellte, hauptsächlich sein Geld. Aber Carolus war sein Geld. Der Carolus, der er war, konnte er nur sein, indem er Geld und Einfluß geltend machte. Seine Selbstsicherheit und seine Selbstgerechtigkeit hatten ihr imponiert, und sie teilte seine unterschwellige Menschenverachtung, die nur einer haben konnte, der von unten kam und sich dort auskannte. Eine Frau, die ihn nur aus Liebe heiratete, hätte er dumm und langweilig gefunden. Es war für beide gut gewesen, so wie es war, auch wenn man sie nun mit Häme überschüttete.

»Scheißjournalistenpack«, murmelte sie. Sie hatte es sich in den letzten Tagen angewöhnt, Selbstgespräche zu führen, wobei sie nicht ganz sicher sein konnte, ob es tatsächlich welche waren, aber selbst das war ihr inzwischen egal.

Es klingelte. Bloß nicht wieder Ressler, dachte sie.

Die Büsche am Tor hatte sie so weit heruntergeschnitten, daß die Kameras wieder ihren Zweck erfüllen konnten.

Vor dem Tor standen ein struppiges Mädchen und ein gepflegter Hund. Das Mädchen trug eine lange Mähne ohne Schnitt und einen Rucksack über der Schulter, der Hund ein rotes Halstuch, das gut zu seinem hellen Fell paßte. Es klingelte erneut. Beatrix öffnete die Haustür und ging durch den Vorgarten auf die Fremde zu. Dabei suchte sie aus dem Augenwinkel die Straße ab. Es war niemand zu sehen, aber sie war sich dennoch sicher, daß irgendwer auf sie aufpaßte.

»Ja, bitte?«

»Hallo. Ich bin Lisa. Und das ist Benno.«

»Wie schön. Lisa und Benno.«

»Sie sind Frau Beermann.«

»Richtig, die bin ich. Und auch wenn es nicht so aussieht: Ich bin ein Sozialfall. Falls Sie mir was andrehen wollen, Zeitschriften oder einen neuen Glauben, ist das jetzt ein schlechter Zeitpunkt.«

Das Mädchen fuhr mit unsicherer Stimme fort: »Ich würde gerne mit Ihnen sprechen. Es geht um Ihren Mann.«

Bei genauerem Hinsehen war sie nicht mehr ganz so jung. Mitte Zwanzig etwa. Ihre Kleidung verströmte einen Geruch nach Lavendelsäckchen und Räucherstäbchen.

»Mein Mann ist tot«, sagte Beatrix.

»Ich weiß. Ebenso meine Freundin, Anke Maas, die diesen März ermordet wurde.«

Anke Maas. Beatrix hatte davon in der Zeitung gelesen.

»Diese Studentin, nicht wahr?«

»Da ist ein Foto aufgetaucht, ein Foto von Ihrem Mann und... könnten wir drinnen weitersprechen?«

»Kommen Sie rein«, sagte Beatrix, die neugierig geworden war.

Sie führte die Besucherin in die Bibliothek, wie Carolus es getan hätte. Sie bot dem Mädchen Kaffee an, aber sie wollte nur eine Schale Wasser für den Hund, der ihr nicht von der Seite wich, obwohl er nicht angeleint war. Er hatte nur ein Auge, aber er bewegte sich wie jeder andere Hund. Nur manchmal hielt er den Kopf ein wenig schief.

»San Pellegrino oder Volvic?«

»Leitung«, sagte Lisa. Sie lächelte nicht. Vielleicht war der Scherz nicht so umwerfend gewesen, dachte Beatrix. Leute, die so ernst waren, verunsicherten sie.

»Sie sehen hübscher aus als auf den Fotos«, sagte Lisa.

»Welche Fotos meinen Sie jetzt?«

»Die in der Bunten.«

»Sie mußten mich ein wenig abgewrackt darstellen, damit ich ins Klischee passe: Junges Ding heiratet reichen älteren Mann – natürlich nur aus Berechnung –, und dann stellt sich heraus, daß sie aufs falsche Pferd gesetzt hat«, gab Beatrix den Tenor des Artikels wieder. »Da trieft das Herz jeder braven Ehefrau vor Genugtuung, wenn sie das beim Frauenarzt in die Finger kriegt.« Sie hielt inne. Das Mädchen sah sie mit großen grünen Augen aufmerksam an. Was fiel ihr ein, bei dieser Wildfremden ihren gesammelten Frust abzuladen? Außerdem hatte die Sache einen Haken: Im Gegensatz zu anderen Männern hatte sich Carolus nie mit ihr gebrüstet, im Gegenteil. Sie gingen selten aus und wenn, dann nur zu zweit und niemals dorthin, wo die Schickeria verkehrte. Carolus hatte sie wie ein gestohlenes Schmuckstück gehalten. Beatrix dachte an die Bilder im Wohnzimmer. Kopien gestohlener Meisterwerke. Abbilder des Unerreichbaren. Wessen Kopie war sie?

Früher jedenfalls hätte sie das Pack wegen des Artikels verklagt. Allein die Fotos. Sie hatten sie vor der Villa posieren lassen und dann darunter geschrieben: *Fünfhundert Quadratmeter Luxus* (sie mußten sämtliche Schrägen doppelt berechnet haben). *Jetzt gehört alles Vater Staat.* Vater Staat, was für ein Blödsinn. Ein Vater sorgte für seine Kinder und riß ihnen nicht das letzte Hemd vom Leib, um sie nackt der Meute auszuliefern. Aber sie hatten zehntausend Euro bezahlt, die sie – wenn Carolus das sehen könnte! – im Futter ihrer Handtasche vor Vater Staat verborgen hielt.

»Sie sehen gar nicht aus, als ob Sie Klatschzeitungen lesen würden«, stellte Beatrix fest.

»Wonach sehe ich denn aus?« fragte Lisa.

»Irgendwas zwischen *Emma* und *Psychologie heute.*«

Jetzt lächelte Lisa doch.

Als Benno geräuschvoll seinen Durst gestillt hatte, legte Lisa das Foto von Paul Tauber und Carolus Beermann auf den Tisch: »Ich wollte erst damit zur Polizei gehen. Vielleicht ist es ja ein Beweisstück. Sonst hätte es meine Mitbewohnerin wohl nicht bei der alten Frau versteckt. Aber dann habe ich mehr über Ihren Mann nachgelesen, und gestern waren Sie in der Zeitung, und da dachte ich, vielleicht sollten wir ...« Sie verstummte, denn Beatrix war aufgesprungen und hatte ihr die Hand auf den Mund gepreßt. Benno knurrte. Beatrix ließ Lisa los und deutete auf einen Stift und einen Notizblock auf dem niedrigen Glastisch.

»Keine Namen«, flüsterte sie. »Ich weiß nicht, ob ich abgehört werde. Kennen Sie den Mann?«

Lisa nickte und schrieb: *Das ist Paul Tauber. Er war der Geliebte von Anke Maas.*

»Eine Weile«, flüsterte sie. »Dann wollte er nichts mehr von ihr wissen, aber sie hat ihn verfolgt. Und fotografiert. Die Fotos hat sie bei einer alten Tante von ihr versteckt, die kürzlich gestorben ist. Ich habe die Möbel bekommen, und darin waren diese Kopien.«

Beatrix war aufgestanden und zu einer kleinen Stereoanlage gegangen. Sie legte eine Klassik-CD ein und schob den Regler nach oben.

Lisa legte die anderen Fotos auf den Tisch, die Paul Tauber vor den verschiedenen Gebäuden zeigte. Beatrix konnte in dem Erwachsenen nur schwer den Jungen von dem Frankreich-Foto erkennen.

»Ich bin zu dem Schluß gekommen, daß das Bankgebäude sein müssen«, sagte Lisa dicht am Ohr ihrer Gesprächspartnerin.

Beatrix mußte unwillkürlich lächeln. »Schon möglich. Und was wollen Sie von mir?« fragte sie durch das Schmettern von Hörnern und Trompeten. Benno legte die Ohren an und winselte.

»Ach bitte, könnten Sie eine andere Musik auflegen? Beethoven macht Benno so nervös.«

»Was hört er denn gerne?«

»Mozart oder Strauß.«

»Liebt er auch *Sissi*-Filme?« erkundigte sich Beatrix und tauschte die Beethoven-CD gegen die Kleine Nachtmusik.

»Ich finde, man sollte mit diesem Mann reden«, sagte Lisa.

»Wozu?«

»Sie müssen das Geld finden, damit Sie wieder unbeobachtet leben können, und ich möchte wissen, was mit An... meiner Freundin passiert ist.«

»Warum gehen Sie nicht zur Polizei und lassen die das erledigen?«

Lisa zuckte die Schultern.

»Sie wollen ihn nicht zufällig erpressen? So wie Ihre Freundin?«

»Na ja. Ich dachte, wenn ich Ihnen ... also, wenn wir zusammen das Geld wiederfinden, dann bekommen wir vielleicht so eine Art Finderlohn.«

»Sie meinen, der Staat läßt mit sich handeln?« Beatrix lachte, aber sie dachte: So unrecht hat sie gar nicht. Warum sollte, wenn es um alles oder nichts ging, nicht eine Prämie herausspringen? *Nichts steht fest, alles ist verhandelbar*, hörte sie Carolus dozieren und erinnerte sich an eines von Resslers persönlich geführten Verhören: »Frau Beermann, ich glaube Ihnen durchaus, daß Ihnen die Tragweite der Vergehen Ihres Mannes gegen den Staat in ihrer vollen Dimension nicht bekannt ist. Wenn Sie uns dennoch helfen können, dann wird sich der Staat erkenntlich zeigen, diskret, aber in für Sie befriedigender Weise, wie jeder Geschäftsmann es in so einem Fall tun würde.«

Warum hatte Carolus geschwiegen und nicht rechtzeitig »verhandelt«?

»Außerdem glaube ich, daß ich diesem Mann nicht gewachsen bin. Ich bin nicht so gewandt wie Sie. Sie können besser mit so einem reden. Und dann dachte ich, daß Sie ihn ja vielleicht kennen.«

»Wissen Sie denn, wo er ist?«

»Nein. Er wohnt in ...« Sie schrieb das Wort *Darmstadt* auf den Block. »Ich bin vorbeigeradelt. Sein Haus sieht aus, als wäre es verlassen worden.«

»Dann wird es wohl schwierig«, sagte Beatrix. Ich kenne diesen Herrn nämlich ebensowenig und habe keine Ahnung, wo er sein könnte.«

Noch habe ich nichts zugegeben, nichts verplappert, falls sie eine Polizistin ist. Aber es fiel Beatrix schwer, das zu glauben. Diese angeknabberten Fingernägel, das strähnige Haar ... Sie wies auf Benno. »Ein schöner Kerl.«

»Ja, und lieb. Aber wo ich wohne, gibt es Probleme seinetwegen. Tierhaltung verboten. Früher hatte ich auch noch einen Kater. Aber der ist eines Tages einfach verschwunden und nicht wiedergekommen. Es ist schrecklich, nicht zu wissen, was mit ihm passiert ist.«

Eine Tierverrückte, dachte Beatrix. Eine von denen, die als alte Hexe mit dreißig Katzen in einer zugeschissenen Dreizimmerwohnung hausen würde, ehe man sie in die Psychiatrie schaffte. Eine naive Seele, die im Begriff war, in eine Sache hineinzugeraten, von der sie besser die Finger ließ. Ein Gedanke drängte sich auf, den sie lieber gar nicht zu Ende denken wollte: Hatte Carolus etwas mit dem Tod dieses Mädchens zu tun? War diese Anke Maas seinen Unternehmungen gefährlich geworden?

Diese Lisa hatte recht. Man mußte Paul Tauber finden. Ihn und das Geld. Nur so hatte *Vater Staat* die Chance, sich diskret erkenntlich zu zeigen. Nicht umsonst hatte ihr Carolus am Tag seiner Verhaftung zum Abschied mit seinem rätselhaften *Vive la France* den Weg zu Paul Tauber gewiesen. Es grenzte ohnehin an ein Wunder, oder nein, es sprach für die Vorsicht von Carolus und Tauber, daß die Ermittler nicht den Hauch einer Verbindung zwischen den beiden hatten entdecken können. Beatrix nahm nun ebenfalls einen Zettel und schrieb darauf: *Möglicherweise Frankreich. Mehr weiß ich nicht.*

Lisas Augen leuchteten auf. Sie war im Begriff, den Mund zu öffnen, aber dann riß sie sich zusammen und schrieb hastig: *Tauber hat ein Ferienhaus in Frankreich.*

»Und wo?« flüsterte Beatrix.

»Das weiß ich nicht«, flüsterte Lisa zurück. »Sie war mit ihm dort, für ein Wochenende, ganz am Anfang. Sie hat mir erzählt, wie er ihr – angeblich versehentlich – den Film in der Kamera belichtet hat, den sie dort verknipst hat. Er hat ihr eingeschärft, niemandem von dem Haus zu erzählen. Wegen der Steuer oder so.«

»Hat sie nicht gesagt, wo es war?«

»Doch. Aber ich habe es vergessen. Ich kann kein Französisch, ich merke mir solche Namen nicht. Aber es muß am Meer liegen«, grübelte Lisa. »Am Atlantik, nicht am Mittelmeer.«
»Normandie? Bretagne?«
»Lassen Sie mich nachdenken, okay?«

Obwohl sie damit rechnen mußte, daß man sie beobachtete, ließ Helen die Marktstände hinter sich und ging um die Kirche herum, die für das Dorf reichlich überdimensioniert war. Trotz ihres Reichtums an Kathedralen, den überall anzutreffenden Wegkreuzen und Kapellen und den Heiligenfiguren über fast jedem Dorfbrunnen waren die Bretonen keine sehr eifrigen Katholiken. Wie überall gingen auch in Saint-Muriel fast nur noch die Alten in die Kirche.

Helen betrat die Gasse, an deren Beginn malerische alte Häuser standen, die jedoch in trauriger Sechziger-Jahre-Architektur endete. Die Kerellecs lebten in einem eternitverkleideten kleinen Haus mit einem Anbau. Helen öffnete das Gartentor. Sie brauchte es nur anzustoßen, das Schloß war kaputt. An der Innenseite der Gartenmauer lehnte ein schlammverkrustetes Moped.

Ingrid hatte verquollene Augen, aber sie trug Make-up und Lippenstift, und ihr helles Haar war frisch gekämmt und wurde von einer Spange im Nacken zusammengehalten. Sie trug keines ihrer Flattergewänder, die sie im Laden anhatte, sondern eine dunkelblaue Bluse zu einer beigefarbenen Leinenhose. Sie wirkte wie jemand, der entschlossen war, sich den Tatsachen zu stellen. Helen ertappte sich bei dem Gedanken, daß sie zu Lebzeiten ihres Mannes schon schlechter ausgesehen hatte.

Ingrid schien sich über den Besuch zu freuen. Helen wurde in ein Wohnzimmer geführt, das trotz der hellen Kiefernmöbel düster wirkte, was womöglich an den vielen Pflanzen vor den kleinen Fenstern liegen mochte. Das Zimmer verströmte den Geruch von erkaltetem Rauch, dem Ingrid eine frische Note hinzufügte, indem sie sich eine Zigarette ansteckte.

»Sie haben ihn überall gesucht.« Ihre lange Gestalt glitt in einen Sessel. »Ich verstehe das nicht. Er kann sich doch nicht in Luft aufgelöst haben.«

»Dieser Polizist hat gesagt, er hat keinerlei Papiere mitgenommen.«

»Du hast mit Crespin gesprochen?«

»Er wollte wissen, ob ich ihn am Donnerstag gesehen habe.«

»Und, hast du?«

»Nein, ich war in Saint-Renan«, wiederholte Helen. »Und als ich zurückkam, da brach das Gewitter los.« Sie hätte Ingrid gerne von ihrem Schuppen erzählt, aber sie verkniff es sich. Die Frau hatte jetzt andere Sorgen.

»Er ist nicht abgehauen, falls du das denkst.«

»Ich denke gar nichts.«

»Weißt du, im Grunde war er ein guter Kerl«, sagte Ingrid. »Nur manchmal ...«

»Nur manchmal eben nicht«, rutschte es Helen heraus.

»Er hat mich geliebt. Auch wenn er mit anderen schlief. Für ihn waren Liebe und Sex völlig verschiedene Dinge.«

»Offensichtlich«, antwortete Helen.

»Männer können so was. Sie meinen es nicht mal böse.«

»Ich weiß«, sagte Helen und fand, daß es Zeit wurde, das Thema zu wechseln. »Was wirst du jetzt tun? Ich meine, falls er nicht wieder zurückkommt?«

»Den Schund verkaufen und zurück nach Deutschland«, sagte Ingrid.

»Warum? Dein Laden läuft doch nicht schlecht, oder?«

»Er gehört mir nicht. Nichts gehört mir. Seine Familie wird alles erben.«

»Wieso das?« fragte Helen entsetzt.

»Was weiß ich. Ich habe zuwenig darauf geachtet, auf Verträge und so was.«

»Aber sie könnten dir den Laden günstig verpachten. Sie finden doch sonst keinen Mieter oder Käufer.«

Sie winkte ab. »Seine Mutter konnte mich noch nie leiden, und außerdem, was soll ich hier noch? Crespin verdächtigt mich. Und nicht nur er, auch die ganze Kerellec-Sippschaft. Denkst du, einer von denen war hier, um sich um mich zu kümmern? Kein Schwein. Die halten mich für eine Mörderin.«

»Das ist doch Blödsinn!«

»Frauen sind immer verdächtig, wenn Männer verschwinden. Du kennst doch die Geschichte von der schottischen Geliebten dieses Räuberhauptmanns, die in deinem Haus gewohnt hat. Die mit den toten Liebhabern im Keller.«

»Ja, die Geschichte habe ich schon erzählt bekommen.«

»Hier glaubt man noch an solche Märchen. Je blutrünstiger, desto glaubwürdiger.« Sie lachte trocken und wurde bitter: »Ich habe kein Alibi, wenigstens kein gutes. Ich habe unser Schlafzimmer neu gestrichen. Willst du es sehen?«

Helen verspürte dazu keinerlei Lust, aber Ingrid drückte ihre Zigarette aus und dirigierte sie durch den engen Flur. Ein knalliges Orange stach ihr in die Augen. Der Anstrich in Wischtechnik war nicht hundertprozentig gelungen, es sah vielmehr so aus, als wäre beim Streichen die Farbe ausgegangen. In der Mitte der hinteren Wand stand ein Eisenbett in französischen Maßen. Darüber hing ein Schinken mit breitem Goldrahmen: Jagdszene mit blutender Wildsau und geifernden Hunden. Neben der Tür stand ein riesiger dunkler Kleiderschrank, vor dem Fenster eine dazu passende Kommode, vermutlich Erbstücke. Schwarze Fliegengitter vor dem Fenster erinnerten an Trauerflor und verdüsterten das höhlenhafte Zimmer noch mehr, zumal sie in Fetzen herunterhingen und die Scheibe zersplittert war.

»Was ist das?«

»Gestern nacht haben sie mir einen Pflasterstein in die Scheibe geworfen.«

Das schien am Ort Tradition zu haben.

»Wer, sie?«

»Keine Ahnung. Die liebe Verwandtschaft oder sonstwer.«

Helen kam der Gedanke, daß der Stein, der Claude getötet hatte, möglicherweise von seiner eigenen Sippschaft stammte. Das Leben verlief in Kreisen.

»Ein richtiges Liebesnest«, erklärte Ingrid, »hübsch, nicht wahr?«

»Eine kräftige Farbe«, sagte Helen, die das Zimmer erdrückend fand und Ingrids Bemerkung peinlich. Trotz des neuen Anstrichs, den Claude nie gesehen hatte, war sein Geist hier sehr präsent, und die Vorstellung, wie Ingrid und Claude hier, in diesem Bett, miteinander geschlafen hatten, drängte sich Helen gegen ihren Willen auf, genauso wie sich Claude ihr aufgedrängt hatte.

»Liebst du ihn?« fragte Ingrid.

»Wen, Paul?«

»Nein, Claude«, sagte Ingrid.

Helen durchfuhr es heiß und kalt. »Wie bitte?«

Ingrid verzog den Mund zu einem schiefen Lächeln. »Klar, Paul«, stellte sie richtig. Für eine frisch Verwitwete besaß sie einen ausgeprägten Humor, dachte Helen und sagte: »Ja.«

»Und Claude?«

»Claude?«

»Hattest du ihn gern?«

»Nein«, gestand Helen.

»Aber er sah gut aus.«

»Geschmackssache.«

»Alle Frauen waren hinter ihm her.«

Was Claude betraf, schien Ingrids Wahrnehmung etwas merkwürdig zu sein. »Ich nicht.«

»Er mochte dich.«

»Mag sein.« Helen hatte plötzlich das Gefühl zu ersticken. Sie floh in den Flur. »Kann ich mal zur Toilette gehen?«

»Letzte Tür.«
Helen übergab sich gründlich und spülte sich den Mund aus.
»Wo wirst du hingehen, in Deutschland, meine ich?« fragte Helen, als sie wieder im Wohnzimmer waren.
»Ich weiß es nicht«, sagte Ingrid. »Ich lebe seit zehn Jahren hier. Ich habe in Bremen niemanden mehr.«
Jetzt fing sie doch noch an zu weinen, genau das, was Helen befürchtet hatte. Sie legte der Frau sanft die Hand auf die Schulter. »Wenn du was brauchst oder wenn du es hier nicht aushältst, du kannst jederzeit zu uns kommen«, sagte Helen und erinnerte sich, daß sie das schon einmal zu Ingrid gesagt hatte.
»Danke. Vielleicht werde ich darauf zurückkommen.«
Nun, wo Claude nicht mehr im Weg war, konnte man Ingrid ruhig öfter treffen, sie war eine angenehme Person. Schade, daß sie vorhatte wegzuziehen. Dann verabschiedete sich Helen. Im Hinausgehen dachte sie, daß es klug wäre, Claudes Gewehr aus dem Haus zu schaffen oder es zumindest besser zu verstecken.

»Es ist nicht wahr, was sie über mich reden«, eiferte sich die Schottin. Ihre normalerweise wachsbleichen Wangen waren vor Erregung rot wie Hagebutten. »Es waren keine zwölf oder noch mehr Männer, die man im Keller gefunden hat. Es waren nur drei, und es waren nicht meine Liebhaber!« Ihre Stimme wurde schrill. »Es waren Kerle, die dachten, mit einer Frau, die alleine hier draußen lebt, könnten sie Schindluder treiben und sich mit Gewalt nehmen, was sie begehrten. Ha! Das hätte ihnen so gepaßt!« Ihre Miene wurde sanfter, sie lächelte hintergründig. »Ich habe sie zunächst in dem Glauben gelassen, ihnen gern zu Willen zu sein. Ich lockerte mein Mieder und gab Ihnen süßen Wein zu trinken, mit einer kleinen Kräuterbeimischung. Dann legte ich sie schlafen ...« Die Schottin, die am Küchentisch saß und Helen zusah, wie sie

Gemüse für das Mittagessen putzte, deutete auf die Falltür. »Dort unten war das Gesindel gut verräumt. Was hätte ich tun sollen? Ihnen zu Willen sein und einen Bankert zur Welt bringen, was nicht deren Schande gewesen wäre, sondern die meine, ganz zu schweigen von dem Leben, das so einem armen Wurm beschieden gewesen wäre?«

Es war die längste Rede, die die Schottin bisher gehalten hatte. Helen beschwichtigte sie: »Es war ganz klar Notwehr.«

»Ja. Genau wie bei Euch, auch wenn's nur der Köter war. Aber das hätte dem nicht genügt, diese Kerle meinen, sie müssen sich's nur nehmen. Sie halten uns Frauenzimmer für wehrlos. Aber manchmal täuschen sie sich eben.« Sie feixte. »Mir hat mein Vater beigebracht, wie man sich wehrt. Ich war mit der Zwille schneller als so mancher mit dem Gewehr.«

»Der Steuereintreiber«, schmunzelte Helen.

»Er war ein guter Vater. Er ließ mich auf seinem Braunen reiten und redete mit mir, als wäre ich ein Knabe. Die anderen Mädchen beneideten mich, denn sie wurden von ihren Vätern nicht beachtet, es sei denn, um sie zu verheiraten.«

»Mein Vater war auch ein guter Vater. Ich habe immer ihm gehorcht, selten meiner Mutter. Ihm verdanke ich, daß ich Abitur gemacht und studiert habe. Meine Mutter legte darauf keinen Wert. Sie legte auf gar nichts Wert, nur darauf, daß Wein und Schnaps im Haus waren. Wenn ich meinen Vater nicht gehabt hätte ...« Helen lächelte wehmütig.

»Wann ist Euer Vater zu Grabe getragen worden?« fragte die Schottin.

Helen antwortete: »1962. Ich war sieben Jahre alt.«

»Ich komme nicht auf den Namen«, sagte Lisa. »Aber das macht nichts. Ich werde in ihrem Nachttisch nachsehen. Sie hat überall, wo sie mit ihm war oder ihm folgte, Souvenirs gesammelt. Als müsse sie sich selbst beweisen, daß sie dort war. Wenn wir die Sachen mal genau durchsehen ...«

»Wir?« unterbrach Beatrix. »Ich werde rund um die Uhr überwacht. Euch beiden werden sie ab sofort auch nachschleichen, sobald ihr draußen seid.«

»Ach, das kriegen Benno und ich schon hin«, meinte Lisa leichthin. »Dann sehe ich die Sachen alleine durch und rufe an, wenn ich was gefunden habe.«

»Mein Telefon wird abgehört. Ich werde anrufen.«

Lisa schrieb Adresse und Telefonnummer auf den Block.

Als Lisa fort war, drehte Beatrix die Stereoanlage wieder herunter und beobachtete von ihrem Fenster, wie Lisa die Straße entlangging. Die Dame mit dem Dackel setzte sich in Bewegung, aber als Lisa an jeder Haustür klingelte und an jeder Tür schroff abgewiesen wurde, verlor die Dackeldame das Interesse und schlenderte zurück. Beatrix mußte lächeln.

»Was ist passiert?«

»Es gab ein Gewitter. Der Schuppen hat gebrannt, du wolltest löschen. Ein Reservebenzinkanister ist explodiert, und der Dachbalken fiel auf dich. Du hast Brandwunden an der Schulter und im Gesicht, aber sie sind nicht sehr schlimm.

»Mir reicht es.«

»Das glaube ich.«

»Welcher Tag ist heute?«

»Sonntag, der 20. Oktober.«

»Wann war mein Unfall?«

»Donnerstag abend.«

»Erzähl mir von mir.«

Helen rückte den Sessel näher an sein Bett. »Du bist – oder warst – Professor für Architektur an der TU.«

Architekt ... Er blickte zur Decke, blickte in sein Inneres, aber da war nichts.

»Warum bin ich es nicht mehr?«

»Weil wir beschlossen haben, hier zu leben. Das ist unser Haus. Du hast es geerbt, von deiner Großtante.«

»Aber warum? Ich bin ... wie alt?«

»Fünfzig geworden. Am 7. März. Du hattest genug. Das Geld reicht aus, du hast gut verdient und ich ein bißchen. Ich hatte eine Assistentenstelle als Biologin in der Zellforschung.«

»Seit wann sind wir ... verheiratet?«

Sie errötete ein wenig. »Seit 1980.«

»Wie haben wir uns kennengelernt?«

»Auf einem Studentenfest in Heidelberg. Es war Liebe auf den ersten Blick. Du warst ... du bist ein guter Ehemann. Das wußte ich schon damals.«

Ein Fest. Viele Menschen. Für ihn hatten sie alle kein Gesicht.

»Leben meine Eltern noch?«

»Nein. Sie sind in Spanien mit dem Auto verunglückt, vor etwa zehn Jahren.«

Er sah das Bild eines Campingwagens, der in eine Schlucht stürzte.

»Wie?«

»Ein Tanklastzug hat sie in einer engen Kurve überrollt. Sie fuhren ein Cabrio und waren sofort tot.«

Noch ein Bild geisterte durch sein Hirn. Ein kleines Mädchen in einem gelben Kleid, aber als er das Bild festhalten wollte, war es wieder weg. So ging es ihm öfter. Bilder tauchten auf, aber es fehlte der Schlüssel, um sie zuzuordnen. Er versuchte sich im Bett aufzurichten, als er fragte: »Haben wir Kinder?«

Helen schüttelte den Kopf. »Nein, leider nicht. Wir wollten immer welche, aber es hat nie geklappt. Es war eben Schicksal.«

Er lächelte die Frau an, die ihm fremd war, obwohl es seine war, deren Namen er kannte, deren Gesicht er aber vergaß, sobald sie den Raum verließ. Plötzlich liefen ihm Tränen über das Gesicht, das zur Hälfte von einem dicken Wundpflaster bedeckt wurde. »Es ist weg«, sagte er leise, »mein Leben ist weg. Was ist ein Mensch ohne Erinnerung?«

Helen nahm seine Hand und küßte ihn auf die gesunde Wange. »Ach, Paul. Das wird schon wieder. Trink den Tee, und schlaf ein wenig. Es wird alles gut, glaub mir.«

Als Helen herunterkam, stand Babbo in der Küchentür, Kopf und Schwanz ängstlich eingezogen. Die Schottin, vermutete Helen, aber als sie in die Küche kam, saß auf dem Platz, den die Dame des Hauses sonst gerne einzunehmen pflegte, der unangenehme Herr von neulich, der sich Reimer genannt hatte.

»Die Tür war offen.«

»Na und?« fuhr Helen ihn an. »Sehen Sie zu, daß Sie aus meiner Küche verschwinden.«

»Ich möchte Ihren Mann sprechen. Ich weiß, daß er da ist, ich habe Sie oben mit jemandem reden hören, also versuchen Sie erst gar nicht, mir Märchen zu erzählen.«

Er machte Anstalten, nach oben zu gehen, aber Helen versperrte die Küchentür.

»Mein Mann ist krank, er hatte einen Unfall. Kommen Sie in ein paar Tagen wieder.«

»Es ist dringend. Es wäre besser für alle Beteiligten, wenn wir es hinter uns brächten.«

»Paul hat gerade ein Schlafmittel bekommen, es hat im Augenblick wirklich keinen Sinn«, sagte Helen wahrheitsgemäß.

Er setzte sich wieder hin. »Dann werde ich hier warten, bis er aufwacht.« Bei diesen Worten legte er eine Pistole vor sich auf den Tisch und streckte demonstrativ die Beine aus, als richte er sich auf eine längere Wartezeit ein.

»Wie Sie möchten«, sagte Helen. Sie beruhigte Babbo so weit, daß er aufhörte zu knurren und im Flur vor der Treppe Stellung bezog. Helen ging zum Herd und setzte Wasser auf. Sie schaute aus dem Fenster. Diesmal lehnte seine Geländemaschine an der Innenseite des Zaunes.

»Kaffee? Tee?« fragte sie.

»Kaffee wäre nicht schlecht.«

»Kognak?«

Er schüttelte den Kopf.

Helen schob ihm dennoch die Flasche zu und ein Glas. Sie hantierte eine Weile stumm mit Tassen und Kannen. Die Augen des Mannes verfolgten jede ihrer Bewegungen. Sie nahm ein Schneidebrett aus einer Schublade, ging zum Kühlschrank und holte ein Huhn heraus. »Ich hoffe, es stört Sie nicht, wenn ich das Essen vorbereite. Paul wird hungrig sein, wenn er aufwacht. Und packen Sie bitte Ihre Waffe weg, wir sind doch nicht im Wilden Westen.«

Zöchlin kam sich tatsächlich ein wenig albern vor angesichts ihrer Gelassenheit. Aber er blieb wachsam. Er durfte sich von ihrer freundlich-naiven Art nicht einlullen lassen. Ein Kognak, mehr nicht. Er behielt die Pistole in der Hand und plazierte sich so, daß er sowohl Helen als auch die Tür im Auge behielt. Helen nahm ein Küchenbeil aus dem Messerblock und hackte dem Huhn Kopf und Krallen ab.

»Sie wiegen die Hühner mit Kopf und Krallen, dann fragen sie einen, ob sie sie abschneiden sollen«, beschwerte sich Helen. »Aber ich behalte sie immer und koche eine Brühe für den Hund davon.«

Zöchlin grauste es. Er schenkte sich einen großzügigen Schluck Kognak ein und kippte ihn auf einmal hinunter.

»Sie sind kein Kollege von Paul«, sagte Helen.

»Nein.«

»Wer sind Sie dann?« Sie legte den Hühnerkopf und die Krallen in eine kleine Kasserolle und setzte sie mit etwas Wasser auf den Herd.

»Das tut nichts zur Sache.« Zöchlin legte die Hand an seine Pistole.

»Es wäre schon besser, wenn Sie mir alles erzählen«, sagte Helen. »Paul hat nämlich ein Problem. Er hat bei dem Unfall sein Gedächtnis verloren.«

»Das werde ich wieder auffrischen, Gnädigste, darin bin ich Spezialist.«

»Das bezweifle ich, ehrlich gesagt.«

Sie steckte ihre Hand in das Huhn und befreite es von seinen Eingeweiden. Das war zu widerlich. Zöchlins Blick floh für einen Moment aus dem Fenster. Das Meer war tiefblau, Möwen jagten über den Himmel. Tauber hatte sich einen schönen Flecken ausgesucht, wenn auch ein bißchen wenig los war. Zöchlin mochte das Meer, aber ihn zog es eher in die Karibik. Sonne und Weiber und Rum. Er goß sich noch einen Kognak ein und stürzte ihn hinunter. Er vertrug einiges und hatte heute noch nichts getrunken.

Das Gekröse wanderte ebenfalls in den Topf für den Hund. Ein unangenehmer Dunst stieg auf.

Zöchlin reichte es, er stand auf. »Wir gehen jetzt nach oben«, sagte er.

»Und Ihr Kaffee?«

»Nachher.«

Helen wusch sich die Hände, nahm Babbo an seinem neuen roten Halsband und führte ihn zum Kamin, wo seine Decke lag. Sie hatte ihm den Plastiktrichter heute morgen abgenommen, die Wunden heilten gut.

»Platz«, sagte sie zu Babbo und zu Zöchlin: »Bitte. Aber seien Sie rücksichtsvoll, wecken Sie ihn nicht, er braucht seinen Schlaf.«

Zöchlin folgte Helen. Im Flur blieb er stehen und bewunderte den van Gogh.

»Ein Künstler in Saint-Renan ist sehr begabt auf dem Gebiet der Kopie«, erklärte Helen.

»Es scheint so«, sagte Zöchlin, der von Kunst nicht viel verstand. Aber das Bild übte dennoch einen gewissen Zauber auf ihn aus.

Sie stiegen die Treppe hinauf. Helen öffnete vorsichtig eine Tür. Tauber lag tatsächlich im Bett. Er lag auf der linken Seite, sein rechter Arm und die Schulter waren verbunden, von der rechten Gesichtshälfte sah man nur das geschlossene Auge, der Rest verschwand unter einer Mullbinde. Das Haar hing strähnig und wirr in die Stirn, man hörte seinen leicht rasselnden Atem. Ekelhaft, fand Zöchlin. Er hätte Tauber in diesem Zustand nicht wiedererkannt, er kannte nur die Fotos, die den Strahlemann zeigten. Er machte Anstalten, ihn zu rütteln, unschlüssig, an welcher Stelle er ihn anfassen konnte, doch schon herrschte Helen ihn an: »Lassen Sie das gefälligst!«

Zöchlin sah ein, daß es keinen Sinn hatte, er zog seine Hand zurück und verließ das Zimmer. Helen strich ihrem Mann das verschwitzte Haar aus der Stirn und ordnete die Fläschchen auf dem Nachttisch. Dann ging sie ebenfalls hinaus und schloß leise die Tür. Für einen Moment hatte Zöchlin die Befürchtung, daß sie die Wahrheit sagte und er tatsächlich sein Gedächtnis verloren hatte. Das wäre der Witz des Jahrhunderts, dachte er, ehe er den Gedanken verwarf. Er würde eben warten müssen, bis die Wirkung des Schlafmittels nachließ. Er hatte so lange gewartet, jetzt kam es auf ein paar Stunden nicht mehr an.

Helen servierte ihm den Kaffee, der inzwischen durch den Filter gelaufen war. »Leute wie Sie trinken ihn sicher schwarz«, sagte sie mit einem hintergründigen Lächeln.

»Wie verlockend doch Klischees sein können«, stellte er amüsiert fest und lächelte mit schmalen Lippen. »Ich bevorzuge Milch und viel Zucker.«

Helen stellte beides vor ihn hin. Der Herd verbreitete Wärme. Der Mann zog seine Lederjacke aus. Er war breitschultrig und muskulös, sicher trainierte er.

»Wie haben Sie uns gefunden?«

»Ich finde jeden, den ich finden will«, antwortete Zöchlin. »Was wollte der Polizist von Ihnen?«

»Ein Mann aus dem Dorf ist verschwunden, er fragte, ob ich ihn gesehen habe«, antwortete Helen.

»Sie haben ihm natürlich nicht gesagt, daß Sie ihm einen Pflasterstein über den Schädel gezogen haben.«

Helen, die gerade eine Stange Lauch zurechtschnitt, hielt inne und drehte sich um.

»Würden Sie das Messer hinlegen«, sagte Zöchlin und hob die Pistole an.

»Verzeihung.«

»Keine Sorge, sie werden ihn so schnell nicht finden. Die Leiche ist gut versteckt, und ich werde auch weiterhin meinen Mund halten, falls wir uns einigen.«

Helen wusch das Huhn sorgfältig unter dem Wasserhahn.

»Worüber?«

»Sagt Ihnen der Name Beermann etwas?«

»Ein alter Freund von Paul, er ist kürzlich verstorben, in der U-Haft. Es stand in der Zeitung.«

»Sie wissen, warum er inhaftiert war.«

»Irgend so eine Steuergeschichte, es hat mich nicht gewundert. Nur, daß er sich umgebracht haben soll. Wissen Sie, Carolus Beermann erschien mir vom ersten Moment an zwielichtig, schon damals, 1978, als ich ihn kennenlernte. Er und Paul waren damals Freunde. Ich bin froh, daß der Kontakt bald abbrach, als Beermann nach Amerika ging. Er war ein Großkotz, ich mochte ihn nicht.«

»Sind Sie sicher, daß die beiden in den letzten Jahren ihre Freundschaft nicht wieder aufgewärmt haben? Auf geschäftlicher Basis?«

»Paul hat nie etwas Derartiges erwähnt.«

»Ihr Paul hat vieles nicht erwähnt«, sagte Zöchlin süffisant. Er langte in seine Jacke und zog ein Foto hervor, das er vor Helen hinlegte.

Helen trocknete sich die Hände an der Schürze ab, die sie über ihrer Jeans trug, und beugte sich über das Bild. Es zeigte Paul Tauber und Carolus Beermann am Tisch eines Restaurants.

»Nun?«

Helen zuckte mit den Schultern. »Ich weiß davon nichts. Wollen Sie damit sagen, daß Paul etwas mit dieser Geschichte zu tun hat? Sind Sie hier, weil Sie hinter Beermanns Geld her sind? Das ist absurd.«

»Überlegen Sie. War Ihr Mann in letzter Zeit oft verreist, öfter als sonst?«

»Mag sein.«

»Was hat er als Grund seiner Reisen angegeben?«

»Expertisen. Das war sein Steckenpferd. Er hat sich einen Namen als Kunstsachverständiger für den Expressionismus gemacht. Malerei hat ihn immer schon interessiert, und während der letzten Jahre hat er diese Neigung vertieft.«

»So wie Damen fortgeschrittenen Alters anfangen zu töpfern, wenn die Kinder aus dem Haus sind.« Er grinste, aber seine Augen blieben kühl.

»Jetzt sind Sie es, der üble Klischees auffährt. Haben Sie nichts Besseres auf Lager?«

»Verzeihung, wenn ich Ihnen zu nahe getreten bin.«

»Keine Ursache. Ich habe weder Kinder, noch töpfere ich.«

»Das mit der Neigung zur Kunst mögen Sie glauben. Die Wahrheit ist: Ihr Mann hat kaum noch Aufträge als Architekt bekommen. Ein paar kleine private, ja, aber keine großen öffentlichen Bauvorhaben mehr, nichts. Es war nicht seine Schuld. Die Rezession ...«

Helen sah ihn abwartend an.

Zöchlin genehmigte sich noch einen Kognak, ehe er weiterredete: »Wenn in so einer Situation ein alter Freund auf einen zukommt und einem anbietet, sich an einem nicht ganz legalen, aber durchaus lohnenden Geschäft zu beteiligen, wer würde da ablehnen?«

»Wir waren nie in Geldnot. Paul war immer noch im Gutachterausschuß. Und er hatte seinen Lehrstuhl an der TU mit einem festen Gehalt.«

»Von ein paar Expertisen und Gutachten, einem Professorengehalt und gelegentlichen winzigen Privataufträgen wollen Sie Ihren – sagen wir mal – gehobenen Lebensstil finanziert haben?«

»Wir haben ganz normal gelebt«, meinte Helen verunsichert. »Ich habe auch gearbeitet.«

»Normal? Wissen Sie, in was für Hotels Ihr Mann gewohnt hat, wenn er unterwegs war? Nein? Nur vom Feinsten. Ihr Wagen da draußen, der hat in dieser Ausstattung mindestens siebzigtausend Euro gekostet.«

»Tatsächlich? Ich verstehe nichts von Autos.«

»Aber ich. Ihr Haus in Darmstadt sieht aus, als wäre es erst kürzlich frisch renoviert und das Dach gedeckt worden. Woher kam das Geld? Erzählen Sie mir nichts von einer Erbschaft, das habe ich überprüft.«

»Ich habe mich nie um Geldangelegenheiten gekümmert, und Paul spricht mit mir nicht darüber. Er weiß, daß mich das langweilt.«

»Sie sind weder dumm noch blind, oder? Haben Sie sich nie Fragen gestellt?«

»Nein. Aber Sie sind erstaunlich gut informiert über unser Leben.«

»Man bekommt heutzutage alles über jeden heraus, wenn man sich dafür interessiert.« Zöchlin fühlte sich erschöpft. Hoffentlich wachte Tauber bald auf.

»Und jetzt möchten Sie Paul dazu bewegen, mit Ihnen das Geld, das er angeblich für Beermann beiseite geschafft hat, zu teilen, damit Sie ihn nicht verraten«, faßte Helen zusammen.

»Exakt.« Zöchlin fuhr sich mit beiden Händen über die Stirn, als hätte er eine schwere Schlacht geschlagen.

»Das Foto da ist aber kein Beweis für irgend was. Zwei alte Freunde sitzen zusammen in einem Restaurant. Und?«

»Bisher haben die Behörden keine Verbindung zwischen Beermann und Ihrem Mann entdeckt. Aber wenn man sie mit der Nase darauf stößt, glauben Sie mir, die finden was.«

»Woher wissen Sie so genau über den Stand der Ermittlungen Bescheid?« fragte Helen. »Sind Sie Polizist?«

Verdammt, ich rede zuviel, dachte Zöchlin. Er antwortete nicht.

»Würden Sie mich nun bitte einen kurzen Augenblick entschuldigen? Ich möchte ein paar Kartoffeln und eine Flasche

Wein aus dem Keller holen. Möchten Sie roten oder weißen? Es gibt Huhn mit Gemüse und Rosmarinkartoffeln. Stilecht wäre Weißwein, aber man könnte auch einen leichten Roten vertreten, einen Beaujolais vielleicht?«

Zöchlin konnte sich nicht erinnern, wann er zuletzt ein von Hausfrauenhand gekochtes Essen zu sich genommen hatte. Es mußte Jahre her sein. Bei ihrer Schilderung bekam er Hunger. Außerdem duftete das angebratene Huhn inzwischen recht verführerisch. Zöchlin fühlte sich träge, er wäre eigentlich lieber sitzen geblieben, aber er mißtraute ihr.

»Ich komme mit.«

Sie betrat die Speisekammer und öffnete die Falltür mit einem Schlüssel, den sie aus der Tasche ihrer Jeans holte. Zöchlin war nicht zum ersten Mal im Haus. Am Schloß der Falltür war seine Neugier vor ein paar Tagen gescheitert.

»Nach Ihnen«, sagte er.

Helen stieg sicheren Schrittes die engen Stufen hinunter.

Zöchlin folgte ihr langsam, die Pistole in der Hand. Er hatte Mühe mit den Stufen und der schlechten Beleuchtung, einmal geriet er ins Stolpern.

»Vorsicht«, sagte Helen, und es klang, als ob sie lächelte. Sie gingen einen kurzen Gang entlang. Helen öffnete eine Tür. »Wären Sie so nett?« Sie drückte ihm den Korb in die Hand. Die Kammer war muffig und kalt und roch nach den Kartoffeln, die in einem Holzverschlag lagerten. Helen hob eine Kelle auf und schaufelte Kartoffeln in den Korb, den er brav vor sich hielt, wobei er Helen nicht aus den Augen ließ, falls sie vorhaben sollte, ihm die Kelle über den Schädel zu ziehen. Was mache ich hier eigentlich, fragte er sich. Frauen! Mit ihnen wurde immer alles kompliziert und umständlich. Mit Tauber allein hätte er sich längst entweder geeinigt, oder einer von ihnen wäre tot. Statt dessen stand er hier in diesem Muffelkeller und gab den Kartoffelhelden.

»Wissen Sie, daß man sich im Dorf über diesen Keller die übelsten Schauergeschichten erzählt?«

»Nein.«

»Sie wohnen nicht im Dorf?«

Er schwieg.

»Das ist genug«, sagte sie. »Stellen Sie den Korb vor der Tür ab. Ich muß noch in den Weinkeller.« Es ging ein paar gewendelte Stufen hinab, dann um eine Kurve.

Spätestens jetzt war Zöchlin jedes Gefühl für die Himmelsrichtung abhanden gekommen.

»Das Haus diente früher als Lagerumschlagplatz für Schmuggler«, erklärte Helen. »Daher der geräumige Keller.«

Er vermutete, daß die Grundfläche des Kellers größer war als die des Hauses. Die Wände bestanden aus grobem Stein, manchmal waren Nischen herausgeklopft worden, an einigen Stellen hatte man dicke Eisenringe in die Wand eingelassen. Er konnte verstehen, daß diese Räume Phantasien in Gang setzten.

Die Luft roch hier frischer als im Kartoffelkeller. Es war kalt. Zöchlin fröstelte, und er gähnte. Die Deckenbeleuchtung könnte stärkere Glühbirnen vertragen. Das Dämmerlicht machte ihn schläfrig, er verspürte plötzlich eine wilde Sehnsucht nach der durchgelegenen Matratze seiner klammen Zweisternepension. Er folgte Helen durch die Tür, blinzelte, wankte vor und zurück, kaum mehr in der Lage, das Gleichgewicht zu halten.

Der Kaffee. Diese unappetitliche Show mit dem Huhn. Ich Trottel! Dieses raffinierte Miststück hat mir bestimmt was in den Kaffee … Er konnte den Gedanken nicht zu Ende denken. Helen hatte das Licht angeknipst, es wurde unerwartet hell, und das, was er vor sich sah, raubte Zöchlin den Atem. Ein Geräusch ließ ihn herumfahren, ein Scharren von Krallen, aber es war der Schlüssel der schweren Eichentür, der von außen umgedreht wurde, einmal, zweimal. Stille. Dann ging das Licht aus. Kalte Dunkelheit umfing ihn wie ein nasses Tuch.

Beatrix schlenderte scheinbar müßig zwischen den Dessous herum. Sie hatte schon seit Jahren kein solches Kaufhaus mehr betreten, hatte den Geruch billiger Textilien schon fast vergessen. Beatrix Beermann, sagte sie sich, während sie vorgab, BHs anzusehen, du bist ein verwöhntes Luxusweibchen geworden, wahrscheinlich hat auch dein Hirn gelitten, wie Carolus immer so charmant behauptet hat. »Eine Frau muß nicht intelligent sein, um einen Mann zu faszinieren«, war einer seiner Lieblingssprüche gewesen. Aber du hast noch nicht völlig vergessen, wie man kämpft, oder? Sie schielte zur Seite. Der, den sie Nummer eins nannte, weil er immer am Steuer des BMW saß, tat, als würde er sich für Bodys im Sonderangebot interessieren, Nummer zwei, ein gedrungenes Kraftpaket mit einer Schmierfrisur, trieb sich in der Nähe des Aufzugs herum. Da konnte er lange warten, freiwillig war Beatrix in keinen Aufzug zu bekommen.

Sie wählte drei BHs aus und signalisierte der überaus engagierten Verkäuferin, daß sie sie anprobieren wollte. Das Mädchen nickte und widmete sich wieder der Säuberung ihrer Nasenhöhlen.

Die fünf Kabinen lagen in einem Seitengang, dezent abgeschirmt vom Verkaufsraum. Drei waren leer, Beatrix wählte die mittlere. Sie hängte die Dessous an den Haken, nahm ihre Waffe aus der Handtasche und setzte sich auf den Kunstlederhocker. Sie wartete. Durch einen Spalt im Vorhang spähte sie ab und zu nach draußen. Der Gang vor den Kabinen war vom Aufzug aus nicht einsehbar. Es würde also dauern, bis Nummer zwei mitbekam, was los war. Um Nummer eins zu sehen, hätte sie den Kopf aus der Kabine strecken müssen, aber das wollte sie vermeiden.

So langsam müßte er unruhig werden, dachte sie zehn Minuten später, während ihr die Enge der Kabine allmählich zu schaffen machte.

Genervtes Seufzen in der Nebenkabine, man hörte es nesteln. Eine Wolke aus scharfem Schweiß und süßlichem

Parfüm drang zu ihr herüber, der Vorhang nebenan wurde aufgezogen.

»He, Sie, was woll'n denn Sie hier?«

Eine männliche Stimme murmelte eine Entschuldigung.

Beatrix stand auf. Ihr Herz klopfte hektisch. Ruhig, sagte sie sich. Du hast nichts zu verlieren. Ihre Hand umklammerte den kleinen Metallgegenstand.

Zwei endlose Minuten. Was war los, was tat er? Draußen gab es erneut Ärger.

»He!«

»'zeihung!«

»Scheißspanner!«

Ratsch. Der Vorhang wurde geöffnet. Beatrix schaute in die Augen, die ihr seit Tagen folgten. Sie hob die Hand und drückte ab, der Mann schlug die Hände vor sein Gesicht. Beatrix quetschte sich an ihm vorbei. Voluminöse Brüste, eingezwängt in einen schwarzen Push-up, gerieten ihr in den Weg; Beatrix stieß das Mädchen beiseite, es taumelte empört kreischend zurück in die Kabine.

Ihre Handtasche fest an die Brust gepreßt, rannte Beatrix in Richtung Ausgang, vorbei an billigen Uhren, billigem Schmuck, scheußlichen Koffern und gräßlichen Taschen, im Laufschritt durch die Dünste der Parfümerie, überall waren Leute im Weg, die sie anrempelte und schimpfend hinter sich ließ. Sie wagte nicht, sich umzusehen, erst als sie am Ausgang angelangt war und die ersten Meter durch die Fußgängerzone raste, warf sie einen raschen Blick zurück. Nummer zwei stolperte gerade aus dem Kaufhaus und wandte den Kopf nach allen Seiten. Hatte er sie gesehen? Er redete in ein Funkgerät oder etwas in der Art. Sie rannte weiter und bog rechts ab, in eine Querstraße. Dort wurde sie etwas langsamer, denn die Luft ging ihr allmählich aus. Ein Lieferwagen von UPS überholte sie, hielt wenige Meter vor ihr und versperrte den Gehweg. Der Fahrer sprang mit einer federnden Bewegung heraus, öffnete schwungvoll die Hecktür und nahm ein Paket aus dem Laderaum. Beatrix stoppte ihren Lauf vor dem Hindernis, hielt sich mit einer Hand am Rahmen der Hecktür fest und rang nach Luft. Der Typ fuhr erschrocken zurück.

»Brauchen Sie Hilfe?«

»Ich ... werde verfolgt«, keuchte sie.

»Da rein«, sagte der junge Mann, aber Beatrix verharrte statuengleich vor dem Laderaum des Lieferwagens, der wie eine Höhle vor ihr lag. Eine dunkle Höhle. Eine sehr dunkle Höhle von ungeahnter Tiefe. »Na los!«

Ihre Muskeln versteiften sich. »Ich kann nicht!«

»Warum nicht?«

Sie konnte kaum sprechen. Ihre Lunge schmerzte. »Ich habe Angst vor ...«

Sie hatte den Satz noch nicht beendet, als sie der Mann bei den Armen packte und in den Laderaum schubste. Ihre Schulter knallte gegen einen Karton, sie verlor das Gleichgewicht und landete auf dem Hintern.

»Nein, ich ...«, japste sie, aber da fiel die Tür zu.

Und es war dunkel. Beatrix schlang die Arme um die Knie, ihr Mund stand weit offen. Atmen, atmen. Jetzt bloß keine Panik. Atme, verdammt noch mal! Das ist nur ein Transporter, nichts Gefährliches ist da drin. Atmen!

Wenn Carolus nach ihr ins Bett gekommen war, hatte er manchmal – versehentlich, wie er behauptete – die Rollläden bis zum Anschlag heruntergelassen. Dann erwachte sie kurze Zeit später in völliger Dunkelheit mit dem Gefühl der Orientierungslosigkeit und des Ersticktwerdens, und es vergingen schreckliche Sekunden, ehe sie den Lichtschalter fand, der sich fatalerweise nie da befand, wo ihn ihre fahrigen Hände suchten. Einmal konnte sie den Schalter partout nicht finden, und sie fing an, gegen das Dunkel anzuschreien, dieses Nichts, das sie verschlingen wollte. Von da an ließ Carolus den Laden immer ein Stück offen, obwohl das seinem Sicherheitsbedürfnis höchst zuwiderlief.

Seltsamerweise blieb die Panik diesmal aus. Mit jedem ihrer angestrengten Atemzüge wurde sie ruhiger, fühlte sie sich beschützter. Die Dunkelheit war ihr Verbündeter. Ich sehe nichts, also sieht man mich auch nicht. Alles war gut, bis auf den pochenden Schmerz am linken Schienbein, den sie jetzt erst wahrnahm. Sie mußte sich das Bein angeschlagen haben, als der Typ sie in den Wagen gestoßen hatte. Vorsichtig löste sie sich aus ihrer Verkrampfung. Sie ertastete einen großen Karton und setzte sich darauf. Es war warm und stickig. Das ist also die Freiheit, dachte sie und grinste in die Dunkelheit. Ihr rechter Fuß stieß gegen etwas Kleines am Boden. Ihre Handtasche. Das Pfefferspray hatte sie in der Umkleidekabine fallen gelassen. Carolus hatte es ihr besorgt und darauf bestanden, daß sie es immer bei sich hatte. Noch lieber hätte er an dessen Stelle eine Pistole gesehen, aber das hatte Beatrix abgelehnt.

Sie horchte auf die Geräusche von der Straße. Ein Laster donnerte vorbei, der Luftstoß schüttelte den Lieferwagen. Sie hörte Schritte, die klangen, als ob einer rannte. Kurz darauf wurde die Tür geöffnet, ein Lichtstrahl schnitt wie ein Schwert in das Dunkel. Beatrix blinzelte.

»Alles in Ordnung?«

»Ja.«

»Willst du nach vorne kommen?«

»Nachher.«

»Okay«, sagte der Fahrer und knallte die Tür wieder zu, als sei es für ihn ganz alltäglich, Frauen im Laderaum seines Lieferwagens durch Frankfurt zu kutschieren.

»Er hat Euch nie geliebt.«

»Auf seine Art schon.«

»Auf dem Umweg über seine Liebschaften?«

»Er ist immer wieder zu mir zurückgekommen.«

»Eine bessere Dienstmagd hätte er nie gefunden.«

»Er hat *mich* geheiratet.«

»Die andere war ja tot.«

Ein dichtes Schweigen senkte sich über den strahlenden Herbsttag. Es war später Nachmittag, eine milde Sonne ließ die Farben der Herbstblumen aufglühen, und die Weinblätter über der Terrasse warteten blutrot auf ihren Frosttod.

»Ihr betrügt Euch selbst«, sagte die Schottin. »Der Mann da oben...«

»Paul.«

»Ihr habt zwei gesunde Augen!«

»Ich sehe mit dem Herzen. Er wußte meinen Namen. Als einziges wußte er meinen Namen. Wenn das kein Zeichen ist...«

»Zeichen und Namen! Redet kein dummes Zeug!«

»Er hat mich erkannt.«

»Ein Mensch ohne Erinnerung ist wie ein Schwachsinniger«, sinnierte die Besucherin.

»Ein Kind hat auch keine Erinnerung. Ist es deshalb schwachsinnig?«

»Nein«, gab die Schottin zu, ungern, wie man ihrer Miene ansah. »Aber der da oben, den Ihr Paul nennt, ist kein Kind, sondern eine leere Hülle.«

»Es ist an mir, die Lücken zu füllen.«

»Tatsächlich? Und womit? Mit der Wahrheit?« fragte die Schottin und lächelte voller Spott.

»Was ist schon Wahrheit? Es ist alles eine Frage der Sichtweise«, sagte Helen. Sie fand die Unterhaltung heute nicht angenehm.

»Werdet Ihr ihm erzählen, daß Pauls Vater ein Betrüger war, seine Mutter ein aufgetakeltes Huhn und sein bester Freund ein Mörder?«

»Nein.«

In ihre Kirschaugen trat ein grausamer Ausdruck. »Werdet Ihr ihm von all den anderen Frauen erzählen?«

»Wozu?« konterte Helen. »Würde ihn das glücklich machen?«

»Oh, bestimmt.« Sie giggelte wie ein junges Mädchen. »Männer zehren im Alter gerne von ihren Eroberungen. Wollt Ihr ihm diese süßen Erinnerungen etwa vorenthalten?«

»Für Paul und mich sind Gegenwart und Zukunft wichtiger. Dort haben diese Frauen nichts verloren.«

»Zumal die letzte ja auch nicht mehr am Leben ist«, versetzte die Schottin trocken.

»Es gibt Dinge, an die man sich nicht unbedingt erinnern muß. Manchmal ist Vergessen eine Gnade.«

Sie lachte hämisch. »Ein Schoßhündchen wollt Ihr Euch heranziehen.«

»Ich habe die besten Absichten.«

»Daraus sind schon die größten Teufeleien entstanden.« Ihre Augen blitzten Helen an. »Ich muß Euch warnen. So simpel ist das nicht: Was nicht gefällt, wird verschwiegen. Oder in den Keller verbannt, weg damit, vergessen.«

»Ich bin nur Ihrem Beispiel gefolgt.«

»Bei mir ging es um Leib und Leben.«

»Bei mir auch.«

»Nicht mit seiner Waffe hat er Euch bedroht, sondern mit seinen Worten. Er weiß wohl eine Wahrheit über Paul, die Ihr nicht wissen wollt.«

»Er wollte Paul schaden.«

Die blasse Dame schüttelte den Kopf. »Helen Taubers kleines Paradies. Genießt es, denn es wird nicht von Dauer sein. Der Mensch strebt nach Erkenntnis, auch wenn sie ihn unglücklich macht. Seit Adam und Eva ist das so.«

Sie deutete auf das Gartentor, vor dem gerade ein Auto hielt, das Helen im Eifer ihres Gesprächs gar nicht bemerkt hatte. Crespin stieg aus und kam mit ausholenden Schritten auf sie zu.

Die Schottin spottete: »Seht, da naht sie schon, die Stunde der Wahrheit.«

Während der letzten paar Minuten war der Wagen oft stehengeblieben, um dann nur wenige Meter weiterzufahren. Standen sie in einem Stau? Wieder ein Halt, die Tür wurde aufgerissen.

»Du kannst rauskommen.«

Beatrix griff nach ihrer Sonnenbrille, aber sie war nicht mehr in ihrem Haar. Mist! Ihre Pupillen mußten sich erst an die Helligkeit gewöhnen, aber ihr Geruchssinn funktionierte sofort. Es roch komisch. Sie war noch nie wissentlich in die Nähe eines Krematoriums gekommen, aber so stellte sie sich den Geruch vor. Etwas steif vom unbequemen Sitzen, kletterte sie aus dem Laderaum.

»Ich dachte, du hast vielleicht Hunger.«

Sie standen in der Schlange des Drive-in-Schalters von McDonald's. Er hatte recht, tatsächlich hatte ihr Magen vorhin schon geknurrt wie ein gereizter Dobermann.

»Einen Big Mac und eine Cola Light.«

»Pommes?«

»Zu fett.«

Er gab eine ziemlich lange Bestellung auf. Beatrix kramte in ihrer Tasche.

»Laß stecken.«

Sicher würde er sie dafür ausquetschen wollen. Aber sie war zu müde, um sich gegen seine Einladung zu sträuben.

Sie hielt die warme Tüte auf dem Schoß fest, er fuhr auf den Parkplatz und stellte den Motor ab.

»Dingo«, sagte er und streckte ihr die Hand hin.

»Beatrix.«

Dann sprachen sie eine Weile nichts und widmeten sich der Mahlzeit. Der junge Mann brachte artig den Müllberg weg und setzte sich wieder ans Steuer. Vom Rückspiegel hing ein Schlüsselanhänger in Form eines kleinen Affen. Der Affe hatte ein breites, unverschämtes Grinsen. Er gefiel Beatrix. Ein wenig ähnelte er seinem Besitzer.

»Ist das dein Job, ich meine, fahren?«

»Einer davon. Ich studiere Germanistik und Kunst.«

»Aha.« Bestimmt würden ihn Carolus' gefälschte Bilder interessieren. In diesem Moment registrierte sie, daß sie zum ersten Mal seit Tagen wieder wie ein freier Mensch war. Es fühlte sich gut an. Sie lächelte.

»Ist das irgendwie komisch?« fragte er leicht gekränkt.

Beatrix sah ihn erstmals bewußt an. Er war etwa in ihrem Alter und sah recht passabel aus. Sie kam sich neben ihm vor wie eine gesetzte ältere Dame.

»Nein.«

»Meine Schicht ist zu Ende. Soll ich dich nach Hause fahren?«

»Bloß nicht.«

Ein Schweigen stellte sich ein, beide dachten nach.

»Falls du zu Hause Probleme hast ... ich weiß zufällig, wo dieses Frauenhaus ist, ich könnte ...«

»Würdest du mich nach Darmstadt fahren?« unterbrach Beatrix. »Ich bezahle dir auch was dafür.«

»Schon gut«, wehrte er ab. »Du steckst in der Scheiße, was?«

»Probleme mit dem Finanzamt.«

»Wer hat die nicht?«

»Hast du gewußt, daß Steuerfahnder ohne richterlichen Befehl jederzeit eine Hausdurchsuchung vornehmen dürfen?«

»So haben sie auch Al Capone gekriegt«, meinte Dingo, »Steuerhinterziehung. Seine Morde konnte man ihm nicht nachweisen, also schickten sie ihn wegen Steuerhinterziehung in den Knast.«

»Morde hat er nicht begangen. Soviel ich weiß.«

»Capone?«

»Mein Mann.«

»Du bist verheiratet?«

»Witwe.« Zum ersten Mal hatte sie das Wort ausgesprochen. Es klang entsetzlich.

»Schon lange?«

»Knapp zwei Wochen.«

»Wie ist es passiert?«

»Tabletten.«

»Selbstmord?«

»Wer weiß. Sie ermitteln noch, angeblich. Er war in U-Haft.«

War es Mord? hatte die Bild-Zeitung getitelt und etwas von russischen Killern im Knast geschrieben.

»Knast ist übel«, sagte Dingo. Möglicherweise hatte er damit Erfahrung.

»Gewiß«, antwortete Beatrix. Besonders für Carolus, den Freigeist, der es nicht ertragen konnte, wenn man ihm Vorschriften machte, der sogar bei Empfängen aus Prinzip gegen die vorgegebene Sitzordnung verstieß ... Sie mußte lächeln. Gleichzeitig kamen ihr die Tränen. Es war durchaus denkbar, daß er dem ein Ende gesetzt hatte. Ein guter Spieler erkennt, wenn er verloren hat. Es war eine letzte Äußerung seines freien Willens, ein Akt der Auflehnung. Sein letzter Sieg, wenn man so wollte. Sie schniefte. Dingo reichte ihr ein Päckchen Papiertaschentücher. Beatrix schneuzte und befahl sich, sich zusammenzureißen.

»Hast du ihn noch mal gesehen?«

»Nein, sie haben mich nicht zu ihm gelassen. Verdunklungsgefahr.«

»Ich meine, seine Leiche.«

Eine Gänsehaut lief ihr über den Körper. »Nenn ihn bitte nicht Leiche.«

»Tut mir leid.«

»Sie haben ihn obduziert. Danach sah ich ihn kurz durch eine Glasscheibe. Das Gesicht ... Er war es, und irgendwie war es doch nicht mehr er.«

»Also dann nach Darmstadt«, antwortete Dingo und setzte den Blinker.

»Bitte, Monsieur Crespin, nehmen Sie Platz. Oder wollen Sie meinen Keller besichtigen?« fragte Helen, als sie die Begrüßungsformalitäten hinter sich gebracht hatten.

»Gerne. Aber eigentlich bin ich gekommen, um Ihnen zu sagen, daß wir eine Leiche gefunden haben.« Der Gendarm setzte sich auf den Stuhl, auf dem eben noch die Schottin gesessen hatte.

»Das Mädchen?«

»Nein. Die kleine Caradec ist nach wie vor verschwunden. Es handelt sich um Monsieur Kerellec. Heute morgen. Wir haben den Sumpf durchsucht. Der Wagen ist in ein Schlammloch geraten und buchstäblich abgesoffen.«

»Wie ist das möglich?«

»Das Moor ist wegen des vielen Regens so gefährlich wie nie.«

»Warum ist er nicht ausgestiegen?«

»Wie das genau zugegangen ist, kann ich zum gegenwärtigen Zeitpunkt nicht sagen. Die Leiche wird in Brest obduziert.«

»Freundlich, daß Sie mich informieren. Oder verdächtigen Sie mich?«

Er antwortete mit einem vielsagenden Schweigen.

»Kaffee? Kognak?«

»Nein, danke. Madame Tauber, ich muß mit Ihrem Mann sprechen«, sagte Crespin in bestimmtem Ton, und um seine Worte zu unterstreichen, stand er auf.

Auch Helen erhob sich. »Er ist oben.«

»Er ist also zurückgekommen.«

»Er ist schwerkrank und braucht Ruhe.«

»Was ist mit ihm?«

»Er hatte einen Unfall mit dem Fahrrad. Schweres Schädel-Hirn-Trauma mit Hirnblutung.«

Helen übertrieb ein bißchen. Das Wort »schwer« hatte der Arzt nicht benutzt, und auch von einer Hirnblutung war keine Rede gewesen.

»Wenn Sie noch eine halbe Stunde warten, wird der Arzt aus Saint-Renan hiersein. Er kommt jeden Tag. Er wird Ihnen bestätigen, daß Paul an einer retrograden Amnesie leidet. Sie betrifft sein episodisches Gedächtnis. Das heißt, er erinnert sich an nichts mehr.«

»Das geht doch wieder vorbei, oder?«

»Manchmal. Manchmal auch nicht.«

Zöchlin öffnete die Augen, aber da war kein Lichtstrahl, den seine Pupillen hätten einfangen können. Er konnte sich nicht erinnern, je einer solchen Dunkelheit ausgesetzt gewesen zu sein. Er lag auf hartem Untergrund, jeder Knochen tat ihm weh. Er versuchte aufzustehen oder wenigstens auf seine Uhr zu schauen, aber seine Muskeln schienen vergessen zu haben, wie man Befehle ausführt. Sein Gehör funktionierte noch. Er hörte ein Scharren. Die Tür bewegte sich, ein Lichtstrahl schob sich in den Raum, etwas blendete ihn wie tausend Sonnen, dann wurde es wieder dämmrig.

Er sah, wie sich ein Schatten über ihn beugte, spürte tastende Hände und etwas Kaltes an seinem Handgelenk, und eine samtene Schwärze sog ihn in sich auf.

»Still, Benno! Nicht bellen!« Lisa schob Besuch und Hund in die Küche.

Beatrix stellte ihre Handtasche auf einen blauen Stuhl, der aussah, als stamme er aus einer griechischen Kneipe. »Gemütlich hier.«

Die Abendsonne schien durch ein staubiges Küchenfenster. Auf dem Fensterbrett standen Töpfe mit Kräutern.

»Wie bist du hergekommen?«

Anscheinend war in solchen Räumlichkeiten das Du so zwingend wie der Anti-Atomkraft-Aufkleber am Kühlschrank.

Beatrix winkte ab. »Der reinste Krimi.« Sie ließ sich auf den anderen blauen Holzstuhl sinken. »Hast du etwas gefunden?«

»Komm mit.«

Lisa führte Beatrix in ein Zimmer am Ende des Flurs. Lämpchen mit bunten Glasperlen, Seidenkissen, in Apricot gewischte Wände, ein Himmelbett mit schneeweißem Bettzeug. Der ganze Raum – die Bezeichnung »Boudoir« kam Beatrix in den Sinn – schien einzig auf das Erscheinen des Liebsten zu warten.

»War Tauber oft hier?«

»Nein. Soviel ich mitbekommen habe, nie.«

Auf dem Bett lagen Handtücher, Zuckertütchen von Restaurants, Streichholzbriefchen, Bierdeckel, Postkarten, Kitschporzellan, Aschenbecher, zwei Espressotassen und Süßigkeiten, wie man sie abends auf Hotelkissen findet. Fast alles mit Werbeaufdrucken von Hotels oder Kneipen. Es waren italienische Namen darunter, einige Souvenirs stammten aus der Schweiz, das meiste aber aus Hotels im Umkreis von hundert Kilometern. Einige Dinge ließen sich nicht zuordnen.

Lisa wies auf eine Auswahl, die sie auf den zierlichen Nachttisch gelegt hatte. »Das da.«

Eine Postkarte. *Menhir de Kerloas* stand auf der Rückseite. Eine Eintrittskarte vom 26.4.98 für *Océanopolis*. Noch eine Postkarte, die ein steiles Kap inmitten wilder Brandung zeigte, ohne Text auf der Rückseite. Ein Zuckertütchen, das die Aufschrift *Café Atlantic* trug.

»Das ist alles?«

»*Océanopolis* ist ein Aquarium in Brest. Der Menhir steht am Rand eines Ortes, der Saint-Renan heißt. Das Haus muß in einem der Küstenorte in der Nähe liegen, in einem Ort, der in der Nähe dieser Felsen liegt und in dem es ein Café *Atlantic* gibt.«

»Wahrscheinlich hat jedes Kaff ein Café *Atlantic*, und die ganze Küste ist ein einziger ausgefranster Felsen.«

Lisa hatte noch ein As im Ärmel. Sie öffnete die Schublade des Nachtschränkchens und zog zwei Fotos heraus. »Die waren noch auf dem alten Film von der Studienreise nach Bologna, den Tauber nicht zerstört hat.«

Das eine Foto zeigte einen Mann am Strand. Möwen umkreisen ihn. Die Aufnahme war gegen die Sonne gemacht worden, man konnte sein Gesicht nicht in allen Einzelheiten erkennen, aber es war ziemlich wahrscheinlich, daß es sich um Paul Tauber handelte. Das zweite Foto zeigte ein Haus vor einem wolkigen Himmel. Das Gebäude war alt, Steine so grau wie der Himmel, auch die Dachpfannen schienen grau zu sein. Es stand in einem verwucherten Garten. Vor der Haustür, die von zwei strengen Zypressen bewacht wurde, lagerten Steinplatten auf Holzpaletten, Bretter und Eimer lagen auf der Terrasse herum, ein Betonmischer stand im Garten vor einem Gemäuer, das wie ein Brunnenschacht aussah.

»Woher willst du wissen, daß die beiden Fotos nicht auch in Italien gemacht worden sind?«

»Würdest du bei schlechtem Wetter ein Haus fotografieren, das mit Gerümpel umlagert ist, wenn du nicht eine besondere Beziehung dazu hättest? Außerdem liegt Bologna nicht am Meer.«

»Du bist eine klasse Detektivin«, mußte Beatrix zugeben.

Lisa lächelte verlegen. Sie sah heute gepflegter aus, hatte ihr dunkles Haar gewaschen, trug Jeans und ein blaues Sweatshirt. Ihre Augen waren sanftgrün.

Beatrix drehte das Foto mit dem Haus um. Hinten war eine Nummer aufgedruckt: 35-09-05-98. Das Foto von Paul am Meer trug die Nummer 36-09-05-98.

»Da war er im ersten Liebesrausch wohl ein wenig leichtsinnig«, grinste Beatrix.

»Wir sollten zusammen hinfahren.«

Beatrix schwieg.

»Oder nicht?« fragte Lisa verunsichert.

Ja, dachte Beatrix, eine Reise. Ob sinnvoll oder nicht, Hauptsache Bewegung, Veränderung. War für sie nicht diese Sperrmüllwohnung schon das erste Etappenziel?

»Doch, sollten wir. Am besten, wir mieten einen Wagen auf deinen Namen und versuchen ...«

»Ich habe keinen Führerschein.«

Beatrix sah Lisa mit einer Mischung aus Unglauben und Mitleid an. Daß es so etwas heutzutage noch gab.

»Wie sollen wir dann nach Frankreich kommen? Ein Mietwagen auf meinen Namen ist zu riskant, mein Auto hat der freundliche Herr von der Leasingfirma abgeholt, und den Flughafen werden sie überwachen.«

»Benno kann sowieso nicht ins Flugzeug.«

»Benno!?«

Der Hund, der auf dem Bettvorleger gelegen hatte, hob den Kopf.

»Ach, ja, Benno«, seufzte Beatrix.

Lisa räumte die Sachen vom Bett. »Wir nehmen die Bahn. Abfahrt sieben Uhr fünfunddreißig von Darmstadt mit Eurocity 52, Ankunft Paris Gare de l'Est um 13.54 Uhr, Abfahrt Paris Montparnasse 14.44 Uhr mit TGV 8743, Ankunft in Brest um 21.22 Uhr.«

»Hast du einen Job bei der Fahrplanauskunft?«

»Ich kann nichts dafür, ich merke mir Zahlen. Dafür vergesse ich Namen und Gesichter. Für mich ist eine Zahl wie für andere Leute ein Gesicht. Du kannst hier schlafen. Im Schrank sind noch Sachen von Anke, die müßten dir passen. Hast du Hunger?«

»Irgendwie schon. Ich habe zwar einen Big Mac gegessen ...«

»Du Ärmste«, sagte Lisa und ging in die Küche.

Als sie sich eine halbe Stunde später bei Spaghetti Bolognese gegenübersaßen, fragte Lisa: »Um wieviel Geld geht es eigentlich?«

»Die Staatsanwaltschaft spricht von hundertfünfzig Millionen Euro.«

Lisa ließ die Gabel sinken. Ein knisterndes Schweigen trat ein.

Dann fragte Lisa: »Wie ist die Sache überhaupt aufgeflogen? In der Zeitung stand...« Sie unterbrach sich. Beide kannten die offizielle Erklärung, wie es zum Rheinbank-Skandal gekommen war: Eine Routinesteuerprüfung bei einem Kunden der Bank hatte einen Einsatz der Steuerfahndung zur Folge gehabt. Man fand auf einer vermeintlich gelöschten Festplatte ein paar verdächtige E-Mails an Carolus Beermanns Adresse in der Rheinbank und dubiose Kontenbelege. Daraufhin wurde in Liechtenstein ein Nummernkonto mit achtzehn Millionen Franken entdeckt. Einige Klienten des Investmentbankers Carolus Beermann bekamen Angst und erstatteten Selbstanzeige. Fatal daran war, daß die Beträge, die angezeigt wurden, die achtzehn Millionen überstiegen.

»Verrat«, sagte Beatrix.

»Wieso glaubst du das?«

»Weil Carolus keine Fehler macht.«

»Gerade bei perfekt organisierten Verbrechen gibt es immer eine Schwachstelle«, behauptete Lisa, als sei sie *die* Expertin für Kriminalistik.

Beatrix sagte nichts dazu.

»Weißt du, wie er es gemacht hat?«

»Bargeld«, antwortete Beatrix prompt und erklärte: »Hätte er das Geld auf elektronischem Weg herumgeschoben, hätte er einen Spezialisten einweihen müssen. Aber Carolus traute niemandem. Schon gar nicht dann, wenn derjenige über Wissen verfügte, das er selbst nicht hatte. Da er sich mit Computern nicht auskannte, wäre er diesem Menschen ausgeliefert gewesen. Darauf hätte er sich nie eingelassen.«

»Aber solche Mengen«, zweifelte Lisa.

»Das Ganze lief über einige Jahre, behauptet die Staatsanwaltschaft.«

»Ist er oft ins Ausland gefahren?«

Beatrix lächelte. »Mit dem sprichwörtlichen Köfferchen?«

»Eine Aldi-Tüte wird er nicht genommen haben«, konterte Lisa und verzog keine Miene.

»Wenn, dann hatte er immer seinen Fahrer dabei. Den haben sie inzwischen x-mal durch die Mangel gedreht, den armen Kerl.«

»Er ist also nie allein gefahren?« fragte Lisa und rollte ein paar Nudeln auf ihre Gabel.

»Er hatte seit zwei Jahren keinen Führerschein mehr. Er hat im Suff ein Straßenbahnwartehäuschen beschädigt und hat sich mit einer Funkstreife eine Verfolgungsjagd durch die Stadt geliefert. Den anderen Streifenwagen, der sich querstellte, hat er, ohne zu bremsen, gerammt.«

»Er war wohl ein bißchen cholerisch veranlagt«, bemerkte Lisa.

»Nicht nur ein bißchen.«

»Was ich nicht verstehe: Finanziell hatte er so etwas doch nicht nötig, oder?«

»Nein.«

»Warum tat er es dann? Aus Menschenfreundlichkeit gegenüber Steuersündern?«

»Carolus war kein Menschenfreund.«

»Warum dann?«

»Ein Spiel«, sagte Beatrix. »Es hat ihm sicherlich einen teuflischen Spaß gemacht. Carolus gegen den Staat. Du weißt schon, er gehörte zu dieser Generation, die sich die Haare wachsen ließ und gegen alles war.«

Lisa hob verwundert die Brauen. »Nach dem, was ich bis jetzt über deinen Mann gelesen habe, war er *der* Kapitalist schlechthin. Und der hat früher mit Pflastersteinen geworfen?«

»Allenfalls werfen lassen«, stellte Beatrix richtig und gestand ein: »Es ist schwer zu begreifen. Carolus war ein absoluter Individualist, der in keine Schublade paßte. Er war kein linker Revoluzzer. Er lehnte jedes System ab. Es ging ihm vermutlich um die Tat an sich.« Sie hielt inne und nahm sich eine zweite Portion Spaghetti. »Im Grunde seiner Seele war er ein Anarchist.«

»Allein kann er das Geld nicht ins Ausland geschafft haben«, stellte Lisa fest. »Ich habe gelesen, daß man auf Nummernkonten im Normalfall nur 0,1 Prozent Zinsen erhält, wenn überhaupt. Dein Mann hat seinen Klienten aber angeblich Rendite zukommen lassen. Also hat er mit dem Geld gearbeitet oder arbeiten lassen. Hast du eine Ahnung, wie?«

»Nein.«

»Es könnte natürlich auch sein, daß das Ganze von vornherein auf Betrug ausgelegt war«, überlegte Lisa laut. »Aber es muß dennoch jemanden geben, der an der Sache beteiligt war und der nun die Geschäfte weiterführt.«

»Es muß schon aus organisatorischen Gründen mindestens einen Beteiligten geben. Jemand, dem Ihr Mann vertraute.« Diesen Satz hatte Beatrix schon einige Male von Oberstaatsanwalt Ressler und seinen Kommissaren zu hören bekommen.

»Tauber könnte dieser Jemand sein«, sagte Beatrix. »Ich hoffe nur, er ist mit dem Geld nicht längst über alle Berge. Besonders jetzt, nachdem Carolus ...«

»Das muß nicht so sein«, widersprach Lisa. »Solange er sich in Frankreich sicher fühlt und das Geld gut aufgehoben weiß. Jede Bewegung birgt ein Risiko.«

»Du hast dir viele Gedanken gemacht«, stellte Beatrix fest.

»Klar«, sagte Lisa. »Ich habe mich informiert. Ich möchte schließlich nicht unvorbereitet bei Tauber aufkreuzen.«

Im Morgenlicht, das durch die Jalousien fiel, tappte er durch die oberen Räume. Der Arzt hatte ihm zwar geraten, möglichst viel zu schlafen und nicht herumzulaufen, sonst könnten die Kopfschmerzen chronisch werden, aber er fühlte sich kräftig genug, das Bett für eine Weile zu verlassen. Die Haut an der Schulter spannte bei jeder Bewegung, aber der Schmerz war erträglich. Gestern hatte Helen den Verband ausgetauscht und sich sehr zufrieden über die Heilung geäußert.

Im Bad zog er den Schlafanzug aus und duschte vorsichtig um seine Verletzung herum. Er schaute sich im Spiegel an. Ein regelmäßiges, etwas schmales Männergesicht. Ausgeprägte horizontale Stirnfalten, kritischer Blick aus grauen Augen, dünne, leicht spitze Nase, gerader Mund, Zähne in Ordnung, mit einer winzigen Lücke zwischen den oberen Schneidezähnen. Breites Kinn. Weder schön noch häßlich. Eigentlich ganz sympathisch. Das Haar zeigte graue Strähnen, die das Mausbraun belebten. Keine Glatze, aber bedrohlich weit vorgedrungene Geheimratsecken. Am Ringfinger seiner rechten Hand bemerkte er erstmals einen goldenen Ehering, der ziemlich locker saß. Dazu der normale Körper eines Mannes seines Alters. Nicht sehr kräftig, aber auch nicht schmächtig, sehnige Gliedmaßen, mäßige Behaarung, kleiner Bauchansatz ... ein Geschlechtsteil in akzeptabler Größe. Alles in allem konnte man zufrieden sein. Trotzdem verspürte er rasch das Bedürfnis, sich anzuziehen, und schlüpfte in einen gestreiften Bademantel, der an der Tür hing. Er roch nach einem süßlich-blumigen Rasierwasser. Was Düfte anging, schien er keinen guten Geschmack zu haben. Er fand Rasierzeug und rasierte die freie Gesichtshälfte. Die rechte Wange mußte noch verbunden bleiben, die Wunde näßte, aber wenn er Helen glauben durfte, dann gehörte das zum Heilungsprozeß.

Aber durfte er Helen glauben?

War er tatsächlich ein Musterehemann? Wo war Helen überhaupt? Sie war heute morgen gegangen und hatte ihm bestimmt gesagt, wohin. Zuvor war der Arzt bei ihm gewesen. Solange der Mann französisch sprach, hatte er kaum etwas mitbekommen. Aber durch die Worte, die er für seinen Zustand gebrauchte, fanden sie eine gemeinsame Sprache.

»Es wird gut werden, Monsieur Tauber«, hatte der Doktor gesagt, »Ihr Kopf ist eine Villa und hat viele Zimmer. Der Schlüssel wurde verloren. Er wird wiedergefunden werden.« Oder so ähnlich. Der Arzt hatte auch lateinisch gesprochen.

In einem Schrank im Zimmer gegenüber, das wie ein Gästezimmer aussah, befand sich Männerkleidung. Über dem Bett hing ein impressionistisch angehauchtes Gemälde: zwei Damen in langen Kleidern und mit Sonnenschirmchen, die in ein Ruderboot stiegen. Er fand es ein bißchen kitschig, die dezente Chagall-Lithographie im Schlafzimmer gefiel ihm wesentlich besser. Ein blaues Kleid mit weißen Punkten hing über einem Stuhl. Er berührte ein Nachthemd, das auf einer Kommode lag. Es hatte noch keine Liegefalten, und der Stoff war so seidig, daß man befürchten mußte, damit aus dem Bett zu glitschen. Hatte sie ihm das breite Bett und das größere Schlafzimmer für die Dauer seiner Genesung allein überlassen, damit er es bequemer hatte? Oder hatten sie immer getrennte Schlafzimmer gehabt?

Eine seltsame Situation, dachte er. Eine seltsame Frau. Obwohl ihm natürlich der Vergleich fehlte. Nachdem sie ihn gestern abend die Treppe hinaufbegleitet hatte – er war nach einem Glas Wein auf einmal sehr müde geworden –, hatten sie sich vor der Schlafzimmertür geküßt. Leidenschaftlich, fand er, besonders wenn man bedachte, daß sie schon über zwanzig Jahre verheiratet waren. An den Kuß erinnerte er sich gerne. Es war schön, wenigstens *eine* zuverlässige Erinnerung zu besitzen.

Er probierte eine graue Cordhose. Sie war ihm zu lang. Er fand eine Arbeitshose im Einheitsschnitt, die besser paßte. Dazu wählte er ein dunkelgrünes T-Shirt und zog einen Norwegerpullover darüber, der ihm ziemlich groß geraten schien. Es war kühl im Haus, obwohl draußen die Sonne schien.

Ein Arbeitszimmer. Sein Arbeitszimmer, korrigierte er sich. Er schaute aus dem Fenster. Flaches Gestrüpp, ein Feldweg, Kiefern. Nur ein Haus in Sichtweite, von dem man nur das Obergeschoß sah, der untere Teil verschwand hinter Büschen. Es wirkte verlottert und verlassen, aber jemand mußte dort wohnen, denn das Dachfenster stand offen. Er wandte sich ab und sah sich im Zimmer um, wie jemand, der eine fremde Wohnung betritt und aus dem Interieur Rückschlüsse auf die Bewohner ziehen möchte. Der Literatur nach, die in metallenen Regalen stand, war er kein Architekt, sondern Allgemeinarzt mit Interesse an Architektur und Kunst. Von letzterem zeugten drei düstere Expressionisten an den Wänden. Er hatte zu beiden Berufen keinerlei Assoziation, stellte er fest. Die drei Bilder gefielen ihm auch nicht.

Der Schreibtisch war aus edlem rötlichem Holz, der Stuhl dazu eine chromlederne Zurückweisung. Auf dem Schreibtisch lag sein Handy mit leerem Akku. Die Post war säuberlich aufgestapelt und beschwert von einer bunten *Nana*-Figur, die auf dem Kopf stand. Er mochte sie auf Anhieb.

Er fand das Ladegerät und stöpselte das Handy ein. Für ein Handy brauchte man eine PIN-Nummer, vierstellig, das wußte er. Aber natürlich konnte er sich nicht an die Zahl erinnern. Schon seltsam. Heute morgen, im Bett, hatte er jede Menge lateinische Verben memoriert, und irgendwoher wußte er, daß das Bild da drüben von Emil Nolde war, aber er kannte weder seine Schuhgröße noch den Namen seiner Mutter. Wie konnte ein Gehirn so exakt zwischen Allgemeinwissen und persönlicher Erfahrung trennen und die eine Hälfte so gezielt auslöschen? Was, wenn es andersherum passiert wäre? Den Kopf voller Erinnerungen, aber nicht wissen, wie man eine Toilette benutzt?

Er fand einen Brieföffner aus Elfenbein, der ihm nicht gefiel, und machte sich daran, seine Post zu öffnen.

»Was siehst du mich so an?«

»Entschuldige. Es ist nur ... dieser Pullover. Er war Ankes Lieblingspullover.«

»Tut mir leid«, sagte Beatrix. »Ich werde mir so bald wie möglich eigene Klamotten zulegen. Aber heute früh um sieben waren die Geschäfte leider noch zu.«

»Ist schon gut.«

»Ist es nicht. Es ist kein schönes Gefühl, die Sachen einer Toten zu tragen.« Zum Glück hatte diese Anke mehr Geschmack besessen als Lisa. Der blaue Pullover war aus Kaschmir und durchaus akzeptabel.

Der Zug hielt. Seit Saarbrücken hatten sie das Abteil für sich alleine. Für Benno hatten sie eine Kinderkarte lösen müssen, dabei beanspruchte der Hund gar keinen Sitzplatz, er lag friedlich zu ihren Füßen; nur jetzt, als der Zug stand, saß er aufmerksam hinter der Abteiltür und horchte auf die Geräusche.

»Wo sind wir?« fragte Beatrix und schaute aus dem Fenster. Es regnete.

»Wie spät?«

»Fünf vor elf.«

»Dann ist es Metz mit drei Minuten Verspätung«, antwortete Lisa und fragte: »Was werden wir tun, wenn wir da sind?«

»Ein Hotel suchen.«

»Ich meine, mit Tauber. Was, wenn er uns einfach umbringt?«

»Wir werden uns nicht einfach umbringen lassen«, sagte Beatrix, ohne sich Gedanken gemacht zu haben, wie sie das zu verhindern gedachte. *Reisen ist nicht das Problem, sondern das Ankommen*, hörte Beatrix Carolus sagen.

Leute stiegen ein, manche blieben vor ihrem Abteil stehen, gingen aber weiter, als sie Benno sahen. Der Zug fuhr mit einem Ruck wieder an.

»Was studierst du eigentlich?«

»Mathematik.«

»Oje!«

»Es ist faszinierend.«

»Was würdest du machen, wenn du auf einmal viel Geld hättest?«

»Ich würde ein großes Haus kaufen und viele Tiere bei mir aufnehmen. Und was würdest du machen mit viel Geld?«

Beatrix zuckte die Schultern.

»Stimmt. Du hattest ja immer viel Geld.«

»Erstens nicht immer, zweitens hatte das Geld mein Mann. Das ist ein Unterschied, glaub mir.«

Lisa glaubte ihr.

»Wie lange warst du verheiratet?«

»Fünf Jahre.«

»Gibt es eine Exfrau?«

»Zwei. Beide wieder gut untergekommen.«

Eine Frau machte Anstalten, ihr Abteil zu betreten, überlegte es sich dann aber doch anders.

»Leben deine Eltern noch?« fragte Beatrix nach einer Weile.

»Mein Vater ist pensionierter Bahnbeamter, meine Mutter Hausfrau, sie wohnen in Aschaffenburg. Ich habe noch vier Geschwister, alle älter und weiß Gott wo verstreut. – Und deine?«

»Nur meine ... meine Mutter. Sie lebt in der Nähe von Wiesbaden. Mein Vater starb, als ich vierzehn war.«

»Woran?«

»Arbeitsunfall. Wir hatten eine Vertretung für Landmaschinen. Er hat einen Rübenhäcksler repariert und nicht aufgepaßt. Sein rechter Arm geriet in die Maschine. Der Schock ließ ihn ohnmächtig werden. Ich fand ihn in seiner Werkstatt, als ich ihn zum Mittagessen holen sollte, es gab Hackbraten mit Püree. Er war verblutet. Alles war voll, der ganze Fußboden, mindestens einen Zentimeter, ich hätte nie gedacht, wieviel Blut aus einem Menschen rauskommen kann, und der Arm bestand nur noch aus Haut- und Sehnenfetzen.«

»Hör auf, bitte!« Lisa verzog das Gesicht. »Es ist gräßlich.«

»Es war gelogen«, stieß Beatrix heftig hervor. »Alles war gelogen.«

»Also wirklich ...«

»Sie waren gar nicht meine Eltern. Das habe ich an seiner Beerdigung rausgefunden, als seine Schwester den Mund nicht halten konnte. Sie hatten mich adoptiert und es mir verschwiegen.«

Die Abteiltür wurde aufgeschoben, ein junger Mann mit schwarzem Ledermantel und einem selbstgefälligen Lächeln fragte auf französisch, ob noch ein Platz frei sei. Dabei stellte er seine Aktentasche auf den Sitz neben Lisa. Die sah ihn entsetzt an, wollte etwas sagen, aber sie brachte keinen Ton heraus. Der Mann nahm aber gar keine Notiz von ihr, weil seine Augen gerade Beatrix' Figur vermaßen. Beatrix, ebenfalls lächelnd, sagte etwas auf französisch zu ihm. Er stutzte, riß seine Tasche vom Sitz und ging mit verwirrtem Gesichtsausdruck davon, wobei er sich im Genick kratzte. Lisa begann wieder zu atmen.

»Hast du was?«

»Nein.«

»Wenn hier jemand Verfolgungsängste haben muß, dann bin ich das.« Beatrix war schon die ganze Fahrt über aufgefallen, daß Lisa auf Fremde, vor allen Dingen auf fremde Männer, verkrampft reagierte. Aber mit Carolus hatte sie sich angewöhnt, nicht nachzufragen. Sie ignorierte Lisas Verhalten, so gut es ging, und fragte auch jetzt nicht weiter.

»Hast du deine richtige Mutter mal getroffen?« wollte Lisa wissen.

»Nein. Später erfuhr ich ihren Namen: Eva Sober, ledig, geb. am 12. 4. 1953, Vater unbekannt. Alles, was ich von meiner Mutter habe, ist ein holprig gestrickter Strampelanzug aus hellblauer Wolle. Den habe ich getragen, als sie mich aus der Klinik abgeholt haben. Sie hat wohl mit einem Jungen gerechnet. Und das da. Das war in dem Brief vom Amt, den meine Adoptiveltern bei ihrem Tod bekommen hatten.« Sie zog eine Kette mit einem Anhänger unter Ankes Pullover hervor, ein keltisches Kreuz mit einem blauen Stein.

»Ein Saphir?«

»Es ist nur Glas«, erklärte Beatrix und dachte: Hätte sie einen Jungen vielleicht behalten? »Ich habe nie herausfinden können, wo Eva Sober begraben ist. Es ist, als hätte es sie nie gegeben.«

Warum erzählte sie eigentlich Lisa das alles? Sie ging doch sonst nicht damit hausieren, außer Carolus hatte nie jemand etwas über ihre Herkunft erfahren, und er war es auch, der sie mit ihrem Schicksal aussöhnte, indem er sagte: *Du bist das, was du aus dir machst. Mach ein Kunstwerk aus deinem Leben, dann kann dir egal sein, woher du stammst.*

Vielleicht weil Lisa der erste aufrichtige Mensch war, der ihr seit langer Zeit begegnet war. Lisa und dieser Typ, der sie in seinem Lieferwagen herumgefahren hatte. Dingo. Komischer Name. Sie trug seinen kleinen Affen an der Handtasche. Er hatte ihn ihr zum Abschied gegeben, zusammen mit seiner Handynummer und den Worten: »Er bringt Glück. Ich denke, das kannst du im Moment gut gebrauchen.« Unter anderen Umständen hätte sie vielleicht mit ihm Kontakt gehalten, wäre mal mit ihm ausgegangen, aber im Augenblick gab es Wichtigeres. Was man doch für bunte Vögel trifft, sobald man sich aus dem goldenen Käfig herauswagt, dachte Beatrix und sagte zu Lisa: »'tschuldige, ich wollte dich nicht vollabern.«

»Es ist schon in Ordnung«, sagte Lisa.

Der junge Mann von vorhin ging rasch am Abteil vorbei.

»Was hast du eigentlich zu ihm gesagt?«

»Daß Bennos Fell vor Flöhen wimmelt.«

Lisa begann zu lachen, langsam, wie ein stotternder Motor, der lange nicht benutzt worden ist.

Helen und Ingrid betraten das Rathaus von Saint-Muriel. Über dem Portal knatterten in seltener Einmütigkeit die französische und die bretonische Flagge.

Sie betraten das Vorzimmer des Bürgermeisters, und eine Sekretärin in Helens Alter begrüßte sie kühl. Ingrid machte ihr klar, was sie wollten.

Die Angestellte kramte mit säuerlicher Miene nach einem Schlüssel und führte sie einen Gang entlang. Die Akten über Grundstücksangelegenheiten lagen in einem Glasschrank des

Archivs. Die Dame legte ein Bündel Papiere auf den Tisch und verließ wortlos den Raum.

»Danke, sehr freundlich«, rief ihr Ingrid auf deutsch nach und zischte: »Zicke.«

»Wir gehören im Moment nicht zu den beliebtesten Frauen am Ort«, stellte Helen fest.

Helen zog sich einen Stuhl heran und schlug die Akte auf. Die älteste Urkunde stammte von 1796, ein gewisser Robert Laenec war als Besitzer eingetragen und hatte das Haus am Meer seinem Sohn Richard vererbt oder überschrieben. Von da an wechselten die Eigentumsverhältnisse etwa alle dreißig, vierzig Jahre. Von 1912 bis 1996 gehörte das Haus nacheinander den jeweiligen Erben einer Familie Trouin.

»Es ist nie ein Name aus dem Ort dabei«, stellte Ingrid fest, die Helen neugierig über die Schulter schaute. »Sie mögen das Haus nicht.«

»Das ist seltsam«, sagte Helen. »Ich kann sie nicht finden. Aber es fehlt auch nichts. Von 1944 bis 1968 ist Luc Trouin, ein Gynäkologe aus Brest, als Besitzer eingetragen.«

»Irgendwas stimmt nicht mit deiner Tante«, stellte Ingrid fest.

»Sie war die Cousine von Pauls Mutter. Ines Roth.«

Ingrid blätterte noch einmal vor und zurück. »Keine Ines Roth, nirgends. Und kein Paul Tauber.«

»Was?«

»Schätzchen, das Haus gehört euch gar nicht. Zumindest nicht auf diesem Papier. Da, schau her.«

Sie tippte auf eine Eintragung vom 19. Juli 1996. Die damaligen Besitzer, Charles und Antoinette Trouin aus Quimper, hatten das Haus verkauft. Der neue Besitzer hieß René Bignon, wohnhaft in Saint-Renan, Rue Saint-Mathieu 18.

»Den kenne ich«, sagte Ingrid. »So ein weißhaariges kleines Männchen. Er verkauft Wein und nachgemalte Bilder. Angeblich ist auch mal ein geklautes dabei.«

Helen antwortete nicht. Sie war blaß geworden.

Ingrid schlug die Akte zu und begleitete Helen nach draußen. In stummer Absprache steuerten sie das *Atlantic* an.

Weiterstadt, im Mai 2002

Lieber Freund,
ist es nicht eine Ironie? Jetzt bin ich der Häftling. Die Bedeutung mancher Worte wird einem erst klar, wenn man selber drinsteckt. Da sich die Sache noch hinziehen wird, habe ich H. gebeten, Dir diesen Brief auf dezente Weise zukommen zu lassen.

Lieber Paul, ich war tief gekränkt über Deine Anschuldigung, aber ich verzeihe Dir, und ich schwöre Dir bei der Seele meiner Mutter, daß ich mit dem Tod Deiner kleinen Freundin nichts zu tun habe. Denkst Du wirklich, ich würde etwas tun, das Dich einem Mordverdacht aussetzt? Im übrigen hat sie niemals versucht, Kontakt mit mir aufzunehmen. Vielleicht ist sie zur Polizei gegangen? Aus Rachsucht und enttäuschter Liebe sind Frauen zu allem fähig, wie wir ja wissen, und überall gibt es geldgierige Menschen. Sieh Dich in nächster Zeit vor.

Du hast von Dagmar gesprochen. Das ist lange her. Ich war jung und in Panik, und ich habe es auch für Euch getan. Wir sind Freunde fürs ganze Leben, weißt Du nicht mehr, was wir uns am Kap geschworen haben? Freundschaft bedeutet mir etwas, vielleicht sogar alles. Sie ist das aufrichtigste Gefühl, aufrichtiger als die Liebe zwischen Mann und Frau.

Ich bin Dir heute noch dankbar, daß Du Helen geheiratet hast. Ich habe es damals nicht von Dir verlangt, es war nur ein Vorschlag, kam er nicht sogar von Dir? Man hätte sie notfalls auch anders zum Schweigen bringen können. Doch ich denke, sie war die richtige Wahl. Sagte nicht schon der »Pate« zu seinem Sohn: Es gibt Frauen, mit denen man sich amüsiert, und Frauen, die man heiratet. Und amüsiert hast Du Dich ja. Irgendwie mochte ich Helen, was leider nicht auf Gegenseitigkeit beruht. Grüße sie dennoch von mir.

Madame G. wird uns verlassen, voraussichtlich im Oktober, auf dem üblichen Weg. Du kannst ihr Reisegeld behalten, alles, auch das auf den Konten, Du mußt nur noch B. entlohnen. Ferner möchte ich, daß Du die Klienten auszahlst, anonym und in bar, wenn sich der ärgste Wirbel gelegt hat. Vorher noch das Finanzamt, damit Bea ihre Ruhe hat. Bis jetzt kratzen sie nur an der Spitze des Eisbergs, also gönnen wir ihnen den Triumph.

Es tut mir leid, daß ich mich so verabschieden muß. Vielleicht lassen sie mich noch mal raus, ehe sich mein Hirn in einen löchrigen Schwamm verwandelt (den Vergleich hat Professor Schäuble, mein Neurologe, in seiner feinfühligen Art benutzt) und ich nicht mehr Herr meiner Gedanken und Taten sein werde. Wenn nicht, werde ich die Sache selbst in die Hand nehmen, ehe ich aus Verblödung zum Verräter werde. Du weißt ja: Einer für alle, alle für einen. Außerdem soll mich Beatrix nicht als sabbernden Idioten in Erinnerung behalten. Ich hoffe, sie verzeiht mir.

Bitte, Paul, gib mir ein Zeichen, daß Du mir glaubst! Ich möchte nicht im Bewußtsein sterben, daß Du falsch von mir denkst. Vielleicht kannst Du G. mit einer Nachricht schicken, ich würde ihn gerne noch einmal sehen.

In Liebe, Carolus.

Der Brief steckte in einem größeren Umschlag mit dem Absender einer Frankfurter Anwaltskanzlei. Im Begleitschreiben hieß es:

Sehr geehrter Herr Tauber, unser Mandant, Herr Dr. Carolus Beermann, derzeit leider inhaftiert, hat uns beauftragt, den beiliegenden Brief verschlossen an Sie zu übersenden.

Hochachtungsvoll, Hornung & Partner.

Darunter eine unleserliche Unterschrift und ein Datum: 18. Mai 2002.

Carolus. Klang der Name wirklich vertraut, oder war es Einbildung. Wer, zum Teufel, war Madame G.? Die Frau von G.? Und Dagmar. Der Name löste eine Vorstellung von einer hübschen jungen Frau mit langem blondem Haar aus, die allerdings sehr vage blieb, das Bild ließ sich nicht scharfstellen, und es zog auch keine weiteren Bilder nach sich. Aber immerhin ein Anfang.

Er ging nach unten, verharrte einen Moment vor dem Frauenporträt, das im Kaminzimmer hing. Ein wundervolles Bild, so kraftvoll und ausdrucksstark. Er trank eine Tasse kalten Kaffee und aß zwei Scheiben Weißbrot mit Butter dazu. Damit fühlte er sich gestärkt für einen kleinen Spaziergang.

Hinter der Theke stand eine junge Frau, die Maria sehr ähnlich sah. Sie musterte die neuen Gäste kritisch, aber schließlich murmelte sie doch einen knappen Gruß. Am Stammtisch saßen vier Männer bei Café und Schnaps und spielten Karten; ein zusammengeschnurrtes Männchen mit einem silberweißen Walroßbart, der Pfarrer der Dorfes, ihm gegenüber der Alte, der fast immer hier saß, die eine Breitseite des Tisches nahm der Hotelier Guirec ein, die andere der dicke Caradec von der Epicerie, der Onkel des verschwundenen Mädchens. Der Pfarrer nickte Ingrid und Helen betrübt zu und mischte die Karten. Der Alte starrte sie finster an, Guirec schaute in seine leere Kaffeetasse, als würde er dort die Zukunft lesen, und der dicke Caradec tat, als wäre überhaupt niemand gekommen. Helen wäre am liebsten wieder gegangen, aber Ingrid ging forsch voran und fragte die Frau hinter den Theke auf französisch: »Ist es soweit?«

»Ja. Heute morgen um fünf mußte ich sie in die Klinik fahren. Sie wollte nicht wieder zu Hause entbinden, nachdem es das letzte Mal beinahe schiefgegangen ist.«

»Wo ist ihr Mann?« fragte Ingrid.

»Draußen.« Sie deutete in Richtung Meer. »Wie immer. Schon beim letzten Mal mußte ich die Hebamme ...«, hob Silvie an.

Aber Ingrid unterbrach: »Bring uns bitte zwei Cafés und zwei Calvados.«

Sie setzten sich ans Fenster, möglichst weit weg vom Stammtisch. Ingrid sprach wieder deutsch: »Das ist Silvie, Marias Schwester. Hier herrscht ein Matriarchat. Die Frauen bestimmen, wer dazugehört. Die Männer, die was taugen...«, sie warf einen verächtlichen Blick in Richtung Stammtisch, »sind fischen. Oder jagen«, setzte sie im Gedenken an ihren toten Gatten rasch hinzu. »Oder sie sind arbeitslos und haben nichts zu melden.«

»Ganz wie zu Morganes Zeiten«, sinnierte Helen.

»Wo wir gerade von Männern sprechen. In eurem Nachbarhaus wohnt ein Deutscher, so um die Fünfzig, hast du den schon begrüßt?«

»Nein«, sagte Helen.

»Er hat das Haus auf unbestimmte Zeit gemietet. Was der wohl hier will?«

»Das ist mir egal und Paul erst recht. *Gott schütze mich vor Sturm und Wind und Deutschen, die im Ausland sind*, pflegt er zu sagen. Übrigens, danke, daß du mitgekommen bist. Ich kann zwar einkaufen, aber für Behördenkram reicht mein Französisch nicht aus.«

»Ist schon okay. Mir tut im Augenblick jede Ablenkung gut.« Ingrid steckte sich eine Zigarette an. »Gestern mußte ich ihn identifizieren«, flüsterte sie. »In der Pathologie in Brest. Nie wieder werde ich dieses Bild los. Seine Haut sah aus wie die einer Mumie. Mein schöner Claude!« Ihre Unterlippe begann zu zittern. »Sie haben bei der Obduktion rausgekriegt, daß man ihm den Schädel eingeschlagen hat. Mit etwas Stumpfem. Aber gestorben ist er an den zwei Kugeln.«

»Kugeln?«

»Er wurde in die Brust geschossen.«

»Vielleicht ein Unfall mit seinem Gewehr?«

»Nein. Die Kugeln stammen aus einer Pistole. Claude besaß keine Pistole. Er hatte nur seine Schrotflinte dabei. Die hat man nicht gefunden. Die Schüsse wurden aus einigen Metern Entfernung abgefeuert. Wer immer das gemacht hat, er soll in der Hölle schmoren! Morgen ist seine Beerdigung, ihr kommt doch auch, du und Paul?«

Silvie trat an den Tisch und servierte den Café und den Calvados.

»Gibt es eigentlich was Neues über das verschwundene Mädchen?« fragte Helen, als Silvie wieder weg war.

»Man hat ein Tagebuch gefunden, mit ziemlich wirrem Zeug. Todessehnsucht und so.«

»Also ein Selbstmord?«

»Womöglich. Ich weiß nur, was man so redet, und zur Zeit erfahre ich auch nicht alles. Jedenfalls hätte ich nicht gedacht, daß sie so ein Sensibelchen ist.«

»Du konntest sie nicht leiden.«

»Sie war wie der Teufel hinter Claude her.«

O nein. Bloß nicht schon wieder *Claude und die Frauen*. Ein düsterer Gedanke streifte Helen. Aber nein, dachte sie. Dann hätte Ingrid Eifersuchtsmorde in Serie begehen müssen. Dennoch: Sie erinnerte sich an ihre eigenen Gelüste. Detaillierte Mordpläne hatte sie bisweilen entworfen, verfeinert und genüßlich ausgeschmückt. Die Sinnlosigkeit des Unterfangens hatte sie immer wieder von der Durchführung abgehalten. Aber was, wenn die Gelegenheit einfach zu günstig gewesen war oder die Provokation zu unerträglich, in diesem Mikrokosmos Saint-Muriel, wo jeder sofort alles mitbekam? Die Touristinnen konnte Ingrid vielleicht noch ertragen, die gingen irgendwann wieder. Aber das Wieselmädchen war eine von ihnen gewesen, eine, die blieb.

»Was soll's. Vorbei. Über Tote nichts Schlechtes«, sagte Ingrid.

»Weißt du denn, ob sie tot ist?« entfuhr es Helen.

»Ich hoffe es«, sagte Ingrid und wechselte das Thema: »In den siebziger Jahren, als der Tourismus zu boomen begann, haben etliche Gemeinden Beschlüsse gefaßt, nach denen kein Land und keine Immobilie mehr an Ausländer verkauft werden durften. Viele Franzosen ließen sich damals dafür bezahlen, daß sie ihren Namen hergaben und das Haus dann quasi ›vermieteten‹. Sicherlich ist dieser Bignon so ein Strohmann.«

Helen nickte.

»Das erklärt natürlich nicht die Geschichte mit der Tante«, sprach Ingrid Helens Gedanken aus. »An deiner Stelle würde ich Paul mal gründlich auf den Zahn fühlen.«

»Ja«, sagte Helen.

»Wo steckt er eigentlich die ganze Zeit? Ich glaube, ich habe ihn diesen Sommer noch gar nicht gesehen, man könnte meinen, er hätte bei der Handelsmarine angeheuert, ich weiß schon gar nicht mehr, wie er aussieht.«

Die Tür sprang auf und krachte gegen die Wand. Ein bärtiger Hüne mit Mütze und Anorak füllte den Raum. Es war Marias Ehemann. Es entbrannte eine lebhafte Unterhaltung mit Silvie und den Kartenspielern. Ihren Mienen nach mußte etwas Unangenehmes passiert sein. Dann stürmte der Mann wieder hinaus.

»Ist was mit Maria?« fragte Helen.

»Nein«, antwortete Ingrid. »Er hat eine Leiche rausgefischt, in der Nähe vom Badestrand, vor einer halben Stunde.«

Er stand am Abgrund und vertiefte sich in den Anblick der kochenden Wellen, ließ sich forttragen von ihrem Schäumen und Tosen. Der Bus. Da hatte er gestanden, einen Steinwurf entfernt, er sah jedes Detail genau vor sich: die chromblitzende Stoßstange, die karierten Vorhänge an den Seitenfenstern und im Heck, sie waren zugezogen. Man konnte die Farben nicht erkennen, aber er wußte, daß es blau-weiß karierte Vorhänge waren und daß der Bus blau war, der Lack schon ein wenig stumpf, mit sorgfältig ausgebesserten Stellen.

Er starrte auf das wilde Wasser, überließ sich der Bewegung, lieferte sich den Bildern aus, die aus der Brandung aufstiegen. Noch einmal der Bus, auf einem Campingplatz. Drei junge Männer, die ihr Steilwandzelt abbauten und es in den Kofferraum einer Ente stopften.

»Ist ja wohl das letzte, dieses Arschloch auch noch im Urlaub zu treffen!«

Ein Strand. Unter der grellen Sommersonne wurden alte Geschichten aufgewärmt, und neuer Haß entflammte.

»Wie er aus dem Maul stank. In der ersten Reihe konnte einem schlecht werden davon.«

»Er hat mir meine Abi-Note in Mathe versaut.«

»Ein Sadist.«

»Ein alter Nazi.«

Später das Kap. Wein, Baguette, Käse. Es war früher Abend. Eine rote Decke neben der grünen Ente. Hinter ihnen der Ozean, grau, denn der Himmel war trüb geworden, man sah wenig von der sinkenden Sonne, es würde keinen spektakulären Sonnenuntergang hinter dem Leuchtturm geben, sie waren allein.

Nicht ganz.

Er verspürte den Drang davonzulaufen, weg von den Bildern, die er sah, weg von den Worten, die er hörte, die ihn jetzt in rascher Folge überfielen, aber er durfte nicht loslassen, er mußte stehen bleiben, sich dem schweren Atem des Meeres überlassen, auch wenn das, was er sah, ihm angst machte.

»Ich flipp aus! Das ist doch schon wieder seine Kiste. Der verfolgt uns.«

»Ein Alptraum, weckt mich.«

»Ich finde, man sollte das Ding die Klippe runterwerfen.«

Nach diesen Worten eines dunkelhaarigen jungen Mannes mit bernsteinfarbenen Augen trat ein Schweigen ein, dann meldete sich eine zögernde Stimme: »Es ist doch vorbei, lange her.«

»Rache ist ein Gericht, das man kalt genießt.«

»Ich meine, er kann uns doch jetzt nichts mehr tun.«

»Es reicht, was er getan hat. Weißt du nicht mehr, wie er dich immer an der Tafel vor allen fertiggemacht hat?«

»Doch.«

Seine Bernsteinaugen wurden schmal. »Meine Mutter ist weinend aus seiner Sprechstunde gekommen. Er muß sie behandelt haben wie Dreck. Das vergesse ich ihm nie.«

»Ich würde zu gern sein Gesicht sehen, wenn seine Kiste nicht mehr dasteht«, sagte der Große mit den kurzgeschorenen Haaren.

»Und wenn er da drin ist?«

»Quatsch. Ist doch alles verriegelt und verrammelt.«

Der Kurzgeschorene ging um den Wagen herum, spähte durch die Windschutzscheibe, kam zurück.

»Nur ein Mordsverhau da drin. Ekelhaft.«

Der Dunkelhaarige sah ihn an, eine Sekunde, zwei, bis der andere den Blick senkte. Dann fragte der Dunkle, und seine Augen glänzten, als er die anderen beiden ansah: »Sind wir Freunde fürs ganze Leben?«

»Ja.«

»Ja.«

Mit Pathos in der Stimme sagte er: »Dann sollten wir etwas tun, das unsere Freundschaft für immer besiegelt. Was wäre besser geeignet als ein gemeinsamer Racheakt an unserem gemeinsamen Feind?«

»Ich bin dabei.«

»Und du?«

»Ich weiß nicht«, zögerte der, von dem er kein klares Bild hatte.

»Keiner zwingt dich. Noch ist Zeit zu gehen«, sagte der Dunkle.

»Nein. Ich will ... ich bin auch dabei.«

Sie schauten sich um wie Diebe. Noch immer war niemand zu sehen. Dann traten sie hinter den Wagen. Er hörte das Knirschen ihrer Schritte, hörte sogar ihr Schweigen, er wollte nicht mehr hinsehen, wandte sich ab von den Wellen, wich zurück von der Felskante, aber er brauchte die Wellen nicht mehr, um zu sehen, wie sie die Beine in den Grund stemmten, wie sich ihre Schultermuskeln spannten, er spürte das Blech an seinen Händen, es war warm, fast lebendig, hörte, wie das Getriebe Widerstand leistete, wie es knirschte, als sie mit allen Kräften ihres aufgestauten Hasses dagegen ankämpften. Dann gab es einen Knacks, und plötzlich ließ sich der Bus ganz leicht über das holprige Gelände schieben, als hätte er kapituliert. Fast im Laufschritt bewältigten sie die kurze Distanz bis zum Abgrund. Die Räder griffen ins Leere, der Bus knallte hinter der Vorderachse auf das Bodenblech, kauerte über dem Abgrund. Einer gab dem Wagen einen letzten Stoß, einer schrie auf, der Bus fiel wie ein Würfel die Felswand hinunter, drei, vier Sekunden dauerte sein Flug, dann verschlang ihn die weiße Brandung, die so laut war, daß sie den Aufprall kaum hörten. Erstarrt sahen sie zu, wie das Wrack gegen die Felsen schlug, etwa ein Dutzend Mal, bis es zerbarst und abtauchte. Sie sahen sich an, in maßlosem Schrecken, und allen dreien hatte sich das gleiche Bild in die Netzhaut gebrannt: In der Sekunde, die der Wagen gebraucht hatte, ehe er über den Rand kippte, teilten sich die Gardinen der Heckscheibe wie der Vorhang eines Kasperltheaters, und hinter der Scheibe, zwischen den karierten Stoffbahnen, erschien ein menschliches Gesicht mit großen, erstaunten Augen.

Sie fuhren herum, als sie ein Motorengeräusch hörten. Ein blondes Mädchen näherte sich auf einer Vespa.

»Die schon wieder«, stöhnte der Dunkelhaarige, der sich als erster wieder im Griff hatte.

Er starrte erneut in die Brandung, die dieselbe war wie die in seiner Erinnerung. Oder war es gar keine Erinnerung, gerieten die Dinge in seinem Kopf nur durcheinander? Warum mußte sich sein Gedächtnis auf solche Weise zurückmelden? Oder hatte sich sein angeschlagenes Hirn die Szene gerade ausgedacht? Wie schön es wäre, wenn er das selbst glauben könnte.

»Pietsch. Dr. Pietsch, Mathematik und Geographie«, murmelte er in das Motorengeräusch hinein, das sich von hinten näherte. Als er sich umdrehte, sah er eine blonde Frau auf einem Moped. Er starrte sie mit offenem Mund an, spürte seinen Herzschlag im ganzen Oberkörper.

Ihr Haar war am Hinterkopf zusammengebunden, jetzt, als sie abstieg, löste sie das Band und schüttelte ihre Mähne. Sie ließ das Moped stehen und ging auf das Kap zu. Mißtrauisch sah sie zu ihm hinüber. Er beeilte sich, seine Gesichtsmuskeln wieder unter Kontrolle zu bekommen.

»*Bonjour*«, sagte er und machte Anstalten zu gehen.

»Warten Sie.«

Er blieb stehen. Sie kam auf ihn zu.

»Kennen wir uns?« fragte sie. Offenbar eine Deutsche.

»Ich weiß es nicht.«

»Was haben Sie mit Ihrem Gesicht angestellt?«

»Nichts Besonderes.«

»Sind Sie der Herr, der in dem Haus da hinten lebt?« Sie deutete vage in die Richtung, aus der er gekommen war.

Er nickte.

»Maria hat es mir erzählt.«

»Maria?«

»Die Wirtin vom *Atlantic*. Sie hat Ihnen doch das Holz besorgt.«

»Ach so, ja, das Holz.«

Tatsächlich hatte dieser Tage jemand Holz gebracht.

»Wenn ich mich recht erinnere, haben Sie bei mir auch schon einen Reiseführer *Bretagne* und einen Bildband über die hiesige Vogelwelt gekauft.«

»Wann war das?«

»Irgendwann letzte Woche. Wissen Sie es nicht mehr?«

»Nein. Ich hatte einen Unfall.«

»Wann?«

»Letzten Donnerstag. Bei dem Sturm. Sagte man mir.«

Die Frau schaute aufs Meer. Möwen umkreisten den Leuchtturm. Sie lächelte. Sie war attraktiv.

»Sie erinnern sich nicht?«

»Nein.«

»Gehirnerschütterung, was?«

»Ja.«

»Ist mir auch mal passiert. Als mich mein Mann gegen die Wand geschubst hat. Vermutlich hat er das getan, ich kann bis heute nicht sagen, wie es genau war, die Stunden davor und danach sind einfach weg.«

»Wie lange leben Sie schon hier?«

»Zu lange.«

»In den späten siebziger Jahren muß hier ein Campingbus runtergestürzt sein. Wissen Sie etwas darüber?«

»Nein. Hier stürzen sich laufend Leute runter. Erst vergangene Woche wieder ein junges Mädchen aus dem Dorf. Heute haben sie ihre Leiche gefunden, am Strand, ich war gerade dort. Die Fische haben sie übel zugerichtet. Dabei jammern sie immer, es gebe keine.«

Er trat näher an den Abgrund.

Sie stellte sich neben ihn.

»Passiert so was öfter, ich meine, daß Ihr Mann Sie gegen Wände stößt?«

»Jetzt nicht mehr. Er ist tot. Ermordet. Haben Sie nichts davon gehört, nichts von der Suche mitbekommen?«

»Nein.«

»Ach so, stimmt. Sie waren ja krank.« Ein melancholischer Ausdruck trat in ihre Augen, deren Farbe ein tiefes Braun war. »Er wurde erschossen und sein Wagen im Sumpf versenkt.«

»Hat man den Täter?«

»Nicht mal eine winzige Spur.«

Sie zündete sich eine Zigarette an, und während sie rauchte, hörte man nur die Brandung und die Möwen. Sie warf die halbgerauchte Zigarette in den Abgrund.

Er deutete nach unten. »Wollten Sie sich auch runterstürzen?«

»Ich habe darüber nachgedacht«, sagte die Frau.

»Es gehört viel Mut dazu. Und es wäre schade um Sie.«
»Finden Sie?«
»Ja.«
»Vielleicht haben Sie recht. Zwei Tote in einem Monat sind genug.«

Sie wandte sich um und stieg auf ihr Moped. Im Anfahren hob sie kurz die Hand vom Lenker und rief: »Adieu, *Monsieur Loup*.«

Auf dem Heimweg hatte er genug Stoff zum Grübeln. Wie hatte sie ihn genannt? *Loup? Lou?* Allmählich beschlichen ihn Zweifel an seiner Existenz. Am liebsten wäre er ins Dorf gegangen, zu dieser Maria, um zu sehen, wie sie auf ihn reagierte. Aber der Weg war ihm zu weit, er war müde und wollte sich jetzt nur noch hinlegen.

Als er sich dem Gartentor näherte, blieb er kurz stehen und schaute hinüber zu dem anderen Haus, dessen Dachluke immer noch offenstand.

Der Wagen war noch nicht wieder da. Ob Helen auch am Strand war, um sich die Bergung der Leiche anzusehen? Er lief um den Schuppen herum. Hier war es demnach passiert. Die hintere Wand war zu Hälfte heruntergebrannt, die Dachbalken waren schwarz, lagen aber noch in Reih und Glied. Hatte Helen nicht erzählt, er wäre von einem Balken getroffen worden? Er suchte nach einem Erinnerungsfetzen, aber da war nichts. An der Seitenwand stand eine verdreckte Geländemaschine. Fuhr er mit so etwas herum, oder gar Helen? Im hinteren Teil des Schuppens lag eine Menge verkohltes Holz und etwas, das wie verbrannter Stoff aussah. Es stank. Vor dem Fenster stand ein halbverbrannter Tisch, und auf dem angekohlten Holzboden davor waren etliche rußgeschwärzte kleine Knochen verstreut, die von Ratten oder Mäusen stammen mußten. Dazu ein Schädel, der aussah wie von einem Hund oder einem Schwein, und das verkohlte Skelett einer Schlange, der Größe nach vielleicht einer Ringelnatter. Seltsam.

Als er das Haus betrat, fühlte er sich erschöpft. Morgen, dachte er. Das hat alles Zeit bis morgen.

Helen kam später nach Hause als geplant. Im Gegensatz zu Ingrid hatte sie darauf verzichtet, zum Strand zu fahren und die Leiche dieses Mädchens zu begaffen, sie war statt dessen nach Saint-Renan gefahren und hatte Monsieur Bignon um Aufklärung in der Grundstücksangelegenheit gebeten. Bignons Deutsch war bisher nicht schlecht gewesen, aber als Helen auf das Haus zu sprechen kam, schwanden seine Sprachkenntnisse schlagartig dahin. Er blinzelte hinter seiner Hornbrille, seine Nasenspitze bebte, und selbst in seiner Muttersprache schien er nur noch den Satz: »*Je ne sais pas*« zu beherrschen. Und daß er dringend mit Paul sprechen müsse, so viel bekam er noch heraus.

Helen sah ein, daß sie ohne Dolmetscher nicht weiterkam, und sei es nur, damit sich Bignon nicht länger hinter der Sprachbarriere verschanzen konnte. Aber konnte sie es wagen, Ingrid so weit ins Vertrauen zu ziehen? Und würde Bignon in deren Beisein reden? Andererseits war es Ingrid, die die Strohmanntheorie aufgebracht hatte, und so ein schweres Verbrechen war der kleine Schwindel ja nun auch wieder nicht. Aber was, wenn etwas anderes dahintersteckte?

Noch immer grübelnd, betrat Helen das Haus. Die Tür war nicht abgeschlossen. Drinnen war alles still. Eine ungewohnte, unheilvolle Stille, wie Helen fand, und im ersten Moment dachte sie, es sei so still, weil der Hund nicht da war. Seit er genesen war, unternahm er wieder Streifzüge durch die Gegend. Sie ließ ihre Tasche fallen und eilte nach oben.

»Paul?«

Die Zimmer waren leer. Sie rannte nach unten, nahm ihre Tasche vom Boden auf und kramte die Pistole heraus. Sie umklammerte den Griff. War das Ding gesichert oder nicht? War es überhaupt geladen?

Ihr Blick fiel durch die winzige Scheibe der Vorratskammer, die auf die Rückseite des Hauses wies. Dort lag Paul. Er hatte die Hängematte, die im unverbrannten Teil des Schuppens gelegen hatte, zwischen den Wäschestangen aufgehängt und schlief, zugedeckt mit einer Wolldecke. Unter ihm lagen eine Flasche Wein, ein leeres Glas und Babbo, dessen Schnauze eine bordeauxrote Färbung zeigte.

»Werdet Ihr zum Begräbnis gehen?« fragte die Schottin.

»Es wäre verdächtiger, wenn ich nicht käme. Aber ich wünschte, es ließe sich vermeiden.«

»Wenn Ihr ihm den Schädel einschlagen konntet, könnt Ihr ihm auch noch eine Schaufel Erde hinterherwerfen, oder nicht?«

»Ihre Methode ist natürlich einfacher«, gab Helen zurück, aber auf diese Antwort schien die streitbare Lady nur gewartet zu haben.

»Was ist mit Eurem Gast? Wollt Ihr nicht mal wieder nach ihm sehen, ihm das nächste Pülverchen verabreichen? Diesmal vielleicht in tödlicher Dosis?«

»Erst möchte ich herausfinden, was er will. Ein paar Tage der Besinnung werden seiner Wahrheitsliebe auf die Sprünge helfen.«

»Ihr werdet keine Wahrheit finden, solange Ihr Euch selbst belügt.«

»Ich muß jetzt gehen, ich habe zu tun«, sagte Helen, und zum ersten Mal war sie es, die die Schottin einfach in der Küche sitzenließ.

Zum Abendessen gab es Kürbissuppe und Weißbrot mit Käse. Babbo lag vor dem Kamin und schien auf das Feuer zu warten. Er wollte nichts fressen, soff aber schon das dritte Mal seine Wasserschale leer.

»Er hat einen Kater«, stellte Helen fest. Sie lachten.

Sie machten den Kamin an. Helen hatte den Leuchter mit drei frischen Kerzen bestückt und eine Flasche Bordeaux geöffnet. Draußen war es neblig. Helen schloß alle Fensterläden und sah zweimal nach, ob die Haustür und die Terrassentür abgeschlossen waren. Irgendwie war sie inzwischen froh, daß Paul Panzerglas hatte einbauen lassen. Auch die Falltür überprüfte sie sorgfältig.

»Hast du den ganzen Tag geschlafen?«

»Ich habe mir den Schuppen angesehen. Das Eigenartige ist: Im hinteren Teil ist alles verkohlt, aber von der Außenmauer nur ein Stück. Das Feuer muß von innen nach außen gedrungen sein. Was war eigentlich in dem Schuppen?«

»Nur Gerümpel. Altes Bauholz, alte Stühle, ein Tisch und ein paar Werkzeuge.«

»Und das Motorrad.«

»Ach das. Das gehörte wohl dem Vorbesitzer, er hat es nie abgeholt. – Und was hast du dann gemacht?«

»Dann war ich ein wenig spazieren.«

»Wo denn?«

»Nur so ums Haus herum. Wer wohnt eigentlich in dem Holzhaus da drüben?«

»Keine Ahnung. Es ist nur ein Ferienhaus, die Gäste wechseln.«

»Wer ist Dagmar?«

Helen saß einen Moment wie in Wachs gegossen da, dann antwortete sie: »Eine alte Freundin von mir. Sie ist schon lange tot. Wie kommst du darauf?«

»Der Name ist mir eingefallen.«

»Wir haben sie seit fünfundzwanzig Jahren nicht mehr gesehen.«

»Wie ist sie gestorben? Sie muß doch noch jung gewesen sein.«

»Sie sprang oder stürzte im Drogenwahn von einer Dachterrasse. Während einer Fete, es war im Herbst 1978.«

»War ich dabei?«

»Nicht, als sie sprang. Aber auf der Fete. Seltsam, daß du dich an sie erinnerst, du hast sie kaum gekannt.«

Sie saßen auf dem Sofa und sahen sich im Fernsehen einen alten französischen Film an. Das Bild flimmerte stark, aber als die Bardot in Großaufnahme gezeigt wurde, streifte ihn ein Gedanke: Das ist Dagmar.

Unsinn. Das war die Bardot. Er durfte nicht alles durcheinanderbringen. Vielleicht war auch die Szene mit dem Auto, die er immer wieder sah, nur eine Filmszene, an die er sich erinnerte. Das war doch möglich! Dieser Gedanke ließ ihn plötzlich wieder freier atmen. Morgen würde er Helen nach Fotos fragen. Morgen. Heute fand er es schön, mit ihr auf dem Sofa zu sitzen wie ein Paar, das sich eben erst kennengelernt hatte. Was ihn betraf, war es ja auch so. Er lächelte.

»Was ist?«

»Nichts. Wollen wir schlafen gehen?«

Sie gingen nacheinander ins Bad. Als Helen aus dem Bad kam, trug sie das Nachthemd, das er am Morgen bewundert hatte. Er stand im Türrahmen des Schlafzimmers und schaute sie an.

»Was ist?« fragte sie verlegen.

»Du bist sehr schön.«

Sie schüttelte den Kopf und fixierte die Bodendielen.

»Bekomme ich heute keinen Kuß?«

Lächelnd kam sie näher. Wie gut sie roch.

»Warum schlafen wir in getrennten Betten?«

»Es ist nur im Moment, ich dachte, weil du ...«

Er nahm ihre Hand und zog sie ins Zimmer. »Schließlich sind wir doch verheiratet, oder?«

Am Morgen hing ein fetter Nebel über dem Land. Nach dem Frühstück, bei dem sie sich ein paarmal schüchtern und verschmitzt angelächelt hatten, sagte Helen: »Ich muß für ein, zwei Stunden ins Dorf.«

»Bei dem Nebel?«

»Der kann tagelang anhalten. Wir haben kein Brot mehr.«

»Soll ich mitkommen?«

»Nicht nötig.«

Als Helen mit dem Einkaufskorb unter der Tür stand, sagte sie: »Es wäre besser, wenn du niemandem die Tür öffnest, den du nicht kennst...«

»Wen sollte ich bitte kennen?«

»In letzter Zeit treibt sich hier öfter seltsames Gesindel herum.«

»Hast du ein Handy?« fragte er.

»Nein. Das Telefon hier im Haus ist auch kaputt.«

»Oben liegt eines.«

»Das ist deines. Leider kenne ich die PIN nicht. Wir müssen gelegentlich danach suchen. Falls sie dir nicht wieder einfällt.«

»Steht dir gut, das schwarze Kleid.«

»Danke.«

»Gehst du zu der Beerdigung?«

Sie sah ihn erstaunt an. »Woher weißt du davon?«

»Mein Geheimnis. Du siehst sehr schön aus. Ich muß wohl Geschmack haben.«

Er wußte nicht, ob es das Kompliment war, das ihre Gesichtshaut knallrot werden ließ.

»Diese Nacht war auch sehr schön.«

Helen wurde noch eine Spur röter.

»Helen?«

»Ja?«

»Ich...« Er lächelte sie an. Einem spontanen Impuls gehorchend, wollte er »Ich liebe dich« sagen. Aber worauf gründete sich seine Liebe überhaupt? Auf ein paar Tage am Krankenbett und eine – zugegeben – sehr intensive Nacht? Es erschien ihm oberflächlich, aufgrund dieser kargen Erfahrungen vollmundige Liebeserklärungen abzugeben.

»Fahr vorsichtig«, sagte er.

Sie schloß die Tür hinter sich. Er sah ihr nach, wie sie im dichten Weiß verschwand. Dann zog er sich rasch an und ging ebenfalls aus dem Haus. Er konnte kaum bis zum Gartentor sehen, aber bis zum Nachbarhaus würde er es wohl schaffen. Das Haus zog ihn an, er konnte nicht sagen, weshalb.

Der Nebel legte sich auf sein Gesicht wie ein feuchtes Tuch und hüllte alles in eine dumpfe Stille. Er kämpfte sich vorwärts, über Grasbüschel und Steine. War er jetzt schon zu weit gelaufen? Oder in die falsche Richtung? Vielleicht ein wenig mehr nach links? Er war kurz davor zu verzweifeln, als sich der Nebel in einem Anflug von Großmut ein wenig lichtete und ihm seine Unzulänglichkeit spöttisch vor Augen hielt. Das Haus lag fünfzig Meter zu seiner Linken, er war bereits daran vorbeigelaufen. Erleichtert atmete er auf und rannte darauf zu, ehe sich die dicke Suppe wieder herabsenken konnte.

Am Gartentor befand sich keine Klingel, also ging er zur Haustür. Ein Klopfer ersetzte die Klingel. Er klopfte dreimal und rief: »Hallo?«

Dann drückte er die Klinke. Die Tür war nicht abgeschlossen. Er trat ein und stand bereits in einer geräumigen Küche mit einem massiven Tisch. Am Boden war eine Wasserpfütze.

»Hallo? Ist jemand da?« Aber er war bereits sicher, daß er sich alleine hier aufhielt. Im Haus war es eiskalt. Die feuchte Kälte schien von oben zu kommen. Er stieg die Holztreppe hinauf. Links mußte das Schlafzimmer liegen. Tatsächlich. Entweder habe ich hellseherische Träume, oder ich war schon einmal hier. Oben sah er die Bescherung. Das Dachfenster stand noch immer sperrangelweit offen, der Nebel drang ins Innere wie Rauch, sogar die Spiegeltür des Kleiderschranks war beschlagen. Bettzeug und die Matratze waren durchweicht und rochen wie alte Putzlappen. Ein Fernglas lag auf dem Boden neben dem Fenster, auf dem aufgeweichten Linoleum stand eine bräunliche Wasserlache. Vermutlich war das Wasser durch die Holzdecke nach unten durchgedrungen, deshalb die Pfütze im Erdgeschoß. Er schloß das Fenster und öffnete den Kleiderschrank: drei Hosen, ein paar Hemden und Pullover, Unterwäsche. Er hielt die Sachen an seinen Körper und schlüpfte probehalber in einen roten Pullover. Er paßte, war aber unangenehm feucht. Er zog ihn wieder aus, ließ die Schweinerei, wie sie war, und ging ins gegenüberliegende Badezimmer. Zahnputzzeug, Rasierzeug, *Aspirin*, Antischuppenshampoo, Duschbad, Sonnencreme. Ein Häuflein benutzter Unterwäsche, Feinripp weiß, lag in einem Korb. Er fand keinerlei Utensilien, die auf die Anwesenheit einer Frau hindeuteten. Er ging wieder die Treppe hinunter. Die Stille im Haus war bedrückend, und ihm war ein wenig unheimlich zumute. Auf dem Tisch fand er diverse Schreibgeräte, darunter einen schwarzgoldenen Montblanc-Füller, einen Reiseführer *Bretagne*, ein Buch mit dem Titel *Die Vogelwelt im Finistère*. Er öffnete die geräumige Schublade. Ein Block Büttenpapier mit vier eng beschriebenen Seiten, der Rest leer. Er knipste das Licht an, setzte sich an den Tisch und las. Da hatte einer sein Leben wie einen Schulaufsatz aufgeschrieben. Ein Jurist. So trocken und geordnet las sich das Ganze auch. Eigentlich uninteressant, bis auf die Tatsache, daß dieser Gerald Wolf so alt war wie er, ebenfalls aus Heidelberg stammte und dort studiert hatte. Ein beachtenswerter Zufall. Darunter lag ein Brief. Die Handschrift auf dem Umschlag kannte er schon. Er wollte das mehrseitige Schreiben gerade aus dem geöffneten Umschlag nehmen, da ertönte ein Schnarren. Zweimal kurz, Pause, wieder zweimal kurz. Er brauchte ein paar Schrecksekunden, ehe er begriff: Da klingelte ein Telefon. Er ging dem Geräusch nach. Verdammt, warum funktionierte das Richtungshören bei Menschen so schlecht? Endlich fand er den Apparat. Er hing mit dem Akku an der Steckdose über dem Kühlschrank. Hastig und ohne nachzudenken drückte er auf den richtigen Knopf.

»Hallo?« Eine junge, weibliche Stimme.

»Hallo?« Wie heiser er klang.

»Papa?«

Er räusperte sich. »Wer ist da?«

»Ich bin es, Anna. Sag, bist du immer noch sauer auf mich ...?«

»Anna«, wiederholte er. Vier Blätter Büttenpapier. Anna.

»Papa, hör, mal, ich wollte mich entschuldigen.«

»Wofür?«

»Wegen Clemens. Du hattest recht. Er *ist* ein Weichei, ich werde ihn ...«

»Anna«, unterbrach er, »erkennen Sie ...« Quatsch! » ... erkennst du meine Stimme?«

»Natürlich erkenne ich deine Stimme. Papa? Was ist mit dir? Bist du krank?«

»Nein. Hör zu, Anna.« Er holte tief Atem und ließ sich mit dem Telefon auf den Küchenboden sinken, weil ihm gerade flau wurde. »Es kommt dir jetzt vielleicht eigenartig vor. Aber erzähl mir bitte alles, was du von mir weißt.«

Vierter Teil

Er erwachte mit klarem Kopf. Er wußte noch, daß er gerade von einem Boot geträumt hatte, einer sieben Meter langen Ketsch, mit der er unter karibischer Sonne dahinsegelte. Die Realität sah anders aus. Er war kalt wie ein Stein, und es herrschte absolute Dunkelheit und Stille wie in einem Grab. Er kämpfte einen Anfall von Panik nieder und tastete seine Jacke ab. Seine Finger waren taub vor Kälte, ebenso seine Füße, ehe das Blut nach ein bißchen Bewegung langsam wieder durch die erkalteten Glieder floß. Es schmerzte höllisch. Die Pistole fehlte, stellte er fest, aber er fand sein Feuerzeug in der Hosentasche. Langsam leuchtete er den Raum ab. Die Flamme reichte gerade einen Meter weit. Vorsichtig schritt er den Raum ab. Er maß gut vier Meter im Quadrat. Ringsherum Weinflaschen in Holzregalen. Verdursten würde er also nicht. Die Decke war niedrig. In der einen Ecke war ein viereckiges Loch, das aussah wie ein Luftschacht. Er leuchtete hinauf, sah aber nichts. Es gab eine Lampe an der Decke und einen Schalter dazu, aber es tat sich nichts, als er ihn umlegte. Das Miststück mußte den Strom abgestellt haben. Wie lange war er schon hier? Was war passiert? Die Erinnerung verschwamm von dem Moment an, als er hinter Helen durch die Falltür in den Keller gestiegen war. Was für einen üblen Drogencocktail hatte ihm diese Hexe verabreicht? Der Benzingeruch des Zippo stieg ihm in die Nase, er hustete. Er mußte sparsam damit umgehen. Er stieß gegen etwas Festes. Ein schwerer Tisch stand in der Mitte des Raums, er war leer. Sonst keine Möbel. Zöchlin entdeckte die Tür. Sie war aus sehr massivem Holz und besaß keine Klinke, nur ein eisernes Schloß, ähnlich einem Burgtor. Durch das Schlüsselloch zog es. Was hatte die Frau mit ihm vor? Wollte sie ihn hier erfrieren lassen? Er langte in die Tasche, in der er sein Klappmesser aufbewahrte. Es fehlte. Zöchlin fluchte. Er stellte das Feuerzeug auf den Tisch und zog seinen rechten Schuh aus. Der Absatz ließ sich aufklappen. Er entnahm ihm eine kleine Ausgabe seines *Leatherman*. Ohne Korkenzieher, dafür mit anderen nützlichen Instrumenten.

Helen war noch nicht zurück, als er gegen zwölf nach Hause kam. Der Nebel hatte sich gelichtet, es war ein strahlender Tag geworden. Sein Kopf hämmerte. Er konnte keinen klaren Gedanken fassen. Szenen und Bilder jagten durch sein Hirn wie Wolken in einem Sturm. Anna, wie hatte er Anna einfach vergessen können? Er sah das Kind vor sich, mit den roten Locken und den zwei Zahnlücken, den storchigen Teenager mit den großen Augen. Die erwachsene Anna allerdings fehlte in seiner Sammlung. Und Gerda. Gerda mit Klein Anna. Gerda beim Stillen. Gerda mit Kinderwagen. Gerda am Klavier. Gerda im Bett? Da war wenig Erinnerung, und er versuchte, seine Empfindungen zu ergründen, aber es gab nur ein vages Gefühl von Abgestandenheit. Eine Frau, die ihm zum Geburtstag Schlafanzüge schenkte. Er hatte ihr Begräbnis vor Augen, aber nicht ihre Hochzeit und wenig von der Zeit davor. Das wird noch, tröstete er sich, nur Geduld. Außerdem beschäftigte ihn die Gegenwart momentan mehr als die Vergangenheit. Wenn er nicht Paul war, warum tat Helen dann, als sei er Paul? Das ergab doch keinen Sinn. Und wie sollte er die letzte Nacht einordnen? Er bekam eine kleine Gänsehaut, als er daran dachte.

Aber vor allem: Wo war Paul?

Obwohl er heute nicht annähernd so viel gewandert war wie gestern, fühlte er sich total zerschlagen. Schlafen. Ein Mittagsschlaf würde helfen, seine Gedanken zu ordnen. Aber trotz der Erschöpfung fühlte er sich zugleich aufgekratzt. Einen Schluck von dem Bordeaux, den sie gestern abend getrunken hatten, würde die Sache wieder ins Gleichgewicht bringen, dachte er. Er suchte in der Küche und in der Vorratskammer, aber er fand nur Weißwein im Kühlschrank, der ihn nicht reizte. Bestimmt lagerte der Wein im Keller, wo auch sonst? Die Falltür war abgeschlossen. War er ein Säufer, vor dem man den Keller zusperren mußte? Egal. Er wollte jetzt in diesen Keller. Er fand den Schlüssel auf der Ablage über dem Herd, unter einer Keramikschale, die mit Zuckertüten von einem Café *Atlantic* gefüllt waren. Zwischen den Tüten lagen etliche Aspirin und eine Zehnerpackung Tabletten. *Chloraldurat* las er auf der Durchdrückfolie. Es fehlten zwei Pillen. Leider waren keine Schachtel und kein Zettel zu finden. Er würde nachher in den Fachbüchern im Arbeitszimmer nachsehen, was es damit auf sich hatte. Er fand auch noch ein paar kleinere gelbe Pillen und weiße mit dem Aufdruck *Rohypnol* auf der angebrochenen Packung. War das eine Art, Medikamente aufzubewahren? Wie ... wie Pfefferminzbonbons. Man mußte ja befürchten, daß sie versehentlich ins Essen fielen. Oder tat sie ihm etwa Drogen ins Essen?

Er schüttelte den Kopf und schloß die Falltür auf. Das Licht funktionierte nicht. Er fand keine Taschenlampe, aber den Leuchter mit den drei Kerzen von gestern abend und Streichhölzer. Mit dem Leuchter in der Hand turnte er die steile Treppe hinunter. Ein Luftzug versetzte die Flammen in Unruhe. Die erste Tür, die er öffnete, führte in eine Kammer mit Kartoffeln. Er machte sie wieder zu. Hinter der zweiten Tür wurde er fündig. Wie dunkle Smaragde funkelten die Flaschen, als der Lichtschein der Flammen sie streichelte. Eine beachtliche kleine Sammlung, aber der Bordeaux von gestern war nicht dabei. Er trat aus der Kammer auf den Gang, streckte den Leuchter so weit es ging von sich, bemüht, nicht direkt in die Flammen zu schauen. Die Dunkelheit sog das Licht gierig auf. Stille legte sich wie ein dicker Mantel um ihn. Er bewegte sich den Gang entlang und tastete sich eine geschwungene enge Treppe hinab. Kälte kroch ihm die Beine hoch. Er blieb stehen. Da war etwas gewesen. Ein feines Kratzen und Schaben. Ratten? Die Vorstellung gefiel ihm nicht. Er sollte vielleicht doch wieder umkehren, einen anderen Wein trinken und sich um die Elektrik hier unten kümmern. Hatte er eine Ahnung von Elektrik? Da war noch ein Geräusch. Atem. Jemand atmete. Du Idiot, das wird dein eigener Atem sein, der von den Wänden widerhallt. Andererseits hatte er vor lauter Angst die Luft angehalten. Aber da war etwas. Ein leises Knorzen, wie Leder. Er merkte, wie ihn Panik erfaßte. Als er sich umdrehte, stieß etwas gegen sein Bein. Er verlor den Halt. Der Leuchter glitt ihm aus der Hand, die Kerzen erloschen. Seinen Kopf traf etwas Hartes, er taumelte. Im Fallen glaubte er Schritte zu hören und einen keuchenden Atem.

»Das muß es sein«, sagte Lisa und deutete durch die Autoscheibe auf das Café. »Wollen wir reingehen?«

»Klar. Meinst du, man darf hier parken, auf dem Platz?«

»Ich sehe kein anderes Auto. Parken wir lieber in einer Seitenstraße.«

Sie fanden einen Platz für ihren roten Peugeot vor einem Lebensmittelgeschäft. Ein Tisch mit schlaffem Gemüse stand vor der Ladentür. Benno fing an, aufgeregt zu winseln, sobald der Wagen stand.

»Ein Laden ist gut. Ich muß noch ein wenig Hundefutter kaufen.«

Der Laden war geschlossen. Kein Schild wies auf den Grund der Schließung hin.

»Wahrscheinlich ist der Besitzer einen saufen gegangen. Versuchen wir es nachher«, meinte Beatrix.

Lisa nahm ihren schweren Rucksack aus dem Wagen.

»Meinst du, hier wird geklaut?«

»Überall wird geklaut.«

Sie schlenderten über den Marktplatz. Die touristische Aufbereitung des Ortes schien irgendwann ins Stocken geraten zu sein, der Kontrast zwischen vergammelten und hergerichteten Häusern war auffallend. Eine Heiligenfigur lächelte weltentrückt zu ihnen herunter.

»Sollen wir im Café das Foto von dem Haus herumzeigen?« fragte Beatrix.

»Lieber nicht. Sonst ist Tauber vorgewarnt«, meinte Lisa und dachte laut nach: »Wenn wir das Haus finden, was machen wir dann? Gehen wir einfach rein und sagen: ›Herr Tauber, wir hätten gern das Geld zurück‹?«

»So ähnlich«, sagte Beatrix. »Wir überrumpeln ihn.«

»Der Mann ist ein Mörder.«

»Er wurde nicht verurteilt.«

»Selbst wenn nicht: Bei so viel Geld könnte jeder zum Mörder werden.«

»Wir sollten uns bewaffnen«, überlegte Beatrix.

»Woran denkst du dabei?«

»Jetzt laß ihn uns doch erst mal finden«, wehrte Beatrix ab. »Da.« Sie deutete auf eine große Glasscheibe, hinter der Stühle zu erkennen waren. Ein trübseliges ausgeschaltetes Neonschild über der Tür verkündete den Namen: *Atlantic.*

»Das ist auch zu, verdammt!« Beatrix rüttelte vergeblich an der Tür.

Lisa spähte durch die spiegelnde Scheibe. Die Einrichtung war karg. Fünfziger Jahre.

»Ist hier vielleicht ein Feiertag?« überlegte Beatrix.

»Dann wäre die Kneipe auf, und man sähe Leute auf der Straße«, erwiderte Lisa.

Tatsächlich aber schien das Dorf ausgestorben. Wenn sie sich recht erinnerten, hatten sie noch keinen Menschen gesehen, seit sie hier waren. Eine Kirchenglocke begann dumpf zu läuten, und im selben Moment hörte man ein metallisches, rhythmisches Rasseln. Eine Vogelscheuche bewegte sich auf sie zu. Sie trug einen fleischfarbenen Unterrock und darüber zwei Jacken. Ihre Strümpfe waren zerrissen und schmutzig, die Füße steckten in Adiletten, die ihr viel zu groß waren, in ihrem stumpfen, filzigen Haar hingen zwei rosarote Lockenwickler wie verpuppte Raupen. Das Seltsamste aber waren die kleinen Glöckchen an ihrem Arm.

Benno knurrte leise, bis ihn Lisa sanft anstupste.

Als die Alte bei ihnen angekommen war, blieb sie stehen und sagte etwas Unverständliches.

Beatrix fragte auf französisch, ob sie wisse, weshalb das Café geschlossen habe.

Die Kiefer der Frau begannen zu mahlen, als müsse sie die Worte erst vorkauen. Dann sagte sie in stark gefärbtem Französisch: »Sie sind auf dem Friedhof.«

»Es muß wohl jemand Wichtiger gestorben sein.«

»Nur Claude«, sagte die alte Frau und sah Beatrix aus ihren Augenschlitzen genau an, wobei sie den Kopf drehte wie ein Vogel. »Du bist also zurückgekommen.«

»Ich war noch nie hier, Madame.«

»Alle kommen sie zurück.« Ihr gelblicher Hexenfinger deutete auf Beatrix' Brust. »Du bist es.«

Beatrix wich einen Schritt zurück. »Pardon, Sie müssen mich verwechseln.«

Die Alte schüttelte den Kopf. »Als das große Auto runter flog...«, sagte sie, »... warst du auch dabei.« Dann schluffte und rasselte sie weiter.

Lisa und Beatrix sahen sich an. Dann lief Beatrix der Frau hinterher. Sie öffnete ihre Handtasche und hielt ihr das Foto des Hauses vor die Geiernase. Die alte Frau geriet augenblicklich in Rage, sie begann auf bretonisch zu fluchen und machte Armbewegungen, als wolle sie nach Beatrix schlagen oder sie verscheuchen. Beatrix kehrte um.

»Netter Ort. Nette Leute«, sagte sie.

Sie sahen sich an und kicherten, um ihr Unbehagen zu überspielen.

»Wir können ja mal in der Gegend herumfahren, vielleicht finden wir das Haus so«, meinte Lisa. Sie gingen wieder über den Platz und bogen in die Gasse ein, in der sie den Leihwagen geparkt hatten.

»Hier sind wir falsch«, sagte Beatrix.

»Sind wir nicht. Hier ist der Laden.«

»Und wo ist dann unser Auto?«

Zöchlin parkte die Maschine im Hof seiner Pension und betrat das Haus durch die Hintertür. Die Wirtin kam sofort aus der Küche. Sie schien erleichtert, ihren Gast wiederzusehen. Er hatte das Zimmer noch nicht bezahlt.

»Sie sehen schlecht aus, Monsieur Reimer«, sagte sie. »Sind Sie krank?«

Die Frau übertrieb nicht. Als er eben sein Gesicht im Spiegel des Hausflurs gesehen hatte, war er selbst erschrocken vor diesem hohlwangigen, unrasierten Gespenst.

»Welchen Tag haben wir heute?«

Die korpulente kleine Frau schaute mit einer Mischung aus Besorgnis und Mißtrauen an ihm herauf.

»Mittwoch.«

Drei Tage! Davon mußte er zweieinhalb im Dämmerzustand verbracht haben. Wie war das möglich?

»Haben Sie ein Zimmer mit Badewanne?«

»Nein. Aber es gibt das Badezimmer für die Zimmer ohne Bad. Da ist eine Wanne. Einen Moment, ich hole Ihnen den Schlüssel.«

»Und bringen Sie mir eine Kanne Tee und eine Flasche Rum oder Kognak.«

Seine Hand zitterte, als er die Badezimmertür aufschließen wollte. Es klappte erst beim dritten Versuch.

»Sie sind krank. Soll ich einen Arzt rufen?«

»Nein. Ist nur eine Erkältung.«

Die Frau walkte davon und brachte wenig später Tee, Rum und eine Flasche Fichtennadelschaumbad. Er schloß die Tür ab und zog sich mit klammen Fingern aus. Das Badezimmer war groß und nicht geheizt, die Wanne ein Monstrum auf Löwenfüßen. Er fror. Noch nie in seinem ganzen Leben hatte er sich so auf ein warmes Bad gefreut. Kalter Schweiß bedeckte seine Haut, er zitterte und roch ekelhaft. Als er in das dampfende Wasser stieg, überkam ihn zuerst ein kühler Schauder, dann ein Hustenanfall, schließlich spürte er ein wohliges Brennen auf der Haut. Ihm war klar, daß er die Sache vermasselt hatte. Wenigstens hätte er noch das Haus durchsuchen sollen, aber als er endlich aus diesem elenden Keller ans Licht gekrochen war, hatte er nur eines im Sinn gehabt: Flucht. Wie ein Tier. Zum Glück hatte er sein Motorrad im Schuppen gefunden.

Offenbar war er doch nicht der knallharte Typ, für den er sich gehalten hatte. Drei Tage in einem Keller, und er wurde weich. Jetzt war alles im Arsch. Tauber war gewarnt. Falls er überhaupt noch lebte. Ein irrwitziges Bild kam ihm in den Sinn, von dem er nicht wußte, ob es zu seinen Drogenträumen gehörte oder ob es Realität war. Er schloß die Augen und tauchte unter. Als das Wasser kühler wurde und er sich einseifte, bemerkte er die zwei kleinen Einstiche in seiner Armbeuge.

»Was jetzt?« fragte Lisa.

»Zur Polizei können wir schlecht gehen.«

»Ob es hier ein Hotel gibt?«

»Hier möchte ich nicht bleiben«, sagte Beatrix. Die seltsame Begegnung mit der Alten hatte ihr mehr zugesetzt, als sie sich eingestehen wollte. »Wie wäre es, wenn wir in dieses Saint-Renan fahren ...«

»Fahren?«

»Per Anhalter.«

Lisa riß die Augen auf. »Fährt kein Bus?«

»Keine Ahnung. Was ist so schlimm daran? Wir sind zu zweit und haben einen Wachhund dabei.«

»Und das Haus? Wollen wir nicht zuerst nach dem Haus suchen?«

»Zu Fuß? Saint-Renan ist ein größerer Ort. Wir können uns dort ein Hotel suchen und uns um ein neues Auto kümmern. Ich würde mir auch gerne was zum Anziehen besorgen. Hier gibt es ja nichts, und Ankes Sachen sind jetzt auch weg ... Ich habe nicht mal mehr eine Zahnbürste.«

»Was sagen wir überhaupt dem Autovermieter in Brest? Der wird uns fragen, warum wir nicht zur Polizei gegangen sind.«

»Das überlegen wir uns, wenn es soweit ist«, bestimmte Beatrix.

»Können wir nicht zu Fuß gehen? Laut Tacho waren es nur dreizehn Kilometer.«

Beatrix blieb mitten auf dem Marktplatz stehen und sah Lisa an: »Sag mal, was ist eigentlich mit dir los? Sobald wir jemandem begegnen, bekommst du das große Zittern. Wovor hast du denn Angst?«

Lisa antwortete ruhig: »Meine Mutter und ich sind mal überfallen worden. Ich war zwölf damals. Meine Mutter wurde umgestoßen und brach sich das Schlüsselbein. Sie war drei Tage im Krankenhaus. Mir ist nichts passiert. Aber ich habe dem Mann in die Augen gesehen, darin war ein solcher Haß. Ich dachte in dem Moment, er bringt uns beide um. Für die Polizei war es nur ein gewöhnlicher Handtaschenraub. Sie haben ein Protokoll gemacht, der Typ wurde nie gefaßt. Seitdem habe ich diese Angstattacken.«

»Bist du nie in Behandlung gewesen?«

»Damals hieß es, ich soll mich nicht so anstellen. Psychiater, das hätte bedeutet, daß ich nicht richtig ticke. Später dachte ich, ich kriege es in den Griff. Es ging auch ganz gut, aber seit einem halben Jahr ... die Sache mit Anke ...«

Lisa ging mit weit ausholenden Schritten über das holprige Pflaster. Beatrix stolperte neben ihr her.

»Warum rennst du denn so?«

»Ich fühle mich auf großen, leeren Plätzen nicht wohl.«

Das auch noch. »Tut mir leid, das wußte ich nicht. Wir können ja zu Fuß gehen und den Daumen raushalten, wenn ein Auto vorbeikommt. Und dann entscheidest du, ob wir mitfahren oder nicht, okay?«

»Gut«, sagte Lisa, als würde sie ein Urteil annehmen.

Auf einmal hörte man Stimmen. Aus dem Tor der hohen Kirchenmauer quollen schwarzgekleidete Menschen. Lisa und Beatrix verharrten im Schatten einer Platane und beobachteten die Auflösung der Versammlung. Etliche Leute blieben in Gruppen beieinander stehen und redeten, gedämpft, wie es sich nach einer Beerdigung gehört, andere eilten davon, froh, dem Ort und dem Geschehen entronnen zu sein, und als könne sie der Tod hier leichter einholen als anderswo. Zwei Frauen kamen über den Platz auf sie zu. Auf einmal blieb die ältere, brünette stehen, nahm ihre Sonnenbrille ab und starrte Beatrix an.

»Dagmar«, sagte sie und kniff die Augen zusammen, als leide sie an einer Sehschwäche. »Du bist zurückgekommen.«

Beatrix löste sich aus ihrer Starre. »Ich ... ich bin ...« Weiter kam sie nicht. Die jüngere Frau schrie auf, stolperte, ihre Knie berührten den Boden, ehe sie sich wieder aufrappelte. Etwas hatte sie am Rücken getroffen.

Schräg über dem Platz grinsten drei Jugendliche zu ihnen hinüber. Sie standen neben dem Haufen grauer Pflastersteine, der seit Wochen dort herumlag. Ein vierter saß am Steuer eines roten Kleinwagens, der Lisa und Beatrix recht bekannt vorkam.

»Unser Auto! Na wartet!« rief Beatrix kampflustig und wollte auf die Halbstarken zugehen, als ein zweiter Stein in ihre Richtung flog. Er verfehlte knapp die Fensterscheibe des Souvenirladens, vor dem sie standen.

Die Brünette griff ihre Freundin am Arm, und die zwei Frauen flohen in eine Seitengasse. Ein weiterer Stein schlug neben Benno auf. Der kläffte. Auch Lisa begann zu rennen, Benno neben ihr her.

»Komm weg hier, Beatrix!« schrie Lisa.

Beatrix machte kehrt und rannte Lisa nach. Sie sahen, wie die beiden Frauen in einen BMW stiegen.

»Warten Sie!« schrie Beatrix, aber der Wagen schoß die Gasse entlang, ohne anzuhalten.

»Monsieur Tauber? Hören Sie mich? Sind Sie wach?«

Er hob den Kopf und blinzelte. Ein grelles Licht schnitt ihm in die Pupillen.

»Aufwachen!«

Jemand ohrfeigte ihn. Er setzte sich auf.

»Was ist ... wo bin ich?« Schon wieder dieses Gefühl, nichts zu wissen. Aber diesmal dauerte es nur wenige Sekunden, bis er sich orientiert hatte. Der Keller. Er lag in einem Weinkeller. Das Licht funktionierte seltsamerweise wieder. Nur den Mann, der sich über ihn beugte, den kannte er nicht.

»Wer sind Sie?«

»Crespin von der Gendarmerie in Saint-Renan.«

»Für einen Flic können Sie aber gut Deutsch.«

»Können Sie aufstehen?«

»Ich versuch's.«

Er rappelte sich hoch. Sein Kopf schmerzte, als ob jemand ein Messer darin umdrehte. Sie wankten zusammen nach oben, Crespin stützte ihn.

»Ich muß gestolpert sein. Das Licht ging nicht.«

»Die Sicherung war draußen.«

»Gehen wir in die Küche. Ich muß was trinken und eine Kopfschmerztablette nehmen.«

Sie ließen sich am Küchentisch nieder, beide füllten ein Glas mit Wasser aus dem Wasserhahn.

»Geht's wieder?«

»Ja.«

»Ich untersuche die Todesfälle der vergangenen zwei Wochen.«

»Ich habe davon gehört. Leider erinnere ich mich an nichts. Ich hatte am letzten Donnerstag einen Unfall.«

»Was ist geschehen?«

»Wenn ich das wüßte. Der Schuppen hat gebrannt, und ich wollte wohl löschen, dabei habe ich einen Balken auf den Kopf bekommen.«

»Ihre Frau sagte mir, Sie seien mit dem Fahrrad verunglückt.«

»Oh. Dann muß sie Sie angeschwindelt haben. Ich glaube, ihr liegt daran, wegen des Brandes nicht viel Aufhebens zu machen.«

»Wo ist Ihre Frau, Monsieur Tauber?«

Er überlegte lange und sah dabei auf die Uhr über dem Kühlschrank. Er selbst trug keine, die, die angeblich seine war, hatte ihm nicht gefallen, es war eine protzige goldene Rolex. Zwei Uhr. Um zehn hatte Helen das Haus verlassen.

»Sie wollte zu einer Beerdigung.« Dauerten Beerdigungen hier so lange?

Crespin sah ihn aufmerksam an. »Sie erinnern sich an nichts aus Ihrem Leben, Monsieur Tauber?«

»Nein. Im Moment nicht. Aber der Arzt meint, es käme wieder.«

Was tat er da? Warum spielte er diese Rolle weiter, die ihm Helen zugedacht hatte?

Crespin sah ihn an, schüttelte den Kopf und trank einen Schluck Wasser. »Haben Sie von dem Mädchen gehört, das gestern am Strand gefunden worden ist?«

»Ja.«

»Was hat Ihnen Ihre Frau darüber erzählt?«

»Gar nichts. Eine deutsche Frau, die im Dorf lebt, hat mir davon erzählt.«

»Madame Kerellec?«

»Sie hat sich nicht vorgestellt.« Das fiel ihm erst jetzt auf. Und daß sie ihn *Monsieur Loup* genannt hatte. Ein schöner Name. Monsieur Loup, der Mann ohne Vergangenheit.

»Groß, blond?« mischte sich der Gendarm in seine Gedanken. Seine Hände beschrieben ein paar Kurven, wobei er leicht süffisant grinste.

Er wollte sich nicht auf die Von-Mann-zu-Mann-Ebene begeben, deshalb lächelte er nicht zurück. »Sie fuhr Moped.«

»Es ist ihr Mann, der heute beerdigt wird.«

»Ah«, machte er nur.

»Das Mädchen verschwand eine Woche vor Ihrem Unfall. Sie hieß Isabelle Caradec.«

»Kann sein.«

»Sagt Ihnen der Name Anke Maas etwas?«

»Nein. Sollte er?«

»Sie war Ihre Geliebte. Sie wurde ebenfalls ermordet. In Ihrer Heimatstadt, letzten März. Sie waren deswegen in Untersuchungshaft und wurden freigelassen, aus Mangel an Beweisen. Sie wollen mir doch nicht erzählen, daß Sie sich auch daran nicht erinnern?«

Er merkte, wie er nervös wurde. »Doch. Nein, ich erinnere mich nicht.«

»Und wo Sie acht Tage vor Ihrem Unfall waren, an dem Tag, an dem das Mädchen verschwand, wissen Sie sicher auch nicht, Monsieur Tauber?«

»Nein.«

Seine Gedanken überschlugen sich. War es das? Hatte Paul Tauber ein Mädchen in Deutschland ermordet, war von Helen hierhergebracht worden, in die Einsamkeit, und hatte hier wieder zugeschlagen? Und nun tat Helen, als wäre er Paul, weil sein Gedächtnisverlust – vom Arzt attestiert – so praktisch war. Aber das konnte doch nicht lange gutgehen. Vielleicht lange genug, um Paul Tauber Zeit zu geben, sich abzusetzen? War er mißbraucht worden, um einem Mörder zur Flucht zu verhelfen? Aber Paul war doch kein Mörder. Obwohl ...

Der Polizist knurrte wie ein Terrier. »Hören Sie, Monsieur Tauber, wenn Sie meinen, Sie können mich ...«

»Guten Tag, Monsieur Crespin«, sagte Helen eisig. Sie stand in der Küchentür und sah den Polizisten feindselig an. »Mein Mann ist krank. Er kann Ihre Fragen nicht beantworten. Anstatt einen Kranken zu belästigen, wäre es gut, wenn Sie sich um diese Halbstarken im Dorf kümmern würden. Sie haben Steine nach Madame Kerellec geworfen. Oder gehört Witwensteinigung zu den regionalen Bräuchen?«

Crespin stand auf. Auch seine Miene drückte nicht gerade Freundlichkeit aus. »Lassen Sie mich wissen, wenn es Ihrem Gatten bessergeht. Auf Wiedersehen, Madame.«

»Adieu«, sagte Helen und schloß die Tür hinter ihm ab.

»Es tut mir leid. Du hättest ihm nicht öffnen sollen.«

»Er macht nur seine Arbeit. Wie war die Beerdigung?«

»Langweilig. Seine Frau wollte, daß ich noch bei ihr bleibe. Sie ist allein. Die Familie, ihre Schwiegermutter, hat sie sozusagen verstoßen.«

»Was war das mit den Steinen?«

»Ein paar üble Burschen aus dem Dorf.« Ihr Blick blieb an der offenen Falltür der Speisekammer hängen. »Du warst im Keller?«

»Ich wollte Wein holen und muß gestürzt sein. Das Licht war nicht in Ordnung.«

»Hier springen oft die Sicherungen raus, das Stromnetz ist etwas labil.«

»Dann war plötzlich dieser Polizist da.«

Helen schloß die Klappe. »Die Tür muß zu sein, damit keine Fliegen in den Keller kommen.« Sie drehte den Schlüssel wieder herum. »Laß mich nachher den Wein holen. Ich geh mich nur rasch umziehen.«

Unschlüssig stand er in der Küche und horchte auf ihre Schritte auf der Treppe. Jetzt war wohl der Zeitpunkt gekommen, sie zur Rede zu stellen. Er ging die Treppe hinauf. Jeder Schritt fiel ihm schwer. Vor ihrer Tür blieb er erneut stehen. Wie sollte er anfangen? Wie würde sie reagieren? Würde damit alles zwischen ihnen zu Ende sein? Er stieß gegen die Tür, die nur angelehnt war.

Sie stand vor dem Fenster. Der Reißverschluß ihres schwarzen Kleides war zur Hälfte geöffnet, schwarze Unterwäsche schaute heraus. Das sanfte Nachmittagslicht, das durch die Jalousie drang, schimmerte in ihrem Haar und auf ihren Armen.

»Entschuldige«, murmelte er und wollte den Rückzug antreten.

»Komm rein, Paul. Hilf mir mal mit dem Reißverschluß.«

Er trat hinter sie. Der Reißverschluß ließ sich mühelos öffnen. Er atmete ihren Duft. Ein Hauch Parfüm, vermischt mit etwas Schweiß. Sie machte eine halbe Drehung und legte ihre Arme um ihn. Das Kleid glitt an ihr herunter. Sein Mund erkundete die Mulde an ihrem Schlüsselbein, ertastete die zarte Seite ihrer Arme, und er beschloß, die fällige Unterredung noch um ein paar Tage zu verschieben.

Während sie schliefen, stahl sich der Tag davon. Helen erwachte als erste und deckte den leise Schnarchenden liebevoll zu. Sie schlüpfte in einen Hausanzug und ging nach unten. Mit wild klopfendem Herzen öffnete sie die Klappe und machte Licht. Die Pistole wog schwer in ihrer Hand, als sie die Treppe hinabstieg. Sie öffnete einen Raum nach dem anderen. Was sie ahnte, war eingetreten. Der Weinkeller war leer, die Tür aufgebrochen. Der Kerzenleuchter vom Wohnzimmer lag auf dem Boden. Helen hob ihn auf und ging nach oben. Sie nahm ein paar Flaschen Bordeaux mit und verschloß die Falltür. Als sie sich aufrichtete, sah sie die Schottin am Küchentisch sitzen.

»Er wird wiederkommen. Habt Ihr Euch vergewissert, ob noch alle Schlüssel im Haus sind?«

Helen stob hinaus und öffnete das hölzerne Schlüsselkästchen neben der Haustür.

»Einer fehlt«, gestand sie der Schottin.

»Man hätte ihn gleich unschädlich machen sollen. Gutmütigkeit rächt sich immer, meine Teuerste.«

»Wie recht Sie haben«, seufzte Helen. »Aber ich habe seine Waffe.« Sie legte die Pistole in die Küchenschublade.

»Das ist kein guter Platz.«

»Wo wäre denn ein guter Platz?«

»An Eurem Körper.« Die Schottin lächelte boshaft. »Aber da würde so ein Ding im Augenblick eher stören, nicht wahr?«

Helen kramte in der Schublade nach Klebeband und befestigte die Waffe an der Unterseite des Küchentisches.

»Gut so?«

»Schon besser«, meinte die Schottin. »Habt Ihr mal nach dem Gewehr gesehen?«

Helen eilte zum Schrank im Flur. Unter den milden Augen von Madame Ginoux durchwühlte sie den großen Schrank. Sie kam zurück in die Küche. »Es ist noch da.«

»Es ist kein gutes Versteck. Schafft es aus dem Haus.« Die Schottin, die offenbar seinerzeit von ihrem gesetzlosen Geliebten einiges gelernt hatte, tat, als würde sie nachdenken, dann holte sie zum Angriff aus: »Man hat Euch von dem Mannsbild erzählt, das in dem Haus da drüben lebt.«

»Ja, und?«

»Findet Ihr das nicht ungewöhnlich? Ein Deutscher läßt sich hier nieder, am Ende der Welt, ganz in Eurer Nähe?«

»Er wird abgereist sein. Ich habe dort seit Tagen kein Licht mehr gesehen...«

»Gerade das sollte Euch zu denken geben.«

»Was geht mich die Nachbarschaft an?« wehrte Helen ab.

»Vielleicht spielt Euch Euer Liebhaber da oben etwas vor...« Sie kniff die Augen zusammen. »Wer es wohl geschlossen hat?«

»Was?«

»Das Fenster, das seit Tagen offenstand, trotz Regen, trotz Wind ...«

»Sicher der Vermieter.«

»Ich kann verstehen, daß Ihr mit der Wahrheit hadert. Ihr habt einiges nachzuholen. Sagt mir, hat er eigentlich nicht bemerkt, daß er ein unberittenes Pferd bestiegen hat?«

Helen sog scharf die Luft ein. »Ich möchte nicht, daß Sie in dieser Art mit mir sprechen. Sie hören sich an wie ...«

»Wie Eure Mutter im Suff, wolltet Ihr das sagen?«

Eine Treppe höher wurde ebenfalls ein Konflikt ausgetragen, wenn auch nur stumm und in Gedanken:

Du mußt endlich den Mund aufmachen, Gerald Wolf.
Warum die Eile? Sie ist glücklich. Sie liebt mich.
Sie liebt nicht dich, du Trottel, sie liebt ein Phantom.
Wenn schon. Besser, als Phantom geliebt zu werden, als gar nicht.
Sie ist eine Geisteskranke oder eine Verbrecherin. Wahrscheinlich beides.
Dann paßt sie ja zu einem Verbrecher.

Beim letzten Gedanken fuhr er in die Höhe. Der Brief. Er hatte den Brief von Carolus drüben im Haus liegenlassen, zusammen mit dem Mobiltelefon. Das Gespräch mit Anna hatte ihn so verwirrt, daß er den Brief völlig vergessen hatte. Er schaute auf die Uhr. Fünf. Es dämmerte schon. Egal, er mußte wissen, was darin stand. Leise zog er sich an und ging die Treppe hinunter. Helen war nicht zu sehen. Er zog sich eine Wetterjacke an, fand in der Anrichte eine Taschenlampe und steckte sie für den Rückweg ein. Am Tor kamen ihm Helen und der Hund entgegen.

»Paul, wo willst du hin?«

»Ich habe dich gesucht.« Das klappt ja schon ganz hervorragend mit dem Lügen, dachte er.

Sie schien verlegen. »Ich war nur kurz mit dem Hund am Strand. Er bewegt sich zuwenig. Komm rein, es wird dunkel.«

»Ich muß nur mal kurz raus. Mir die Beine vertreten.«
»Bleib nicht zu lange.«
»Keine Sorge. Ich habe eine Taschenlampe.«

Während er das Haus hinter sich ließ, kam er sich vor wie ein Ehemann auf Abwegen, der sich mit einer faden Lüge wegstiehlt. Oder wie ein flüchtiger Gefangener. Gefangen im eigenen Lügenkäfig.

Helen saß in der Küche. Sie hatte ein Glas Wein vor sich stehen, aber noch nicht davon getrunken. Nur die drei Kerzen des Leuchters brannten. Vor ihr lagen vier saubere Bogen Büttenpapier, bedeckt von enger Schrift in blauer Tinte. In der Hand hielt sie fünf weitere Blätter aus gewöhnlichem Papier, die mit Kugelschreiber in einer großspurigen Schrift beschrieben waren. Die Blätter waren knittrig, so als hätten sie schon einiges mitgemacht, ehe sie in die Schublade eines massiven bretonischen Küchentisches gelangt waren. Auf dem Tisch lag ein leeres Kuvert, mit derselben Schrift, adressiert an einen Gerald Wolf in Heidelberg. Sie hatte die Schriftstücke ungelesen mitgenommen, da sie ihr Haus nicht unnötig lange unbeaufsichtigt lassen wollte. Vorher hatte sie noch den Rat der Schottin beherzigt und Claudes Gewehr in dem verwahrlosten Garten unter einem Holzhaufen versteckt. Der Gedanke, daß dieser Fremde einen Schlüssel besaß, machte ihr angst. Daran konnten auch die Pistole und der Eisenriegel nichts ändern, den sie von innen vorgelegt hatte. Sie begann, die fahrige Schrift des Briefes zu entziffern.

16. September 2002

Gerald, lieber alter Freund,

Du weißt sicher längst, wo ich bin und was geschehen ist. Sie werden denken, daß ich mich auf diese Weise aus der sogenannten Schwarzgeldaffäre ziehe. Lächerlich. Es gibt bessere Gründe zu sterben. Der Feind, der mich besiegen wird, sitzt in meinem Kopf. Aber den Triumph, mich in einen lallenden Idioten ohne Erinnerung und Verstand zu verwandeln, werde ich ihm nicht gönnen.

   Wir haben uns lange nicht gesehen, und da ich eine Bitte an Dich habe, sollst Du auch wissen, wie alles so gekommen ist. Die Gründe liegen teilweise sehr lange zurück. Meine Mutter war Französin. Sie hat einen Algerier geheiratet, meinen Vater. Wir lebten in Marseille, bis mein Vater seine Arbeit verlor. Wir zogen nach Algier, er versprach sich Hilfe durch seine Familie. Aber auch dort gehörten wir zu den Armen. Mein Vater war Moslem. Davon hat man in Frankreich nicht viel gemerkt, aber in Algier geriet er unter den Einfluß der Familie und veränderte sich sehr. Meine Mutter wollte sich nicht zum Islam bekehren lassen. Mein Vater hatte sich in der Zwischenzeit eine zweite Frau genommen, wollte meine Mutter und mich aber nicht gehen lassen. Als ich acht war, gelang uns nach zwei gescheiterten Versuchen die Flucht in die französische Botschaft. Von den Behörden bekamen wir etwas Geld und neue Pässe. Deutsche Pässe, denn in Frankreich wollten wir nicht bleiben. Es begann eine Odyssee durch verschiedene Städte, verschiedene Schulen. Meine Mutter gab Kunstunterricht, malte selbst und lernte in verbissener Geschwindigkeit Deutsch. Sie fühlte sich nirgends sicher. Kaum hatte ich Freunde gefunden, zogen wir wieder weg. Auch ich lernte rasch Deutsch. Aber es ist bedrückend, wenn du mit deiner Mutter nicht mehr in der Sprache reden darfst, in der sie dir deine Einschlaflieder gesungen und dich getröstet und geschimpft hat.

   Dann kam Heidelberg. Du und Paul. Paul war mir ähnlich, auch wenn er als verweichlichter Luxusbengel aufgewachsen ist. Du warst der Freund, auf den man sich verlassen konnte, das spürte ich vom ersten Moment an. Ich wollte Euch behalten. Ich sagte ihr, eher würde ich mich umbringen, als noch einmal umzuziehen, und ich schwöre, ich hätte es getan. Zu der Zeit erfuhr meine Mutter durch eine arabische Zeitung, daß mein Vater, der zuletzt aktiv einer terroristischen Vereinigung angehört hatte, bei einer Straßenschlacht erschossen worden war. Davon erzählte sie mir erst Jahre später. Wir haben nie über meinen Vater gesprochen, die Zeit vor Deutschland existierte nicht mehr.

Die Zeit mit Euch war die schönste meines Lebens. Daß diese Sache am Kap so tragisch endete, bereue ich jeden Tag meines Lebens. Es war meine Schuld. Ich wußte, daß Paul gelogen hatte. Aber ich war besessen von der Idee, unsere Freundschaft mit einem gemeinsamen Verbrechen in Stein zu meißeln. Bitte verzeih mir, daß ich Dich zum Mittäter gemacht habe.

Ist es nicht fatal, daß ein Fehler meist noch schlimmere Folgen hat? Du weißt, was geschah, aber Du weißt nicht die ganze Wahrheit über Dagmar Keller, die in Wirklichkeit Eva Sober hieß. Ich habe nachforschen lassen. Sie war 1970 mit ihrer Familie aus der DDR geflohen und wurde vom Verfassungsschutz überwacht. Sie zerstritt sich mit ihren Eltern. 1972 wurde sie schwanger und merkte es zu spät. Es tauchten Leute auf, die ihr halfen, mit Geld und einer Wohnung. Das Kind wurde zur Adoption gegeben, alles wurde arrangiert. Sie erhielt einen neuen Namen und eine monatliche Zuwendung. Dafür sollte sie sich in den einschlägigen linken Studentenkreisen umhören, den WGs und den Cliquen. Du weißt, wie damals das Gespenst des Terrorismus umging und die Angst vor der RAF, die die Wohlstandskinder zu verderben drohte.

Dagmar Keller war ihren Auftraggebern nicht erfolgreich genug. Man kürzte ihr die Zuwendung. Sie konnte sich ihren Lebensstil nicht mehr leisten. Auf dem Fest fragte sie mich, ob ich eine Wohnung für sie wisse. Als ich verneinte, wollte sie meine, wenn ich nach Amerika ginge. Das mußte ich ablehnen, weil ich sie schon jemand anderem versprochen hatte. Sie verlangte, ich solle das Versprechen rückgängig machen, anderenfalls werde sie bei der Polizei aussagen, was sie am Kap gesehen hatte. Ich bin mir bis heute nicht sicher, was sie überhaupt gesehen hat, aber ich konnte kein Risiko eingehen, schon Euretwegen. Heute war es nur eine Wohnung, morgen würde es Geld sein und übermorgen Gott weiß was. Als sie da vor mir stand und mich eiskalt erpressen wollte, gingen mir die Nerven durch. Vielleicht war es auch nur Angst. Ich schlug sie. Sie taumelte gegen das Geländer, ich mußte gar nicht mehr viel tun. Dann stand plötzlich Helen hinter mir. Sie war nicht erschrocken, nicht hysterisch, starrte mich nur an und sagte: »Du hast gerade Dagmar da runtergeworfen.«

Dann drehte sie sich um und ging weg. Tagelang lebte ich in Angst, jeden Augenblick erwartete ich die Polizei.

Als ich bei der Beerdigung bemerkte, daß Helen ein Auge auf Paul geworfen hatte, kam mir die Idee mit der Heirat. Ich verkaufte Paul diesen Vorschlag als klugen Schachzug. Er war einverstanden, und ich ging in die Staaten. Daß Du Dich nach Dagmars Tod von uns distanziert hast, entspricht Deinem geraden Charakter.

Jahre später, als es Paul wirtschaftlich nicht mehr ganz so gutging, wollte Paul sein damaliges Opfer belohnt wissen. Ich willigte ein. Aus Freundschaft, nicht aus Schuldgefühl.

Pauls Studienreisen bieten sich an für gewisse Botendienste, und er hat Kontakte zur Kunstszene. Der Kunstmarkt in Deutschland boomt, und mancher fragt nicht, woher das eine oder andere Werk stammt.

Ich benutzte fremdes Kapital, das ich hoch verzinste, um Profis zu beschäftigen, die mir Kunst beschafften, meist Bilder, die wir teuer verkauften: an Sammler, an Auftraggeber, an die Versicherung. In bestimmten Fällen sind sogar Regierungen bereit zu bezahlen. Das ist viel rentabler als jedes Insidergeschäft, und es macht Freude, sein Geld mit schönen Dingen zu verdienen. Ich habe mir die kleine Eitelkeit gestattet, von jedem Bild, mit dem wir es zu tun hatten, eine Kopie anfertigen zu lassen.

Paul und ich waren stets sehr vorsichtig. Ganz selten haben wir uns weiß Gott wo getroffen. Keine Anrufe, keine Briefe, nur E-Mail-Kontakte über anonyme Anbieter von öffentlichen Terminals. Aber Paul hat einen Schwachpunkt: Frauen. Dieses Mädchen war anscheinend im Besitz von kompromittierenden Fotos von Paul und mir. Lieber Gerald, für mich bist Du immer noch ein Freund, den ich nun um einen letzten Gefallen bitte: Paul behauptet, ich hätte seine Exfreundin ermorden lassen und hätte ihn damit ruiniert. Ich schwöre es bei unserer Freundschaft, ich habe nichts mit dem Tod dieses Mädchens zu tun.

Vermutlich lebt Paul zur Zeit in einem Haus, das an der Küste bei Saint-Muriel steht. Es ist das einzige alte Haus am Meer, nicht schwer zu finden. Ich habe es über einen Mittelsmann gekauft, um einen sicheren Aufbewahrungsort für die Bilder zu haben, denn manchmal zieht sich ein Geschäft länger hin, oder man muß abwarten, bis sich die Lage beruhigt hat, und dieses Haus hat einen Keller wie ein Burgverlies. Ich habe Paul im Mai geschrieben, aber er hat sich bis jetzt nicht gemeldet.

Ich bitte Dich, sprich mit Paul, damit er mir wenigstens nachträglich glaubt und mir verzeiht. Ich kann nicht mehr sehr lange warten.

Noch etwas: Nimm Kontakt zu meiner Frau Beatrix auf. Sie wird überwacht, also sei vorsichtig. Wenn Du sie siehst, laß Dir nichts anmerken. Sag ihr bitte nichts über Dagmar. Ich versichere Dir, ich habe sie nicht aus Zynismus geheiratet. Sag ihr, es gibt für sie ein Konto bei der Crédit Suisse in Burgdorf bei Bern auf ihren Namen, der Direktor und seine Sekretärin wissen Bescheid, sonst niemand, auch nicht Paul. Kennwort ist, was ich ihr bei meiner Verhaftung sagte. Ich verlasse mich auf Dich, alter Freund, und gehe dieser Tage einigermaßen beruhigt.

Einmal muß das Fest ja kommen.

In Liebe, Carolus

Als der Himmel über dem Meer zu glühen begann, erwachte er. Er war allein. Er versuchte, wieder einzuschlafen, aber dann trieb ihn ein unruhiges Gefühl aus dem Bett. Er zog sich an und schlich auf Socken die Treppen hinunter. Helen schlief am Küchentisch, den Kopf auf den Armen. Vor ihr stand ein leeres Glas mit einem Rotweinrest. Er ging zu ihr an den Tisch. Die fünf Blätter lagen aufgefächert vor ihr. Mit spitzen Fingern nahm er eines nach dem anderen auf und ging mit ihnen vor die Tür. Er schlüpfte in ein Paar Schuhe und setzte sich auf den Terrassenstuhl, der feucht vom Tau war. Im Morgengrauen las er den Brief seines Freundes.

»Hast du Angst, daß der zweite Wagen wieder geklaut wird?«

Beatrix stand am Fenster. Sie trug ein T-Shirt von Lisa und darüber einen Pullover. Sie schüttelte den Kopf. »Nein. Ich kann bloß nicht mehr schlafen. Störe ich dich?«

»Ich bin keine Langschläferin«, sagte Lisa und setzte sich auf. Benno am Fußende hob träge den Kopf.

»Wieso kennen mich alle Leute in diesem Dorf?«

»›Alle‹, kann man nicht sagen.«

»Aber die Alte. Und diese Frau.«

»Ich glaube, das war Taubers Frau«, sagte Lisa.

»Wieso meinst du das?«

»Erstens könnte es vom Alter her passen. Zweitens sind um diese Zeit bestimmt kaum noch deutsche Touristen in dem Nest. Drittens würde eine Touristin nicht zur Beerdigung eines Einheimischen gehen.«

»Klar! Sie kannte den Toten, weil sie hier zeitweise lebt.«

»Und viertens hatte ihr Wagen eine Darmstädter Nummer.«

»Sie hat mich Dagmar genannt.«

»Sie hat dich vielleicht aus der Presse wiedererkannt und bloß den Namen verwechselt.«

»Kann sein«, sagte Beatrix, ohne überzeugt zu sein.

Er hatte den Brief gerade ein zweites Mal zu Ende gelesen, als er hinter sich die Tür aufgehen hörte.

»Du bist ein echter Scheißkerl.«

Er wandte sich um und schaute in den Pistolenlauf, der ein klein wenig zitterte. Langsam stand er auf. »Helen, wo ist Paul?«

Ihr Gesicht war weiß wie Porzellan, der Mund verzerrt. Sie hob die Waffe.

»Ich bin ein Scheißkerl, aber ich bin nicht Paul«, sagte er. »Das weißt du auch. Du bist schließlich nicht verrückt.«

Die Pistole zitterte stärker.

Er steckte den Brief in die hintere Hosentasche und ging auf sie zu.

»Bleib stehen!«

»Vielleicht hätte ich heute nachmittag nicht mehr mit dir schlafen sollen, das war sicher nicht richtig, aber ich tat es, weil ich noch nie mit einer Frau so empfunden habe wie mit dir. Ich dachte, ich könnte dich vielleicht eines Tages lieben. Ich, Gerald Wolf. Ich werde jetzt gehen. Wenn du mir etwas zu sagen hast, weißt du, wo du mich findest.«

Ohne sich noch einmal umzudrehen, ging er auf das Gartentor zu, das im Morgenlicht unwirklich weiß erstrahlte.

Schwermütig ragte das Granitgemäuer aus den Silberschleiern des Morgennebels. Die Luft schmeckte salzig. Ein hellbrauner Hund stob kläffend auf sie zu, als sie aus dem Kleinwagen stiegen. Lisa nahm Benno am Halsband, als sie durch das Gartentor gingen. Die letzten Rosen blühten am Zaun, weiße und rote.

Der Hund umsprang sie, Benno knurrte. Die Frau von gestern trat aus der Tür. Sie war barfuß und trug einen Morgenrock. Ihr Haar stand wirr um den Kopf. Ihr Gesichtsausdruck hatte etwas Irres, was unterstrichen wurde durch die Pistole, die sie in der Hand hielt.

»Frau Tauber. Wir möchten nur mit Ihrem Mann sprechen«, rief Beatrix über das Gebell hinweg.

Sie rief den Hund zu sich. Benno beruhigte sich wieder.

Lisa starrte auf die Pistole, und auch Helen betrachtete sie, als würde sie sie erst jetzt bemerken.

Sie richtete den Lauf nach unten und schaute Beatrix an. »Sie sind nicht Dagmar«, stellte sie fest.

»Nein«, sagte Beatrix erleichtert und stellte sich vor.

»Sie sehen ihr nur verdammt ähnlich.« Sie wandte sich an Lisa und sagte: »Lassen Sie den Hund ruhig los. Zur Zeit kann man gar nicht genug Hunde ums Haus haben. Kommen Sie rein, es ist kalt.«

Sie folgten ihr ins Haus. Helen ließ sie am großen Eßtisch im Wohnzimmer Platz nehmen.

»Sie möchten zu Paul.«

»Ja.«

»Sie sind wegen des Geldes hier, nicht wahr?«

»Ja«, sagte Beatrix. »Das Finanzamt ...«

Helen winkte ab. »Ich weiß. Würden Sie mich einen Augenblick entschuldigen? Ich würde mich gerne kämmen und anziehen. Ich muß ja aussehen wie eine Verrückte.«

Sie legte die Pistole vor ihren Besucherinnen auf den Tisch. »Falls ein Mann um die Vierzig mit einer Lederjacke auftaucht, solange ich oben bin, erschießen Sie ihn damit. Es ist sowieso seine«, sagte Helen und ging die Treppe hinauf.

Lisa und Beatrix tauschten einen Blick. Lisa deutete auf die Pistole und flüsterte: »Wie hat sie das gemeint?«

»Ich glaube, ernst«, sagte Beatrix. Schweigend warteten sie und horchten. Sie hörten einen Wasserhahn rauschen, draußen bellten die Hunde.

»Schönes Bild da drüben«, sagte Beatrix. »Das gleiche hatten wir auch mal.« Sie nahm die Pistole und steckte sie in ihre Handtasche.

»Kannst du damit umgehen?« fragte Lisa skeptisch.

»Wird sich herausstellen.«

Nach einer ungemütlichen Viertelstunde kam Helen wieder. Ihr Haar war zusammengebunden, sie trug Jeans und Pullover und hatte ihr Gesicht geschminkt. Die Lippen fand Beatrix einen Tick zu dunkelrot.

Sie zog einen Schlüssel aus der Hosentasche und öffnete damit eine Tür, die im Raum neben der Küche in den Boden eingelassen war.

»Kommen Sie mit.«

Lisa und Beatrix sahen sich zögernd an. »Ich nicht«, sagte Beatrix und blieb vor der dunklen Treppe stehen. »Ich bin ein wenig klaustrophobisch veranlagt.«

»Und Sie?« Helen sah Lisa an.

»Wenn Benno mitkommen darf.«

»Von mir aus.«

Lisa ging zur Haustür und pfiff nach ihrem Hund.

»Um Himmels willen, bleib hier«, flüsterte Beatrix, die ihr gefolgt war. »Die ist doch verrückt.«

»Du paßt ja auf«, sagte Lisa und ging mit Benno in die Vorratskammer.

Helen knipste das Licht an und ging voran, Lisa und Benno folgten ihr die Treppe hinunter. Beatrix blieb vor dem Abgrund des Kellereingangs stehen. Was, wenn diese seltsame Person Lisa da unten hinmeuchelte? Schon hatte sie die beiden aus den Augen verloren.

Lisa hielt Bennos Halstuch fest. Es ging um eine Kurve und eine weitere Treppe hinunter. Beatrix ist oben und hat die Pistole, sagte sie sich, aber sie konnte nicht verhindern, daß sich eine Klammer um ihr Herz legte. Helen blieb stehen. Sie befanden sich in einem unübersichtlichen Flur mit spärlicher Beleuchtung. Die Wände waren aus grobem Stein. Lisa fror, obwohl sie einen dicken Pullover trug.

Helen öffnete eine grobe Holztür. Ein größerer Raum, ringsherum Weinflaschen in massiven Holzregalen. Helen ging auf das linke Regal zu und machte sich daran zu schaffen. Mit einem leisen Klirren glitt das Regal ein wenig zur Seite. Helen drehte sich um.

»Würden Sie einen Augenblick vor der Tür warten?«

Lisa stellte sich wieder vor die schwere Holztür. Ein Kerker, dachte sie, ein Ort der Furcht. Sie war froh, daß sie Benno dabeihatte.

Nach einer Zeitspanne, die Lisa endlos schien, kam Helen wieder.

»Bitte.«

Lisa betrat zögernd den Kellerraum. Hinter dem Regal, das nun zur Seite gewichen war, befand sich ein zweiter Raum. Dort tanzten die Wände in verschwenderischem Kerzenlicht. An der hinteren Wand hing ein Skelett, das auf eine blaue Leinwand aufgemalt war und so transparent wirkte, als würde es von einem Projektor hingeworfen. Darüber waren Schnüre spinnennetzartig gespannt, zwischen denen sich bizarr geformte und bemalte Hölzer, diverse Tierknochen und vertrocknete kleine Tierleichen verfangen hatten. Hohe weiße Kerzen standen im Halbkreis um einen langen Tisch. Die Platte war mit einem schwarzen Tuch bedeckt, das bis zum Boden reichte. Auf dem Tisch lag Paul Tauber und war so blaß wie das Laken, das ihn bis zur Brust bedeckte. Rote und weiße Rosenblüten sprenkelten das Laken, und Rosenduft stieg von den Kerzen auf in die eiskalte Luft.

Lisa ließ das Arrangement fast eine Minute lang auf sich wirken, hin und her gerissen zwischen Grauen und Faszination. Dann machte sie kehrt und rannte nach oben.

Der kleine Leuchtturm sonnte sich im dünnen Morgenlicht. Das Meer war ruhig, die Wellen glänzten wie poliertes Kupfer. Er strich über den Brief in seiner Hosentasche. Tief im Innern hatte er all die Jahre über gespürt oder zumindest geahnt, daß die beiden ihn angelogen hatten. Oft fragte er sich, ob er es damals, im entscheidenden Moment, nicht auch schon gewußt hatte, vielleicht sogar gewünscht. Zumindest hatte er den Tod des verhaßten Lehrers billigend in Kauf genommen. Ihn traf dieselbe Schuld wie die beiden anderen. Warum hatte er nicht selbst in den Wagen geschaut? Vielleicht hätte er erkannt, daß es sich bei der Gestalt unter den Decken nicht um Pietsch handelte, der zu diesem Zeitpunkt im Dorf einkaufen war, sondern daß eine Frau im Wagen schlief? Keiner von ihnen hatte damals an die Möglichkeit gedacht, daß so ein Ekel wie Pietsch in Begleitung einer Frau reisen könnte. Dennoch: Auf Paul hätte er sich nicht verlassen sollen.

Dr. Pietsch war vor zwei Jahren an Magenkrebs gestorben, der Richter war zu seiner Beerdigung gegangen. Carolus und Paul hatten vermutlich nichts davon gewußt. Ob sie sonst wohl gekommen wären? Carolus vielleicht, er besaß mehr Tiefgang als Paul. Paul. Wie konnte Helen ihr Leben an so einen Mann verschwenden? Was fand sie an ihm? Daß er gut aussah, reichte das für ein Leben? Und jetzt? Hatte er sie sitzengelassen und war mit dem Geld auf und davon?

»Was tun Sie hier?«
»Nachdenken.«
Er schaute sich um. Ihr Moped stand weiter hinten, dort, wo der Weg wieder Konturen annahm.
»Der Verband ist weg. Sieht besser aus.«
»Mir ist auch wieder eingefallen, wer ich bin.« Er tat, als zöge er einen Hut. »Gestatten, Gerald Wolf. Oder lieber: Monsieur Loup.«
»Ingrid Kerellec.«
»Ich bin – ich war – Richter in Heidelberg.«
»Ich war Claudes Frau.«
»Sie sind mit Helen Tauber befreundet?«
Sie zuckte die Schultern. »Es ist eine Art Notgemeinschaft. Wir sind die einzigen Ausländerinnen am Ort. Sie und Helen kennen sich inzwischen?«
»Ein wenig, ja.«
Sie horchten eine Weile auf die Wellen, während sie nebeneinanderstanden und auf das Meer hinaussahen.
»Was ist mit Paul?« fragte er.
»Tja. Was ist mit Paul?« wiederholte Ingrid und sah ihn an. »Ich weiß es nicht. Sie spricht mit ihm, auch wenn er gar nicht dabei ist. Im Dorf nennen sie sie schon *la folle*. Vielleicht ist er tot. Ich fange auch schon an, mit Claude zu reden. Allerdings nicht in der Öffentlichkeit.«
»Den Gedanken hatte ich schon«, gestand der Richter, »daß er tot sein könnte. Vielleicht ist das ihre Art, die Wahrnehmung der Realität ein bißchen hinauszuschieben.«
»Sie meinen, so wie man versucht, nochmals einzuschlafen und etwas Schönes weiterzuträumen?«
»Oder etwas Schreckliches, um es zu Ende zu bringen.«
»Vielleicht hat sie ihn umgebracht«, sagte Ingrid.
»Nein. Sie liebt ihn doch.«
»Eben«, sagte Ingrid. »Waren Sie mal im Schuppen, wo sie ihre perversen Kunstwerke herstellt? Mit den toten Tieren und Knochen und so. Haben Sie die gesehen?«

»Nein. Der Schuppen ist vorher abgebrannt.«

»Was wollten Sie eigentlich dort an dem Abend, als es brannte?«

»Vermutlich löschen.«

Er erinnerte sich nicht an die Momente im Schuppen. Aber er glaubte zu wissen, woher er gekommen war an diesem Tag, mit seinem Rad, und was er Stunden vorher in Helens Garten beobachtet hatte.

Ingrid holte tief Atem, dann sagte sie: »Ich habe Ihnen einen Balken auf den Kopf geschlagen.«

Er sah sie erstaunt an.

»Es war auch kein Blitz. Ich habe den Schuppen angezündet.«

»Wo war Helen?«

»Im Haus. Sie hatte das Feuer noch gar nicht bemerkt.«

»Und warum haben Sie den Schuppen angesteckt?«

»Ich habe gesehen, wie Helen dort meinen Mann geküßt hat.«

»Das kann ich mir nicht vorstellen«, sagte er und dachte im selben Moment: Obwohl ... vielleicht hat sie ihn für Paul gehalten.

»Ich weiß, was ich gesehen habe«, beharrte Ingrid.

»Wollten Sie mich töten?«

»Ich wollte vor allen Dingen nicht erkannt werden. Sie können zur Polizei gehen und mich wegen Körperverletzung anzeigen.«

»Was hätte ich davon?«

»Gerechtigkeit.«

»Unfug!« wehrte er ab. »Nein. Ich bin Ihnen in gewisser Weise dankbar dafür. Mein Leben, soweit ich mich daran erinnere, war wie ein muffiges Zimmer. Es war höchste Zeit, daß jemand kommt und die Fenster aufreißt. Es ist schon richtig, so wie es gekommen ist. Vielleicht war es ja Schicksal.«

Die Frau lächelte. Sie hatte Tränen in den Augen. »Ich muß Ihnen noch etwas sagen. Dieses Mädchen, das verschwunden ist ... Sie hat mit Claude geschlafen, dieses kleine Luder, und da habe ich ...«

»Warten Sie!« Er hob abwehrend die Hände. »Sie verwechseln mich. Ich bin kein Pfarrer, ich will das nicht hören. Aber jetzt möchte *ich* Ihnen etwas erzählen. Ich war schon einmal hier. Im Sommer 1978 ...«

Als er geendet hatte, schaute sie noch immer den Wellen zu.

»Finden Sie, daß ich mich der Justiz stellen sollte?« fragte er.

»Das fragen Sie ausgerechnet mich?«

»Sehen Sie. Und deshalb dürfen Sie mich auch nicht fragen, was Sie zu tun haben.«

Sie zündete sich eine Zigarette an, rauchte eine Weile. »Wie lebt man damit?«

»Indem man schweigt«, sagte er. »Und bereut und seine Arbeit macht. Wenn Sie es nicht mehr aushalten, dann springen Sie. Aber lassen Sie die Justiz beiseite. Ich weiß, wovon ich spreche, ich war mein Leben lang eingesperrt, auch wenn es nicht so aussah.«

Ingrid legte ihre Hand an seine Wange. »Sie sind ein anständiger Kerl«, sagte sie und ging zu ihrem Moped zurück.

Lisa und Beatrix sahen die Frau an, die ruhig am Tisch in der Küche saß und redete. Die Hunde lagen in entgegengesetzten Ecken, jeder hatte einen Kauknochen bekommen.

»Ich wollte nicht, daß sie ihn abholen. Ich wollte ihn dabehalten. Wissen Sie, er hat nicht aufgehört, mit mir zu sprechen, nur weil er tot war.«

Die Besucherinnen wechselten einen Blick.

»Ich weiß, was Sie jetzt denken, und Sie haben recht damit. Ich bin verrückt. Ich rede mit Toten.«

»Viele reden mit Pflanzen«, sagte Lisa.

»Aber die antworten nicht!«

Gegen ihren Willen mußte Beatrix kichern. Lisa trat ihr gegen das Schienbein. Beatrix hielt sich die Hand vor den Mund. »'tschuldigung.«

»Vor einigen Tagen kam dieser Mann mit den Fotos und wollte Paul sprechen. Er erzählte mir etwas von Geld, das Paul zur Seite geschafft haben sollte. Ich wollte es erst nicht glauben, aber dann las ich den Brief von Ihrem Mann an seinen Freund ...«

»Kann ich den Brief sehen?« fragte Beatrix und rutschte auf der Stuhlkante nach vorn.

»Ich habe ihn nicht mehr.«

»Welcher Mann, welche Fotos?« hakte Lisa nach.

»Fotos von Carolus und Paul und Paul alleine.«

Lisa kramte in ihrem Rucksack und zog einen inzwischen leicht verbeulten Umschlag hervor. »Waren es diese Fotos?«

Helen sah sie sich der Reihe nach an. »Ja. Aber im Original, nicht auf Papier gedruckt.«

»Dann haben Sie wahrscheinlich mit Ankes Mörder gesprochen. Meinten Sie ihn, als Sie sagten, wir sollten ihn erschießen, wenn er kommt?«

»Ja. Er hatte eine Waffe, die ... wo ist sie denn?«

»Ich habe sie«, sagte Beatrix. »Nichts für ungut, aber ...«

»Ich kann sowieso nicht damit umgehen.«

»Wo könnte Ihr Mann die Kontonummern aufbewahrt haben?« steuerte Beatrix das eigentliche Thema wieder an.

»In seinem Handy«, sagte Helen prompt. »Ich habe darüber nachgedacht. Was er immer auf seine Reisen mitgenommen hat, waren seine Aktentasche, seine Brieftasche und sein Handy. In seiner Aktentasche habe ich nichts gefunden, auch nicht in der Brieftasche und nichts im Schreibtisch. Sie können gern noch einmal nachsehen. Ich muß gestehen, ich habe geschnüffelt, nachdem dieser Mann da war«, sagte sie und lächelte entschuldigend. »Außerdem machte Paul mit dem Handy immer so ein Getue. Ich durfte es nicht anrühren, und nie ließ er es eingeschaltet rumliegen; wenn er es mal nicht gleich fand, wurde er sehr unruhig. Alle paar Wochen änderte er die PIN-Nummer. Ich habe es gehört, wenn er sie eingetippt hat. Die Tasten geben Töne von sich, die waren immer wieder mal anders.

»Erinnern Sie sich an die letzte Tastenkombination?« fragte Lisa.

»Vielleicht, wenn ich sie höre.«

»Darf ich?«

Helen nickte. »Es liegt auf seinem Schreibtisch.«

Lisa ging nach oben. Helen sah Beatrix an. »Sie müssen mich für komplett verrückt halten.«

»Nein. Vielleicht ein wenig seltsam«, gestand Beatrix. Sie war nicht in den Keller gegangen, Lisas Schilderung hatte ihr vollauf genügt.

Lisa kam zurück mit dem Telefon in der Hand.

»Schließen Sie die Augen. Ich drücke die Tasten. Wenn Sie sicher sind, drücke ich auf Enter. Wir haben drei Versuche, danach ist das Ding gesperrt.

Lisa begann auf dem Handy zu spielen, während Helen ihr Anweisungen gab: »Der erste Ton war höher. Ja, so. Der letzte etwas tiefer. Genau so.«

Lisa drückte die Taste.

»Das war falsch. Nur die Ruhe. Wir haben Zeit.«

»Es hörte sich in etwa an wie der Big-Ben-Schlag«, sagte Helen.

Es klappte beim zweiten Versuch. Lisa ging das elektronische Notizbuch durch. »Diese sechs Nummern hier, das könnten sie sein«, murmelte Lisa. »Aber das haben wir gleich.«

Lisa wählte die Nummer, die unter »Balu« gespeichert worden war, und horchte.

In diesem Moment begannen die Hunde zu bellen.

»Sei still«, herrschte Lisa ihren Hund an, und Benno, der gewohnt war, sich ruhig verhalten zu müssen, verstummte sofort. Babbo folgte seinem Beispiel.

»Na bitte«, sagte Lisa, das Handy am Ohr. »Kein Anschluß und so weiter. Jetzt die da ...« Lisa versenkte sich erneut in die Welt der Zahlen.

Helen stand auf und setzte Teewasser auf.

Beatrix trommelte mit den Fingernägeln auf den Tisch.

»Ich hab's«, rief Lisa. »Jetzt müssen wir nur noch die Abkürzungen den Banken zuordnen, dazu müßte man wissen, wo die Fotos gemacht worden sind, aber ich denke, das läßt sich irgendwie herausfinden. Vielleicht mit Hilfe von Ankes ...« Sie verstummte. Helens Gesicht versteinerte. Die Hunde sprangen auf, Benno voran.

Ein Mann stand in der Tür. Er richtete eine Schrotflinte auf Benno, aber Lisa stürzte sich mit einem Schrei auf den Hund. Babbo zog beim Anblick der Flinte den Schwanz ein und verkroch sich in den hintersten Winkel der Speisekammer.

»Ich komme ja gerade richtig. Du da«, er wies mit der Flinte auf Lisa, »gib mir das Handy.«

Anstatt den Befehl auszuführen, begann Lisa zur allgemeinen Verblüffung auf den Tasten herumzutippen.

»Guten Tag, Herr Zöchlin«, sagte Beatrix.

Zöchlin sah sie finster an und rief heiser: »Alle umdrehen, Hände an die Wand!«

Helen und Beatrix hoben die Hände, Lisa nicht. Sie tippte erneut auf den Tasten herum, als müsse sie noch rasch eine SMS absetzen. Ein Schuß krachte, Putz rieselte von der Decke, Helen schrie auf, die Hunde drehten durch. Lisa hielt Benno am Halstuch fest.

»Her mit dem Ding!« schrie der Mann und richtete den Doppellauf auf Benno, »oder ich erschieße den Köter.«

Lisa ließ den Apparat sofort fallen. Zöchlin hob ihn auf, ohne seine Gegner aus den Augen zu lassen. Er war unrasiert, Schweiß stand ihm im Gesicht.

Beatrix hatte sich wieder gefangen. »Darf ich vorstellen? Hauptkommissar Zöchlin vom Betrugsdezernat. Ihre einfühlsamen Verhöre waren stets ein besonderes Vergnügen. Haben Sie die Seite gewechselt? Lieber Himmel, was wird Ihr Chef, Dr. Ressler, dazu sagen?«

»Die Falltür aufmachen«, sagte Zöchlin zu Helen. Helen gehorchte. Der Mann hustete.

»Ich nehme an, Anke Maas wollte Tauber an die Polizei verraten und ist an einen korrupten Bullen geraten. Muß schlimm sein, wenn man ständig mit Leuten wie meinem Mann zu tun hat und selbst nur ein Beamtengehalt einstreicht«, stichelte Beatrix.

Zöchlin antwortet nicht. Er wies mit dem Gewehr auf die Falltür. »Alle da runter. Die Hunde zuerst.«

Helen zerrte die widerstrebenden Hunde die Treppe hinunter.

»Ich geh da nicht runter«, sagte Beatrix entschlossen.

»Geh schon, Beatrix. Laß mich mit ihm reden«, sagte Lisa.

»Du da! Klappe halten und runter!« schrie Zöchlin Lisa an. Er hustete.

Lisa blieb stehen. »Sehen Sie lieber mal nach dem Handy.«

Zöchlins Augen wanderten irritiert von Lisa zu Beatrix und dann auf das Display des Telefons, auf dem *PIN falsch* stand.

»Scheiße!«

»Dreimal die falsche Nummer«, sagte Lisa mit gespieltem Bedauern. »Jetzt muß man die Ersatz-PIN des Herstellers verwenden, die aber keiner von uns kennt, oder sich an die Telefongesellschaft wenden, wenn Sie an die Daten des Chips wollen. Oder Sie fragen mich. Ich habe die Konten im Kopf. Ich liebe nämlich Zahlen.«

»Das stimmt«, sagte Beatrix. »Sie kann ganze Fahrpläne auswendig.« Beatrix sah Lisa bewundernd an. Wo war das verhuschte Mäuschen, das das große Zittern bekam, wenn sich ein Fremder zu ihr ins Zugabteil setzte?

Zöchlin machte einen Satz, und ehe Beatrix begriff, hatte sie den Gewehrlauf am Hals.

»Schreib die Nummern auf, oder ich erschieße sie.«

»Das Problem ist«, sagte Lisa ruhig, »daß Sie nicht sofort nachprüfen können, ob die Nummern richtig sind. Sie müssen mir also vertrauen. Jemanden zu erschießen ist keine vertrauensbildende Maßnahme. Ich schlage vor, wir beide fahren jetzt in dieses nette Café am Ort. Dort werde ich die Nummern aufschreiben. Drei für Sie, drei für mich. Danach trennen sich unsere Wege.«

»Lisa!«

»Und die beiden rufen inzwischen die Polizei«, gab Zöchlin zurück. »So läuft's nicht.«

»Niemand ist am Kontakt mit der Polizei interessiert«, widersprach Lisa. »Die eine hat eine Leiche im Keller, die andere ist auf der Flucht vor dem Finanzamt, und es ist Geld genug für alle da. Aber um Sie zu beruhigen, schließen wir die Damen solange im Keller ein.«

»Nein!« protestierte Beatrix.

»Einverstanden. Runter!« kommandierte Zöchlin.

»Lisa, das verzeihe ich dir nie!« verkündete Beatrix, als Zöchlin sie am Arm packte und die Stiege hinunterschob.

»Paß gut auf Benno auf«, bat Lisa.

Zöchlin machte die Falltür zu und drehte den Schlüssel herum, der außen im Schloß steckte. Gedämpft hörte man Beatrix fluchen.

Lisa schnappte sich Beatrix' Handtasche, in der sie noch immer die Pistole vermutete. Dem Gewicht nach war sie noch drin.

Sie gingen durch den Garten.

»Wir nehmen euren Wagen«, sagte Zöchlin und hustete wieder. »Sie sind ganz schön ausgekocht«, sagte er mit einem Anflug von Bewunderung.

»Und Sie sind krank.«

»Nur eine Erkältung.«

»Eher eine Lungenentzündung. Aber das meinte ich nicht.«

Er ließ Lisa einsteigen und machte die Tür hinter ihr zu. Er öffnete die Fahrertür und legte das Gewehr hinter die Vordersitze.

Als er sich aufrichten wollte, spürte er die Kälte eines Pistolenlaufs im Nacken und hörte eine verhaßte Stimme: »Hände aufs Dach, Beine auseinander. Es ist vorbei, Zöchlin.«

Lisa sah die Männer aus der Deckung des Schuppens auf das Auto zustürmen. Rasch steckte sie die Pistole wieder weg. Sie bedauerte sehr, daß sich wahrscheinlich so bald keine Gelegenheit mehr ergeben würde, den Mörder von Anke zu erschießen.

Helen und Beatrix saßen auf der Kellertreppe. Weiter war Beatrix nicht bereit zu gehen. Zum Glück konnten sie das Licht einschalten.

»Wird Ihre Freundin mit diesem Mann fertig?« fragte Helen.

»Sie ist nicht meine Freundin.«

»Ich finde, schon. Sie hat sich in Gefahr begeben, um Sie zu retten.«

»Das nennen Sie gerettet?« Beatrix wies auf die Falltür über ihnen.

»Sie tragen ein schönes Schmuckstück«, sagte Helen.

»Ein Erbstück. Von meiner Mutter.«

»Wie hieß Ihre Mutter?«

»Eva Sober.«

»Ich hatte mal eine Freundin, die hatte ein ähnliches. Aber sie hieß anders. Ich glaube, diese Kreuze waren zu einer gewissen Zeit Mode. Sie wurden hier, in Frankreich, viel verkauft. Die Dame vom Souvenirladen hat noch eine ganze Kiste davon im Lager.«

Beatrix nickte enttäuscht, aber dann fragte sie: »Warum haben Sie mich gestern Dagmar genannt?«

»Weil ich Sie mit einer alten Freundin verwechselt habe.«

»Aber – Sie entschuldigen schon – diese Dagmar muß jetzt etwa in Ihrem Alter sein, wie können Sie mich mit ihr verwechseln?«

»Das war mir klar, sowie ich es gesagt hatte. Es war nur ein Déjà vu.«

»Hat diese Dagmar Kinder?«

»Nein«, sagte Helen in einem Tonfall, der keine weiteren Fragen zuließ. Sie lauschten eine Weile in die Stille.

»In dem Brief stand, daß Carolus ein Konto für Sie eingerichtet hat bei der Crédit Suisse in Burgdorf bei Bern. Das Kennwort ist das, was er bei seiner Verhaftung zu Ihnen sagte.«

»Oh«, sagte Beatrix. »Das beruhigt mich. Besonders, da Zöchlin und Lisa die anderen Konten abräumen werden.

»Sie vertrauen Lisa nicht?«

»Ich kenne Sie noch nicht lange.«

»Das hat nichts zu sagen. Haben Sie Ihrem Mann vertraut?«

»Aber ja. Ich meine, er hat zwar krumme Geschäfte gemacht, aber mich hätte er nie belogen.«

»Er hatte Alzheimer. Deshalb hat er sich umgebracht. Er wollte, daß Sie ihn in guter Erinnerung behalten.«

Beatrix nahm Benno in den Arm. Tränen liefen in sein Nackenfell. Sie saßen eine Weile fast regungslos da, dann begann Babbo zu bellen, sie hörten Schritte und Stimmen, die Tür über ihnen wurde geöffnet. Beatrix sprang auf und hastete die Treppe hinauf. Vor ihr standen Lisa, Ressler, zwei Polizisten in französischer Uniform und zwei Unbekannte in Zivil.

»Frau Beermann«, sagte Ressler mit überheblichem Lächeln. »Schön, Sie wiederzusehen.«

Beatrix verzog den Mund zu einem schiefen Lächeln. Ressler stellte sich Helen vor, die ihm artig die Hand gab.

Der eine Zivilist schien ein französischer Polizist zu sein, denn er begann die beiden Uniformierten herumzuscheuchen, und Helen sagte zu ihm: »Monsieur Crespin, wenn Sie Paul suchen, er ist im Keller.«

Crespin machte sich mit gezückter Waffe an den Abstieg.

»Wie haben Sie uns gefunden?« fragte Beatrix.

Ressler warf sich in die Brust. »Ihre Flucht im Kaufhaus. Dachten Sie wirklich, daß wir Sie aus den Augen verloren hatten?«

»Der Affe rennt zur Wasserstelle«, seufzte Beatrix.

»Wie bitte?«

»Ach, nichts.«

»Ich habe immer gewußt, daß Sie mehr wissen, als Sie uns gesagt haben. Zum anderen hatten die Kollegen von der Abteilung Kunstdiebstähle einen gewissen Monsieur Bignon aus Saint-Renan schon eine Weile im Visier. Der hat gestern abend vor der französischen Polizei gesungen, wie es so schön heißt. Er hofft, durch sein Geständnis glimpflich davonzukommen.«

»Was ist mit Zöchlin?«

»Tja, Zöchlin. Traurige Sache. Er war mein bester Mann. Ehrgeizig, zuverlässig, stets korrekt. Hat sich aus ganz kleinen Verhältnissen hochgearbeitet. Es kam mir schon seltsam vor, daß er während der laufenden Ermittlungen seinen Resturlaub nehmen wollte. Als er dann am Montag unentschuldigt fernblieb, da war mir klar, daß etwas nicht stimmte.« Der Oberstaatsanwalt machte ein betrübtes Gesicht. »Bei so viel Geld, da kann einer schon mal schwach werden.«

»Und ein junges Mädchen ermorden«, ergänzte Beatrix sarkastisch und fragte: »Was geschieht nun mit dem Geld?«

»Sofern es sich um unterschlagene Steuergelder handelt, gehört es den Finanzbehörden. Sollte ein Klient ihres Mannes nachweisen können, daß es rechtmäßig versteuertes Vermögen ist, das er Ihrem Gatten anvertraut hat, bekommt er es natürlich zurück. Was Sie betrifft: Sie können, wenn alles geklärt ist, über das legale Vermögen verfügen, das Ihnen Ihr Mann hinterlassen hat.«

Der andere Herr hatte sich währenddessen im Haus umgesehen. Nun wandte er sich an Beatrix. Er war in Resslers Alter, etwa um die Fünfzig. Mit seinem dichten, schlohweißen Haar und dem braungebrannten Teint sah er aus wie ein Weltumsegler.

»Frau Beermann? Gestatten, Ralf Dieckmann ist mein Name. Ich arbeite für die Hiscox. Das ist das Versicherungsunternehmen, bei dem das Museum für moderne Kunst in Rom *Madame Ginoux* versichert hatte. Ihr Mann wollte meinen Arbeitgeber erpressen.«

»Wer, zum Teufel, ist Madame Ginoux?«

Seine Stimme wurde weich. »Sie war die Wirtin des Café de la Gare in Arles. Sie und ihr Mann waren mit dem Meister befreundet, sie hat ihn auch gepflegt, wenn er seine ... Anfälle hatte. Er hat sie gemalt, im Februar 1890, einige Monate vor seinem Selbstmord.«

Jemand hatte das Bild auf den Eßtisch gelegt, und einer der uniformierten Franzosen bewachte es wie ein Schießhund. Dieckmann nahm es und lehnte es unter seinen wachsamen Blicken gegen die Wand auf der Anrichte, wo es mehr Licht bekam. »Ist es nicht wunderschön? Dieses traurige Lächeln ...«

Beatrix nickte. »Ich habe es schon bewundert. Aber daß es echt ist ... Es ist nicht signiert.«

»Van Gogh hat nicht alles signiert«, antwortete der Experte.

»Eigentlich sind Sie doch nur durch uns beide auf das Bild gestoßen ...«, begann Beatrix.

Der Weißhaarige begriff rasch. Er legte seine Stirn in Falten. »Es gilt zu bedenken, daß es Ihr Gatte war, der die Bilder stehlen ließ. Wir können schlecht Fundprämien an Angehörige des Diebes auszahlen, das muß man verstehen.«

»Aber Lisa ist keine Angehörige. Sie war es, die mich hierhergeführt hat. Ihr allein verdankt das Museum in Rom, wenn es sein Bild wiederbekommt, und Ihre Gesellschaft, wenn sie die Versicherungssumme nicht auszahlen muß. Da müßte doch ein Finderlohn für sie drin sein, oder nicht?«

Alle Anwesenden drehten sich um zu Lisa, die etwas verloren auf einem Stuhl saß und sich an Benno festhielt. Sie hatte gerade überlegt, was sie mit Zöchlins Pistole anfangen sollte.

»Sie vergessen, daß dieser Monsieur Bignon...«, wandte Dieckmann ein.

»Ganz recht«, unterbrach Beatrix. »Den wollen wir am besten gleich wieder vergessen.«

Ressler räumte ein: »In der Tat haben uns die Damen den richtigen Weg gewiesen, wenn auch nicht ganz freiwillig.«

»Das ist lediglich eine Frage der Darstellung«, meinte Beatrix. »Mit etwas gutem Willen läßt sich da doch sicher was machen. Und Sie, Herr Dr. Ressler, wie war das mit der Dankbarkeit von Vater Staat?«

Ressler übte sich im Räuspern, während Dieckmann seufzte. »Nun gut. Ich werde also an meine Auftraggeber weitergeben, daß Fräulein Lisa ... «

»Thomas«, sagte Lisa. »Lisa Thomas.«

» ... daß der entscheidende Hinweis zur Wiederbeschaffung des Kunstwerkes von Ihnen gekommen ist.«

»Wie hoch war die Versicherungssumme?« fragte Beatrix.

»Gemessen an dem unschätzbaren Verlust, der der Welt durch den Diebstahl entstanden ist...«

»Sagen Sie's schon.«

»Fünfzehn Millionen Dollar. Eklatant unterversichert, wenn man mich fragt.«

Lisa blieb der Mund offen stehen, aber Beatrix gab sich unbeeindruckt. »Zehn Prozent?« schlug sie vor.

»Nun, vielleicht würden fünf auch ausreichen.«

»Geld kann man nie genug haben«, gab Beatrix zurück.

Die Verhandlungen wurden unterbrochen, denn Crespin kam aus dem Keller, mit hochrotem Gesicht und schreckgeweiteten Augen.

»Oje. Jetzt hat er Tauber gefunden«, seufzte Lisa. Sie sah sich nach Helen um. Aber die war nicht mehr da.

Helen spürte, wie jemand hinter sie getreten war. Ohne den Blick zu heben, sagte sie: »Paul mochte das Kap nicht, er wollte hier nie gerne spazierengehen.«

»Paul ist tot, nicht wahr?«

»Ja. Sie haben ihn gerade gefunden, im Keller.«

Er legte den Arm um ihre Schulter und zwang sie sanft, ihn anzusehen.

»Was ist passiert?«

»Er starb am 10. Mai. Es war ein schöner, warmer Tag. Am Tag davor hatten wir einen schrecklichen Streit. Wir haben den ganzen Tag kaum miteinander geredet. Nach dem Tee sagte er, ihm sei nicht so gut, er müsse sich hinlegen. Ich habe nichts darauf gegeben, weil er ... nun, er war ein bißchen hypochondrisch veranlagt. Ich habe irgendwas im Garten gemacht, und als ich nach einer Stunde ins Haus kam, da lag er oben, an der Treppe, und war tot. Sie werden denken ... Sie werden ...«

»Helen, wir leben nicht mehr im Mittelalter. Wenn er eines natürlichen Todes gestorben ist, dann wird sich das herausstellen, und dir wird nichts geschehen.«

Ihr Blick tauchte erneut in die Brandung. »Hier oben ist man dem Tod sehr nah, findest du nicht?«

»Ja.«

»Ich dachte, es wäre das einfachste runterzuspringen. Aber jetzt bin ich nicht mutig genug.«

»Mut ist nicht die Fähigkeit, dem Tod gegenüberzutreten, sondern sich dem Leben entgegenzustellen.«

»Das klingt sehr klug.«

»Bestimmt habe ich es irgendwo gelesen.« Er nahm ihren Arm, hakte ihn unter und führte sie weg von der Felskante. »Würdest du mit Monsieur Loup einen Café trinken gehen?

Carlo Lucarelli
Die schwarze Insel

Roman. Aus dem Italienischen von Monika Lustig.
269 Seiten. Gebunden

Glänzend schwarz fließen Himmel und Meer ineinander, als der junge Commissario und seine Frau die Insel betreten. Es ist 1925, Mussolini hat soeben die Macht übernommen. Und auch hier, auf diesem unheilvollen Felsen des Nebels und der Schatten, scheint ein Schwarzhemd alle Fäden in der Hand zu halten: Mazzarino, der Leutnant der Miliz, der sein undurchschaubares Spiel mit dem unerfahrenen Commissario zu spielen beginnt. Doch während er sich und seine Frau noch vor den diabolischen Kräften auf der Insel zu bewahren sucht, stirbt einer von Mazzarinos Getreuen. Wer würde es wagen, einen solchen Mord zu begehen? Bevor der Commissario seine Ermittlungen aufnehmen kann, geschieht ein zweiter Mord: Diesmal heißt das Opfer Zecchino, der Informant des Commissario ... Fünf Tage bläst der klebrige Wind des Scirocco über die schwarze Insel, fünf Tage, in denen der Commissario ihr Geheimnis zu lüften versucht.
»Die schwarze Insel« ist die Jagd nach einem gerissenen Mörder und zugleich einer der sinnlichsten Romane von Carlo Lucarelli.

PIPER ORIGINAL

Krystyna Kuhn
Die vierte Tochter

Kriminalroman. 283 Seiten. Klappenbroschur

Als ob der jungen Grabforscherin Franka die Trennung von ihrem Freund nicht schon genug zusetzen würde, muß sie jetzt auch noch für ihn einspringen: als Expertin für Knochenfunde bei einem unheimlichen Frauenmord, der der Kripo Rätsel aufgibt. Noch dazu hatte die Unbekannte, die jetzt kalt und schmal auf dem Labortisch liegt, Franka noch vor kurzem um Hilfe gebeten. Auch Frankas Vorsatz, daß sich in ihrem Leben so schnell kein neuer Mann breitmachen soll, gerät bald ins Wanken, denn Henning Veit, der neue Leiter der Gerichtsmedizin, ist aufregend anders. Mit ihrer besten Freundin, der energischen Vollblutfrau Theresa, beginnt Franka nachzuforschen: Wer war die Tote wirklich, die sich als Urenkelin von Kaiserin Sisi ausgab und mit dreierlei Waffen hingerichtet wurde? Ein erster Anhaltspunkt führt nach Wien, ins Herz der Habsburger-Nostalgie, wo Franka und Theresa dem Geheimnis gefährlich nahe kommen.

PIPER

Anita Shreve
Der einzige Kuß

Roman. Aus dem Amerikanischen von Mechtild Sandberg.
347 Seiten. Gebunden

Bis zum Ende des Strands fährt der chromblitzende Buick, bis zu der einsam gelegenen Villa mit der verwitterten Holzveranda und den hohen, weißgerahmten Fenstern. Eine junge Frau in mandarinfarbenem Kostüm und Strohhut steigt aus, an ihrer Seite ein Mann mit gebräunten Armen unter dem aufgekrempelten weißen Hemd: der Mann, den sie gerade geheiratet hat. Hier, an den Klippen Neuenglands, wollen Honora und Sexton ihr Leben einrichten. Doch der Börsenkrach von 1929 bereitet ihrer Idylle ein jähes Ende: Sexton verliert nicht nur seine Arbeit, sondern auch, unaufhaltsam, den Respekt seiner Frau. Sie erkennt, auf welch brüchigem Fundament ihr Wohlstand und ihre Liebe gebaut war. Erst McDermott, ein Textilarbeiter und Streikorganisator in der nahen Fabrik von Ely Falls, in der schließlich auch Sexton unterkommt, läßt Honora ahnen, wie eng Aufrichtigkeit und Charakterstärke mit der Fähigkeit zu großen Gefühlen zusammenhängen. Ein Drama der verbotenen Leidenschaft nimmt seinen fatalen Lauf ...